AF236219

Sarah Lemme

Cruise To You

Jugendroman

IMPRESSUM

Bibliografische Information der Deutschen
Nationalbibliothek:
Die Deutsche Nationalbibliothek verzeichnet diese
Publikation in der Deutschen Nationalbibliografie;
detaillierte bibliografische Daten sind im Internet über
http://dnb.dnb.de abrufbar.

© 2021 Sarah Lemme, c/o Block Services, Stuttgarter Str. 106,
70736 Fellbach
www.sarahlemme.com

Lektorat: Eva Maria Nielsen
  (www.instagram.com/deine_geschichtenhebamme)
Korrektorat: Ilka Sommer
  (www.autorin-ilka-sommer.de)
Coverdesign: A&K Buchcover
  (www.akbuchcover.de)

Herstellung und Verlag:
BoD – Books on Demand, Norderstedt

ISBN: 978-3-7534-5834-2

HINWEIS

Liebe*r Leser*in,

an dieser Stelle möchte ich darauf hinweisen, dass dieses Buch potentiell triggernde Inhalte enthält. Die Triggerwarnung findest du am Ende des Buches auf Seite 293 oder unter www.sarahlemme.com/buecher.

Achtung, diese Triggerwarnung enthält Spoiler für den gesamten Inhalt des Buches.

Ich wünsche dir viel Lesevergnügen.

Deine Sarah

URHEBERRECHT

Dieses Werk ist urheberrechtlich geschützt. Die Vervielfältigung, Verbreitung, Übersetzung, öffentliche Zugänglichmachung sowie die Einspeicherung und/oder Verarbeitung in elektronische Systeme ist ohne Zustimmung der Autorin untersagt.

Die Figuren und Ereignisse in diesem Werk sind frei erfunden. Jegliche Ähnlichkeiten mit wahren Begebenheiten oder verstorbenen oder lebenden Personen sind rein zufällig und nicht beabsichtigt.

PLAYLIST

Kylie Minogue - It's The Most Wonderful Time Of The Year

Chris Rea - Driving Home For Christmas

Queen - The Show Must Go On

2Raumwohnung - 36 Grad

Michael Bublé - Santa Clause Is Coming To Town

P!nk - Cover Me In Sunshine

Melanie Thornton - Wonderful Dreams

Rachel Platten - Fight Song

Helene Fischer - Winter Wonderland

Jason Derulo - Take You Dancing

Zoe Wees - Girls Like Us

Marie Wegener - All I Want For Christmas Is You

Enya - Orinoco Flow

KAPITEL EINS

Datum: 24.12.; 14:23 Uhr
Ort: Hamburg, Garten der Familie Herrmann

Mich trifft etwas Hartes am Hinterkopf. Zu weich für einen Stein, aber als mir eine eiskalte Flüssigkeit in den Nacken läuft, erstarre ich. Ich fische die Eiskrümel aus der Kapuze, stecke das Handy in die Jackentasche und drehe mich um. »Emily!«, rufe ich und stemme die Fäuste in die Hüften.

Meine beste Freundin steht ein paar Schritte entfernt und kichert. Mit ihren klobigen Schneeboots schiebt sie den Schnee vor sich her. Die erste Kugel für ihren Schneemann liegt schon bereit. Mein Exemplar kann durchaus einen runderen Bauch vertragen.

In den letzten Stunden hat sich der Garten hinter unserem Haus in ein Winterwunderland verwandelt. Ganze fünfzehn Zentimeter Neuschnee sind gefallen. Ich kann mich nicht daran erinnern, wann es zuletzt mehr als eine Puderzuckerschicht geschneit hat, doch heute hat Frau Holle ihren Job perfekt gemacht. Schnee pünktlich zu Heiligabend! Mein größter Weihnachtswunsch ist in Erfüllung gegangen. Unter meinen Sohlen knirscht der Schnee, als ich mein Gewicht auf das andere Bein verlagere und einen Schritt auf Emily zu mache. Ihre Wangen sind gerötet.

»Ich wars nicht. Ich schwöre, Leonie.« Emily streckt ihre rechte Hand in die Luft, vermutlich die in den Fäustlingen versteckten Finger zum Schwur gekreuzt.

Ich presse die Lippen aufeinander. Okay, ich glaube ihr. Zutrauen würde ich es ihr trotzdem. Ich sehe mich um. Wo steckt der Schneeballwerfer? Im Sonnenlicht funkeln Millionen Eiskristalle und bilden eine perfekte Symbiose mit dem blauen Himmel. Kaiserwetter, wie man so schön sagt. Ich schirme die Augen mit einer Hand ab und bleibe an der Person hängen, die auf der Terrasse steht und mich diabolisch angrinst. »Lukas! Na warte!«, rufe ich und bücke mich. Schnell forme ich etwas Schnee zu einer Kugel und schleudere sie ihm entgegen. Leider duckt sich mein kleiner Bruder behände unter dem Geschoss weg.

»Schneeballschlacht!« Lukas stößt einen Schrei aus und versteckt sich hinter den abgedeckten Gartenmöbeln, die geduldig auf ihren nächsten Einsatz im Frühjahr warten.

Hastig sehe ich mich um. Jetzt gibt es Krieg! Auch Emily stößt ein Indianergeheul aus und geht hinter einem Baum in Deckung. Nur ich verbleibe mitten auf der Wiese. Der nächste Schneeball verfehlt mich um Millimeter, so nah, dass ich den Luftzug spüre, als er an meinem Ohr vorbeifliegt.

Endlich erreichen die Signale meines Gehirns die Beine, und ich hechte hinter die Kirschlorbeerhecke, die zum Glück auch im Winter grün und dicht ist. Heute trägt sie zusätzlich ein schickes weißes Dach.

Eigentlich sollten zwei siebzehnjährige Mädchen einem fünfzehnjährigen Jungen haushoch überlegen sein, doch dem ist nicht so. Wie auch immer Lukas es anstellt, seine Schneebälle donnern wie Kanonenkugeln auf uns zu. Schnell, hart und präzise.

Boah, warum habe ich meine Handschuhe kurz zuvor zum Selfie machen ausgezogen? Nun liegen sie zwischen Lukas und mir, genau in der Schussbahn. »Getroffen!« Ich recke die Arme in die Luft, als weiße Spuren an Lukas Schulter aufblitzen, die er lässig abstreift. Erst jetzt fällt mir auf, dass er lediglich einen Pullover trägt. Allein vom Zusehen bekomme ich eine Gänsehaut. Friert er nicht?

Wobei mir jetzt auch warm ist. Schweißtropfen perlen meine Schläfen hinab, und ich bin reichlich außer Atem. Dunstwölkchen bilden sich in raschen Abständen vor meinem Gesicht.

Die Schlacht dauert bis zur Dämmerung und findet keinen eindeutigen Sieger. Erschöpft plumpse ich in den Schnee, der seine Unberührtheit eingebüßt hat.

»Habt ihr schon genug?«, höre ich Lukas rufen und stelle mir vor, dass er wie ein König posiert und auf den Garten hinabschaut.

»Morgen gibts die Revanche!«, rufe ich und hisse damit die symbolische weiße Fahne. Ich reibe meine schmerzende Schulter. Wahrscheinlich bekomme ich den Muskelkater des Todes. Aber das ist es wert!

Geduckt schleicht Emily zu mir herüber. Bei Lukas weiß man nie, ob er sich an die Waffenruhe hält oder unbedingt noch einen letzten Schneeball platzieren will. Doch nichts passiert.

»Wie habe ich das vermisst!« Emily grinst und ihre Augen funkeln mit den Schneekristallen um die Wette.

»Ja, Kissenschlachten sind einfach kein Ersatz für richtige Schneeballschlachten«, bestätige ich und wische mir mit klammen Fingern eine nasse Strähne aus dem Gesicht. Um mir die Frostfinger zu ersparen, hätte ich es riskieren müssen, meine Handschuhe zu retten.

Ein Handy brummt, und ich greife in meine Tasche. Diesmal ist es jedoch Emilys Klingelton. »Ja?«, fragt sie, und ich höre, dass es ihre Mutter ist. »Ja, ich komme nach Hause.« Eine kurze Pause, in der ich mich auf-rapple. Zaghaft linse ich über die Hecke. Von Lukas ist nichts mehr zu sehen.

»Ja, Mama. Ja, ist gut.«

Fragend schaue ich Emily an, als sie das Handy zurück in ihre Jackentasche steckt.

»Ich muss los. Das Abendessen und die Bescherung warten«, sagt sie. Es ist Heiligabend. Der Schnee war der perfekte Grund, um sich dennoch heute zu treffen.

Ich sehe zum Haus. »Ich sollte auch reingehen.«

»Wiederholen wir das morgen?«

»Na klar. Lass uns dann den Schlitten mitnehmen.«

»Gebongt!« Sie umarmt mich. »Frohe Weihnachten, Leonie.«

»Frohe Weihnachten.«

Ich schaue ihr hinterher. Seit dem Kindergarten sind wir nur im Doppelpack anzutreffen. Zum Glück sind auch unsere Eltern befreundet, und wir wohnen le-diglich ein paar Häuser voneinander entfernt.

Ich klopfe den Schnee aus den Klamotten und gehe ins Haus. Die wohlige Wärme, die mich empfängt, lässt meine Nasenspitze und meine Wangen kribbeln.

»Da bist du ja«, sagt Mama. »Um sechs Uhr gibt es Abendessen.«

Ich nicke und sehe auf die Uhr. Noch zwei Stunden. Allein bei dem Gedanken an den Rehrücken knurrt mein Magen. Jedes Jahr zaubert Mama ein Festmahl, doch noch liegt kein typischer Duft nach Wild oder Braten in der Luft. Trotzdem muss ich mich sputen. Rasch renne ich in den ersten Stock, werfe mein Handy aufs Bett und gehe ins Badezimmer.

Das warme Wasser perlt über meinen Körper und vertreibt die letzte Kälte aus den noch immer prickelnden Fingern. Ich schließe die Augen und halte mein Gesicht unter den Wasserstrahl. Weiße Weihnacht. Ein absoluter Traum! Fehlen nur noch die richtigen Weihnachtsgeschenke unter dem Baum, und der Tag ist perfekt.

Als ich wenig später vor meinem Kleiderschrank stehe, fällt mir die Auswahl nicht schwer. Das knielange Wollkleid mit Schottenmuster in grünen und roten Tönen schmiegt sich wärmend an meinen Körper. Die schwarze Winterstrumpfhose, Stulpen und meine Lieblingskette, auf der *Frohe Weihnachten* eingraviert ist, runden das Bild ab.

Aus der Bluetooth Box erklingt leise Weihnachtsmusik. Summend wippe ich im Takt von *It's The Most Wonderful Time Of The Year* mit und löse das Handtuch vom Kopf. Mit langen Bürstenstrichen entwirre ich das Chaos. Es dauert fast eine halbe Stunde, bis jedes Haar in der gewünschten Form ist. Die eine Seite habe ich hochgesteckt, die restlichen Haare meiner blonden Mähne fallen locker über die Schulter. Fehlt noch das Make-up. Konzentriert und mit einer ruhigen Hand bin ich diesmal überraschend fix. Zufrieden betrachte ich mein Werk im Spiegel. Das ist angemessen, um vernünftige Weihnachtsfotos zu machen. Schließlich möchte ich den Followern auf Social-Media, vor allem meiner Community auf Instagram, schöne Weihnachten wünschen, und das geht nur mit einem Foto von mir neben dem Weihnachtsbaum.

Ich nehme mein Handy und öffne die Insta-App. Zehn ungelesene Nachrichten, 377 neue Likes und drei neue Follower, sodass ich auf stolze 3712 Follower blicken darf. Recht beachtlich, wie ich finde. Besonders mein Weihnachtscontent findet überdurchschnittlichen Anklang. Natürlich haben andere noch viel mehr Follower, aber ich bin froh über jeden, der sich für mich und meinen Feed interessiert.

Eine Nachricht erregt meine Aufmerksamkeit. Sofort sinkt meine Laune in den Keller.

»Feige Bitch!«, ist der gesamte Inhalt.

Der Accountname ist mir unbekannt, aber ich weiß genau, wer die Worte geschrieben hat. Mein Ex. Seit ich vor drei Monaten Schluss gemacht habe, eröffnet er ständig neue Accounts, um meine Bilder zu kommentieren oder mir private Hassnachrichten zu schicken. Sobald ich den Account melde, taucht er am nächsten Tag mit einem neuen auf. Es ist frustrierend. Genervt lösche ich die Nachricht, melde das Profil und blockiere ihn. So wie immer. Soll Leon bleiben, wo der Pfeffer wächst!

Es hätte so gut gepasst. Leon und Leonie. Wir sind uns nähergekommen, hatten eine kurze, aber schöne Zeit. Sogar ziemlich nah. Wolke 7 und die rosarote Brille hatten mich vollkommen vereinnahmt. Selbstverständlich habe ich mit ihm mein erstes Mal erlebt. Meine Wangen erhitzen sich bei dem Gedanken an die gemeinsamen, zugegebenermaßen sehr heißen Stunden. Aber was er sich dann geleistet hat, war unmöglich. Er hat mich belogen, betrogen und hintergangen. Jetzt kann ich mich wieder ohne Ablenkung auf meine Abiturvorbereitung konzentrieren. Nicht, dass ich von früh bis spät lerne, aber er ist eine Klette, eine stalkende Klette, obwohl er längst eine neue Freundin hat. Vielleicht ist es zu früh, um an die große Liebe zu glauben, aber ich bin überzeugt, dass es sie gibt. Wegen Leon können mir die Männer für die nächste Zeit gestohlen bleiben. Das Herzflattern darf mich irgendwann beim Studium zu einem passenderen Zeitpunkt wiederfinden, aber nicht jetzt.

Seufzend lege ich das Handy weg. Ich will nicht an Leon denken. Nicht heute. Ich gehe zum Fenster, an dem ich mit weißer Fensterfarbe eine Schneelandschaft erschaffen habe, die der draußen in nichts nachsteht, und öffne es. Tief atme ich die frische Luft ein. Der Schnee dämpft alle Geräusche. Stille Nacht im wahrsten Sinne des Wortes. Ein paar Vögel picken an der beleuchteten Futterstelle des Nachbarn ihre Körner und in der Ferne geht ein Hundebesitzer mit seinem Dackel im Schein der Straßenlaternen spazieren. Der Hund kämpft sich mit seinen kurzen Beinen durch den Schnee und bewegt sich wie der sprichwörtliche Storch im Salat. Ich schmunzle und schließe das Fenster.

Fröstelnd reibe ich mir die Arme und drehe die Heizung weiter auf. Nahezu jeder würde mein Zimmer als wahrgewordenen Weihnachts-(Alb)-Traum beschreiben. Mit der Fernbedienung schalte ich die Weihnachtsbeleuchtung ein. Sofort funkeln überall Lichterketten auf. Auch die Dekoration auf dem zweiten Fensterbrett, Tannenzweige, Figuren und Holzelemente, beginnt zu leuchten. Die Krippe ist mein ganzer

Stolz, denn ich habe alle Teile selbst gemacht. Aus Holz, Draht, Stroh und mit viel Geduld. Einen Lidschlag später leuchten die anderen Lampen. Um diese Tageszeit ist es perfekt. Summend schnappe ich mir das Feuerzeug und zünde die Kerzen des Adventskranzes an. Zusätzlich ein Teelicht in einem Duft-Stövchen. Der Winterzauber-Duft verströmt ein Aroma von Mandarine, Honig und Tonka. Herrlich! Das ist Weihnachten! Jetzt noch ein gemütlicher Abend mit meiner Familie und den richtigen Geschenken. Aber Mama und Papa haben mich noch nie enttäuscht.

Es klopft an der Zimmertür.

»Essen ist fertig«, sagt Papa, der nur sein Gesicht in mein Zimmer steckt.

»Schon mal gehört, dass man auf das Wort ‚Herein‘ wartet, wenn man anklopft?«

»Essen ist fertig«, wiederholt er und lässt mich allein.

Ich seufze, lösche die Kerzen und schalte die Musik ab. Frohe Weihnachten. Wo ist eigentlich meine Hochstimmung hin, die ich eben im Garten mit Emily verspürt habe? Ich fühle mich wie bei einem Saunagang. Nur schwankt es diesmal nicht zwischen warm und kalt, sondern Weihnachtsstimmung an und aus. Verdammt, es ist Heiligabend, und niemand hat mir die gute Laune zu verderben!

»Wo ist Oma?«, frage ich, als ich in die Küche trete. Der Tisch ist nur für vier Personen gedeckt, trotzdem festlich wie immer. Außerdem vermisse ich weiterhin den Duft des Bratens.

Oma lebt im Seniorenheim ein paar Straßen entfernt. Ich besuche sie, sooft ich kann, und Papa holt sie jeden Heiligabend zu uns, um gemeinsam zu feiern. Ich mag mir nicht ausmalen, wie einsam manch andere ältere Menschen, die keine Familie mehr haben, an diesen Tagen sind.

»Oma kann heute nicht dabei sein«, antwortet Mama in einem Ton, der mich stutzen lässt. Das kenne ich von Oma nicht. Ob sie krank ist? An Weihnachten? Letztes Jahr feierte sie trotz heftiger Erkältung mit uns. Sie liebt dieses Fest wie ich, und es muss schon mehr sein als ein bisschen Unwohlsein, damit sie sich diesen Tag entgehen lässt. Fragend sehe ich Papa an, aber er weicht aus.

»Umso mehr Essen für uns!«, kommentiert Lukas und reibt sich den Bauch. Seine Wangen sind leicht gerötet, als wäre er gerade erst aus dem Schnee ins Haus gekommen. »Was gibt es denn?«

»Würstchen mit Kartoffelsalat.« Mama hebt die Deckel von den Schüsseln, und mir wird schlecht. Das gab es noch nie.

»Ich hasse Kartoffelsalat«, murre ich.

»Dann sind wir ja schnell fertig und können zur Bescherung übergehen.« Auf Papas Gesicht schiebt sich ein zufriedenes Lächeln. Seit wann ist er so versessen auf die Bescherung?

»Moment, Moment!« Ich hebe die Hand, und alle verharren für den Augenblick. »Was ist los?«

»Wieso? Was soll sein?«, fragt Mama zurück, doch ich sehe, dass sie genau verstanden hat, was ich meine.

»Das alles hier! Ohne Oma. Unwürdiges Weihnachtsessen …« Ich zucke mit den Schultern und weiß nicht, wie ich es erklären soll. *Most Wonderful Time Of The Year* ist für mich eindeutig etwas anderes. Winterwunderland draußen hin oder her. Schnee allein macht schließlich noch kein Weihnachten.

»Wenn Oma sich nicht wohlfühlt, kann ich nichts machen. Und immer nur Wild an Weihnachten ist auf Dauer langweilig. Sei froh, dass es uns so gut geht.« Für Papa scheint das alles kein Problem zu sein. Ich schüttle ungläubig den Kopf.

»Ich finde es toll«, bekräftigt Lukas.

»Aber …«, setze ich an, doch Mama schneidet mir das Wort ab.

»Setzt euch endlich, sonst werden die Würstchen kalt! Auch für dieses Essen habe ich lange genug in der Küche gestanden. Wenn es dir nicht passt, kannst du demnächst gern mal für uns alle kochen.«

Bloß nicht! Den Rest des Abendessens schweige ich. Ich mache mir Toast zu meinen Würstchen. Währenddessen erzählt Lukas von seinem Computerspiel und Mama berichtet von dem neuesten Klatsch, den die Nachbarin beim Einkaufen erzählt hat. Warum müssen Hausfrauen immer so viel tratschen? Mir ist das alles egal. In meinem Kopf schwirren die Gedanken wie kleine Papierflieger umher. Alles fühlt sich falsch an. Was ist hier los? Geheimnisse liegen in der Luft. Aber irgendwie habe ich das Gefühl, dass es keine guten sind.

»Bescherung?«, fragt Lukas, als alle Teller leer sind.

* * *

Gemeinsam betreten wir das Wohnzimmer.

Das ist der magische Moment. Die Kerzen am Tannenbaum brennen und erfüllen den Raum mit einem Duftmix aus Harz und Bienenwachs. Sanfte Instrumentalklänge ertönen, denn Papa mag die klassischen Weihnachtslieder nicht, daher haben wir uns auf diesen Kompromiss geeinigt – oder besser gesagt, er hat es vor einigen Jahren festgelegt, und wir uns gefügt.

»Wow!« Lukas kommt hinter mir ins Wohnzimmer. Ich gebe ihm recht. Dieses Jahr wirkt alles noch weihnachtlicher. Vielleicht liegt es an der Schneeschicht vor den Fenstern, die die Dunkelheit nicht ganz so finster erscheinen lässt – und so langsam kommt meine weihnachtliche Stimmung zurück. Trotz Kartoffelsalat und fehlender Oma. Der Baum steht vor der Terrassentür, sodass sich die Lichter golden in der Scheibe spiegeln. Die blauen und weißen Kugeln sind aus einer handbemalten Kollektion. Sie blitzen und blinken im Schein der Kerzen wie Sterne. Diesmal strahlt der Baum ganz ohne Lametta, was mir unglaublich gut gefällt, denn es ist dezenter und die Kugeln gewinnen an Aufmerksamkeit. Ich weiß noch genau, wie Mama und ich in dem kleinen Laden voller Weihnachtsdekoration stöberten und uns zeitgleich in die Kugeln verliebten. Es war sofort klar, dass wir sie mitnehmen würden.

Papa lässt sich mit einem tiefen Seufzer aufs Sofa fallen. Sein Hemd ist leicht verknittert und an den Fingern ist ein kaum sichtbarer Rest Druckerschwärze hängengeblieben. Wenigstens ist dieses Detail wie immer.

»War wieder eine Druckmaschine kaputt?«, frage ich und setze mich neben ihn. Mama und Lukas befeuern den Kamin mit Holzscheiten und kleinen Anzündern, bis die Flammen züngeln und prasseln.

»Ja. Manchmal frage ich mich, wofür ich mein Personal bezahle, wenn ich mich doch um alles selbst kümmern muss.« Er schiebt sich eine Marzipankugel in den Mund und leckt sich die Finger genüsslich ab. »Mmh …«

»Warum suchst du dir keine anderen Mitarbeiter?«

»Weil das nicht so einfach ist, Leonie. Gutes Personal gibt es nicht an jeder Straßenecke.« Seufzend reibt er sich die Augen. »Wie sieht es eigentlich mit dem Lernen aus? Die Prüfungen sind doch im Frühjahr. Und du musst langsam überlegen, was du studieren möchtest. Oder vielleicht willst du ja doch eine Ausbildung bei mir machen?«

»Papa …« Ich kräusle die Stirn. Warum fängt er jetzt damit an? »Können wir heute nur über schöne Sachen sprechen? Schule und Studium gehören für mich nicht dazu.« Ich presse die Lippen aufeinander. Weiß er, dass er mir damit die Weihnachtsstimmung vermiest? Er ist so ein Grinch! Für ihn zählt nur die Karriere. Hauptsache, ich erreiche in meinem Leben etwas. Wobei das Was ihm beinahe egal ist. Mama sieht das ähnlich, doch als Hausfrau ist sie meist etwas entspannter. Manchmal ertappe ich sie, wie sie in den Stellenanzeigen der Zeitung blättert. Ob sie wieder einen Job im Büro anfängt, wenn ich ausziehe?

Im Raum wird es wärmer. Das leise Knistern des Holzes gesellt sich zu der Instrumentalmusik. Es riecht nach Lagerfeuer am lauen Sommerabend. Bevor Papa antworten kann, quetscht Lukas sich zwischen uns.

»Was geht ab?« Er grinst spitzbübisch. Boah, er will immer so cool wirken, aber diesmal rettet er mich.

»Geschenke?«, frage ich rasch, bevor irgendwer weiter über Schule, Arbeit oder sonstige unweihnacht-liche Dinge reden kann. Hätte ich mal nur nicht von der Druckmaschine angefangen.

»Ja!«, ruft Lukas und klatscht Papa und mir auf die Oberschenkel.

Mama, die sich auf das andere Sofa gesetzt hat, schaut gespannt zu uns hinüber. Immer nehmen wir uns vor, nicht zu viele Geschenke zu machen, und trotzdem liegen wieder unverschämt viele Päckchen unter dem Baum.

»Wer fängt an?« Ich sehe von einem zum anderen und tippe nervös mit der Fußspitze auf den Boden, denn die Familientradition ist, dass einer von uns einem anderen Familienmitglied ein Geschenk überreicht. Der packt es aus und überreicht dann das nächste Geschenk. So bleibt es spannend, und alle rätseln mit, was sich in dem jeweiligen Päckchen befinden könnte.

»Wartet! Dieses Jahr machen wir es anders.« Mama springt auf und baut sich vor dem Tannenbaum auf, damit sich bloß niemand an ihr vorbeischlängelt. Wie ein Wachhund steht sie da, bereit im Notfall zu-zuschnappen.

Das ist die nächste Änderung an diesem Tag. Was kommt denn noch alles? Ich bin verwirrt. Fragend schaue ich von Mama zu Papa, der ein Pokerface aufgesetzt hat, und zurück. Ein geheimnisvolles Lächeln schiebt sich auf Mamas Gesicht. Was hat sie ausgeheckt? Zeit hätte sie in den letzten Wochen genug gehabt, während wir in der Schule waren.

»Warum?«, frage ich.

»Traditionen kann man ja auch mal brechen, und deshalb verteile ich heute alles.« Mama nimmt mein Geschenk für Papa, das ich super weihnachtlich mit Sternchen und Tannenzweigen dekoriert habe, und gibt es ihm.

»Von mir«, sage ich, und er lächelt mir zu.

Rasch packt er aus und drückt mich, als er seine neue externe Festplatte für den Computer in den Händen hält. »Danke schön«, sagt er und nimmt das nächste Geschenk entgegen. Von Lukas bekommt er eine CD seiner Lieblingsrockband. Warum er diese fürchterliche Musik gern hört, ist mir ein Rätsel.

Mama freut sich über die Halskette mit dem kleinen blauen Anhänger von mir und den Föhn von Lukas. »Danke, ihr beiden!« Sie umarmt uns nacheinander.

In mir steigt die Vorfreude auf meine Geschenke. Ich schiele auf die Päckchen, die noch unter dem Baum liegen. Meine Wunschliste war lang, und ich habe keine Ahnung, was ich bekomme. Falls ich ein neues Handy bekäme, wäre ich das glücklichste Mädchen auf Erden. Gute Social-Media-Pics benötigen das beste Equipment, und das bietet mein altes Handy definitiv nicht. Aber ich habe mir auch eine richtig teure Kamera gewünscht.

Lukas zappelt und schlenkert mit den Beinen umher. Noch nie haben Mama und Papa uns so auf die Folter gespannt wie in diesem Jahr.

»Jetzt wir!«, verlangt Lukas, als hätte er meine Gedanken gelesen. Die Spannung ist greifbar. Nur das Feuer im Kamin knistert weiter, und die instrumentalen Klänge steuern passend im Crescendo auf den Höhepunkt zu.

»Nun, dann wollen wir mal …« Mama schleicht um den Baum herum. Sie schaut akribisch auf die Schilder der Päckchen. Dann dreht sie sich um und hebt die Hände. »Tut mir leid, aber für euch ist nichts dabei!«

»Ihr wart scheinbar nicht artig genug«, fügt Papa rasch hinzu. Seine Augen blitzen amüsiert.

Entgeistert starre ich die beiden an. Die veräppeln uns doch. »Und für wen sind die Päckchen dann?« Ich verschränke die Arme vor der Brust. Was für blöde Spielchen.

»Für niemanden. Die sind leer«, antwortet Mama.

Das Schweigen legt sich wie ein Tuch über uns. In Lukas Gesicht prangt das nackte Entsetzen, während unsere Eltern unauffällig dreinschauen. Zu unauffällig.

»Vielleicht ist das hier ja was für euch?«

Ich höre die Aufregung in Mamas Stimme, als sie uns mit leicht zitternden Fingern ein weißes, unscheinbares Kuvert hinhält. Lukas schnappt es und reißt es auf.

Das ist eindeutig kein Handy. Und auch kein Gutschein für eine Kamera. Ein neues Spiel zum Zocken für Lukas sieht ebenfalls anders aus. Alles, was ich sehe, ist ein weiterer, mit Palmen bedruckter Umschlag.

Lukas schaut genauso fragend in die Runde wie ich. »Was ist das?«, fragt er enttäuscht und ohne echte Neugier.

»Ihr Lieben, hört mal zu«, beginnt Papa. »Wir haben uns überlegt, dass wir dieses Jahr etwas ganz Besonderes mit euch machen möchten. Das Jahr war für uns alle anstrengend, und du, Leonie, machst bald dein Abitur. Wer weiß, wohin es dich zum Studieren verschlägt.« Er macht eine Pause und schaut zu Mama. Die nickt und räuspert sich, bevor sie das Wort übernimmt.

»Bevor du irgendwo anders hinziehst, möchten wir mit euch gemeinsam einen besonderen Urlaub machen. Wir sind uns sicher, dass es euch gefallen wird.«

»Wo gehts hin?«, murre ich. Will ich die Antwort überhaupt wissen? Familienurlaub ist das Letzte, was ich mir gewünscht habe. Scheinbar geht es Ostern dieses Mal nicht wie üblich nach Mallorca. Schade, denn ich mag das Ferienhaus mit Meerblick.

»Fliegen wir nach Amerika?«, fragt Lukas. Seit sein bester Kumpel im Sommer in New York war, kennt er kein anderes Ziel.

»Wir machen eine Kreuzfahrt!«, platzt es aus Papa heraus.

»Kreuzfahrt?«, frage ich perplex.

»Ja! Wir fahren in die Karibik.« Mama zieht einen Strohhut hinter dem Sofa hervor und setzt ihn auf. »Oh wie schön ist Panama!«

»Karibik ist aber nicht USA, oder?«

»Nein, du Vollpfosten! Die Karibik ist weiter südlich.« Ich habe genug gehört. In meinem Bauch schwelt die Wut zu der Größe einer Bowlingkugel heran. »Das heißt, dass Weihnachten damit vorbei ist? Ohne vernünftige Geschenke?«

»Immer mit der Ruhe, Leonie! Freust du dich denn nicht ein kleines bisschen über einen gemeinsamen Urlaub?«

Ich sehe Mama entgeistert an. »Ganz ehrlich? Ne Kamera oder nen Handy wären mir lieber gewesen. Und urlaubsmäßig wäre Mallorca okay.«

»Wer redet denn davon, dass Mallorca an Ostern ausfällt?« Papa schüttelt den Kopf. »Unsere Kreuzfahrt startet morgen. Zehn Tage Sonne und Karibik. Und es ist ein rein deutsches Schiff. Was meint ihr, warum ich heute so lange gearbeitet habe? Also kein Trübsal blasen, sondern ab mit euch! Kofferpacken steht an!«

»Morgen? Warum schon morgen? Ganz sicher nicht!« Gerade jetzt, wo draußen das schönste Winterwunderland ist, soll ich in die Sonne fliegen? Ich stemme die Hände in die Hüften, doch Papa ignoriert mich. Er erhebt sich und küsst Mama leidenschaftlich, während ich fluchend aus dem Wohnzimmer in mein Zimmer stürze, um meine Tränen zu verbergen.

Morgen?

Kreuzfahrt in der Karibik?

Sommer im Winter?

Ernsthaft?

Das können die sich abschminken!

KAPITEL ZWEI

Logbuch Tag 1
Datum: 25.12.; 16:07 Uhr
Ort: Dominikanische Republik, La Romana, Cruise-Terminal

Missmutig stapfe ich hinter meinen Eltern her. Mit der Weihnachtsmütze, dem Parka und den Schneestiefeln ist mir viel zu warm und ein Schweißtropfen rinnt meine Wange hinab. Aber verflucht, es ist Weihnachten, und da gehören diese Kleidungsstücke dazu! Den Blick auf den Boden gesenkt ignoriere ich die Palmen und das blaue Meer. Die Wellen schwappen mit sanftem Rauschen in einem immerwährenden Rhythmus an das Hafenbecken. Ich will nicht auf dieses Schiff. Außerdem bin ich nach dem zehnstündigen Flug und der Zeitumstellung hundemüde. Ich möchte ins Bett, aber nicht wie geplant, in eine Kabine mit Lukas zusammen. Was haben sich unsere Eltern dabei gedacht? Als wir kurz stehenbleiben, sinke ich auf einen meiner zwei Koffer und gähne.

»Hier, deine Bordkarte.« Mama stupst mich an der Schulter an.

»Gibt es hier keinen Kofferträger?« Ich rücke meine ins Gesicht gerutschte Mütze zurecht und unterdrücke ein Stöhnen. Meine Arme sind bleischwer. Der Muskelkater ist der beste Beweis für die geniale Schneeballschlacht gestern, die gefühlt in einem vergangenen Leben stattgefunden hat.

»Du wolltest unbedingt zwei Koffer mitnehmen, also beschwer dich nicht. Und zieh endlich die dicken Sachen aus«, antwortet Papa. Er ist vollkommen im Urlaubs-feeling angekommen und hat schon im Flughafen auf T-Shirt und kurze Hose gewechselt. »Komm!« Hastig bedeutet er mir, dass ich mich beeilen soll, denn Lukas ist zur Gangway vorgelaufen.

Womit habe ich diese Strafe verdient? Was habe ich dieses Jahr getan, damit ich an Weihnachten in dieser Gluthitze schmoren muss? Die Hölle kann nicht fürchterlicher sein. Zu Hause ist das schönste Winterwunderland bei minus fünf Grad. Dagegen ist die Dominikanische Republik mit fünfundzwanzig Grad und der salzigen Seeluft, die mir um die Nase weht, kein Ersatz. Im Sommer hätte ich es vielleicht genossen. Ich erhebe mich, seufze abgrundtief und schlurfe den anderen hinterher. Merry Christmas!

»Coole Mütze!« Der Mann im Blaumann mit der wettergegerbten Haut, der uns den Weg weist, ist einer der Angestellten des Schiffes. Ich mache mir nicht die Mühe, das Namensschild zu entziffern, sondern werfe ihm einen vernichtenden Blick zu. Sollen ruhig alle merken, dass ich nicht hier sein will. Zum Glück gibt er keinen weiteren Kommentar ab – die verdutzten Seitenblicke der anderen Crewmitglieder bemerke ich trotzdem.

Bevor wir das Schiff betreten, passieren wir eine Sicherheitsschleuse wie am Flughafen. Missmutig hieve ich meine Koffer auf das Gepäckband. Dann die Handtasche. Die Bordkarte wird ebenfalls gescannt. Ja, ich bin Leonie, hätte ich am liebsten gerufen. Aber wenn ihr mich nicht mitnehmen wollt, ist das auch kein Problem. Ich fliege gern wieder nach Hause.

Ohne auf den Weg zu achten, stolpere ich hinter meinen Eltern her.

Deck 5, Kabine 5151.

Unser Domizil für die nächsten zehn Tage. Ein Schuhkarton mit zwei Betten. Und mit einem winzigen Fenster nach draußen. Ernsthaft? Nicht einmal eine Balkonkabine ist drin gewesen?

Ich befördere meine Koffer mit einem gekonnten Schubser in die Ecke und schmeiße mich auf das am Fenster gelegene Bett. Ich könnte wie ein Faultier liegen bleiben und in zehn Tagen wieder aufstehen. Das wäre fast wie Winterschlaf. Müde genug bin ich.

»Passt bei euch alles?« Mama kommt zur Tür hinein, die Lukas auf ihr Klopfen hin geöffnet hat.

»Es ist grandios! Ich kanns kaum abwarten, bis wir unterwegs sind!«, antwortet er aufgeregt.

Ich höre das Grinsen aus seinen Worten heraus und schlucke ein genervtes Gegenargument herunter. Was genau findet mein Bruder grandios? Hier gibt es nichts außer den Betten, einem Kleiderschrank, der kaum für meine Klamotten reicht, und einem Schreibtisch mit zwei Stühlen. Und dann ist da noch das Kabuff, das die als Badezimmer betiteln. Ein Zustand, bei dem man sich auf der Toilette sitzend die Zähne putzen und gleichzeitig duschen kann.

»Sollen wir uns auf dem Schiff umsehen?«, fragt Mama.

Lukas nickt begeistert, aber ich ignoriere die Frage und starre die Decke an. Demonstrativ stecke ich mir die

Kopfhörer meines Handys ins Ohr und lausche der Playlist mit Weihnachtsliedern, die ich zum Glück immer dabeihabe. Meine liebsten Lieder sind die, die ich aus meiner Kindheit kenne oder die sogar von noch früher stammen. Klassiker halt. Stumm rinnen mir ein paar Tränen über die Wangen. Nur dunkel bekomme ich mit, wie die Tür der Kabine ins Schloss fällt. Endlich bin ich allein.

Als ich zum dritten Mal auf die Repeat-Taste drücke und erneut *Driving Home For Christmas* von Chris Rea erklingt, wische ich mir mit dem Handrücken über die Augen. Die Haut ist seltsam taub. Ich stehe auf und betrete das Bad – ein Zustand einer Nasszelle! Wer sich das ausgedacht hat! Fahrig streiche ich mir die Haare aus dem Gesicht und binde sie mit einem Zopfband zusammen. Sorgfältig achte ich darauf, dass die Ohrstöpsel in den Ohren hängen bleiben, und spritze mir kühles Wasser ins Gesicht. Endlich kehren meine Lebensgeister zurück. Selten habe ich mich so elend gefühlt. Wie soll ich hier ganze zehn Tage überstehen?

Ratlos tigere ich durch die Kabine und inspiziere jede Ecke, die eine Survival-Lösung für mich bereithalten könnte. Immerhin finde ich Rettungswesten im Schrank. Für den unwahrscheinlichen Fall, dass wir einen Eisberg rammen, bin ich versorgt. Beinahe muss ich lachen.

Dann entdecke ich zwei Stückchen Schokolade, die wie im Hotel für uns Gäste bereitliegen. Ich bin mir sicher, dass Lukas darauf verzichten kann und schiebe mir auch das zweite Stück in den Mund. Köstlich!

Auf dem Schreibtisch liegt eine Kladde mit Prospekten, die Informationen über das Schiff und die gesamte Flotte bereithalten.

»Soso, die Sternenflotte«, murmle ich. Rasch habe ich herausgefunden, dass die Flotte ganze fünf Schiffe umfasst. Ich befinde mich auf der Pluto. Natürlich das kleinste und älteste. Warum hätten meine Eltern auch das Luxusschiff buchen sollen?

Meine Laune sinkt weiter dem Gefrierpunkt entgegen. Ich bin mir ziemlich sicher, dass ich bald trotz der Hitze Pfeile aus Eis verschießen kann. Neben der Pluto gibt es die Venus, Mars, Jupiter und Neptun.

»Herzlichen Glückwunsch zu deinem persönlichen Albtraum, Leonie! Was könnte es Schöneres geben, als Weihnachten ohne Schnee, dafür mit Sonnenbrand zu verbringen?« Beinahe lache ich über meinen Sarkasmus. Diesen üblen Scherz werde ich Mama und Papa so rasch nicht verzeihen.

Ein Klopfen reißt mich aus den Gedanken. Fast hätte ich es nicht gehört, weil Chris Rea noch immer in meinen Ohren trällert. Ohne jegliche Energie rapple ich mich auf und öffne die Kabinentür. Die ist schwerfällig und möchte sofort wieder zuschnappen, sodass ich etwas mehr Kraft brauche als gedacht. Vor meinem Gesicht baumelt ein Briefumschlag scheinbar schwerelos in der Luft. Wer schreibt mir Briefe?

Erst jetzt fällt mir der Kerl in Sportklamotten auf, dem die Hand gehört, die mir den Umschlag reicht. »Willkommen an Bord und angenehme Reise!« Er entblößt eine Reihe weißer Zähne, die durch seine dunkelbraune Haut strahlend hervorblitzen. Sein Lächeln wird noch breiter, als sein Blick den meinen trifft. Die von winzigen Lachfältchen umgebenen Augen, die wie Sterne in der Nacht funkeln, ziehen mich sofort in ihren Bann. So tiefgründig und geheimnisvoll wie dunkler

Bernstein. Habe ich darin ein überraschtes Aufblitzen gesehen? Sein herber Duft nach Aftershave ruft ein Kribbeln in meinem Magen hervor, das mich an einen aufgescheuchten Ameisenhaufen erinnert. Hitze schießt mir ins Gesicht und meine Wangen glühen. Zu perplex, um etwas zu antworten, starre ich auf den Brief. Die Tür gleitet ungeschickt aus meinen Fingern und fällt mit einem knallenden Geräusch zurück ins Schloss.

Was war das denn gerade?

Wer war der Typ?

Was wollte er von mir?

Erst jetzt merke ich, dass ich auf die geschlossene Tür starre. Was er wollte, war ja klar. Er hat den Umschlag gebracht. Aber verdammt, der Kerl ist heiß! Vielleicht ist auf diesem Schiff doch nicht alles fürchterlich?

Mechanisch wie ein Duracell-Häschen drehe ich mich um und gehe zum Schreibtisch zurück, auf dem die Kladde mit den Schiffsinformationen liegt. Gedankenverloren stoppe ich Chris Rea. Das Lied passt nicht mehr zur Stimmung.

Der Briefumschlag gibt keinen Hinweis auf seinen Inhalt. Nur das Logo der Reederei Sternenflotte, selbstverständlich ein Stern, ist darauf zu sehen. Ich werde den Brief sofort öffnen und nicht auf Lukas warten. Immerhin hat der gutaussehende Kerl ihn mir persönlich gegeben.

Mein Herz klopft. Ob er noch immer auf dem Flur ist? Mit einem Satz hechte ich zurück zur Tür und spähe hinaus. Natürlich ist niemand da. Weder rechts noch links. Überhaupt ist der Gang ruhig und verlassen. Zu ruhig? Wieder knallt die Tür ins Schloss, und ich widme mich dem Brief. Er ist nicht zugeklebt. Ich ziehe eine

Karte heraus, erneut mit dem Logo der Flotte. Wahrscheinlich kann ich nach dem Urlaub keine Sterne mehr sehen, schießt es mir durch den Kopf. Aber darüber mache ich mir Gedanken, wenn es so weit ist.

Lieber Gast,
herzlich willkommen auf der Pluto. In Ihrem Buchungspreis sind ein Peeling und eine Ganzkörpermassage pro Person inkludiert. Die dafür vorgeplanten Termine sind am 26.12. um 13 und 14 Uhr.
Wir freuen uns auf Ihren Besuch im Beauty and Soul Spa auf Deck 11 und wünschen Ihnen eine angenehme Reise.
Ihre Crew der Pluto

Eindeutig die beste Nachricht des Tages. Vielleicht wird mich der gutaussehende junge Mann massieren? Wobei *jung* ist relativ, schließlich bin ich selbst erst siebzehn. Viel älter als zwanzig ist er bestimmt nicht. Ich stecke die Karte zurück in den Umschlag und lege ihn auf den Tisch.

Ping, ertönt es, und ich zucke zusammen. Ich habe noch immer die Kopfhörer von meinem Handy in den Ohren. Ein Blick auf das Display verrät mir eine eingegangene SMS von Emily.

Emily: *Geht es dir gut? Seid ihr gut angekommen???*
Leicht genervt verdrehe ich die Augen.
Ich: *Warum schreibst du SMS?*
Wie spät mag es zu Hause sein? Mein Handy zeigt 17:25 Uhr Ortszeit an. Mit fünf Stunden Zeitverschiebung ergibt das 22:25 Uhr in Deutschland. Kein Wunder, dass ich müde bin. Wir sind bereits den ganzen Tag unterwegs.

Emily: Gott sei Dank, ein Lebenszeichen! SMS, weil du auf nichts anderes geantwortet hast! Check Internet!

Tatsächlich habe ich nach Verlassen des Flugzeugs zwar den Flugmodus deaktiviert, aber mich nicht um eine Internetverbindung gekümmert. Wahrscheinlich muss ich mich ins WLAN einwählen, sofern es das hier am Ende der Welt gibt. Ein Klick zeigt mir die verfügbaren Netze an, deren Anzahl ich an einer Hand abzählen kann. Eines ist nicht passwortgeschützt, und ich verbinde mich mit *Pluto_Guest*.

Sofort ploppen mehr als zehn Nachrichten von Emily in WhatsApp auf. Ich grinse, als ich die sorgenvollen Zeilen meiner besten Freundin lese. So verhält sie sich nicht, wenn ich nur nach Mallorca fliege.

Ich: Check. Flug war lang. Aber wir sind alle okay.

Emily: Wie ist es denn?

In knappen Worten berichte ich von unserer Ankunft und dem Schuhkarton, den ich mir mit Lukas teile.

Emily: I feel you! Irgendwas Positives?

Ohne nachzudenken will ich Nein eintippen, als meine Gedanken wieder zu dem Umschlag wandern.

Ich: Einziger Lichtblick: Massage morgen!

Emily: Dann lass es dir gut gehen! Grüße an deine Eltern!

Ich verabschiede mich von Emily und lege das Handy beiseite. Ich werde mich jetzt nicht durch die anderen Nachrichten wühlen oder gar in den Insta-Account schauen. Wahrscheinlich sind mir etliche Follower abhandengekommen, schließlich habe ich mich länger als gewöhnlich nicht gemeldet. Morgen werde ich für neuen Content sorgen. *The show must go on.*

Unschlüssig, was ich als Nächstes tun soll, entdecke ich die Fernbedienung und beschließe, den winzigen

Monitor an der Wand zu testen. Ob man hier deutsche Programme empfangen kann?

Ein Kanal zeigt die Außenkameras, und ich sehe, dass weitere Passagiere das Schiff mit ihren Koffern betreten. Wie viele Menschen wohl insgesamt an Bord sind?

Der nächste Kanal präsentiert die Reiseroute. Eine virtuelle Karte mit einer Miniaturabbildung des Schiffes wird immer wieder herangezoomt, wenn es einen Hafen erreicht. Zu meinem Entsetzen sehe ich, dass der morgige Tag ein Seetag ist und wir erst am übernächsten Tag einen Hafen ansteuern. Colón in Panama. Die weiteren Reiseziele sind Kolumbien, Aruba und Venezuela. Insgesamt vier Seetage. Horror! Aber eigentlich ist es mir egal, ob wir im Hafen oder mitten auf dem Ozean sind. Schließlich habe ich nicht vor, an diesem Urlaub irgendetwas schön zu finden oder diese Kabine öfter als notwendig zu verlassen.

Also doch keine deutschen Sender, bis auf das Pluto-TV, auf dem die kommenden Veranstaltungen angepriesen werden. Theater, Tanzkurse, Spieleabende, Mehrgänge-Dinner, Poolparty, Disco und vieles mehr. Für Animation ist definitiv gesorgt. Wen auch immer die animieren wollen, spätestens bei mir hat es sich ausanimiert. Frustriert drücke ich auf den Off-Button und falle zurück auf mein Bett. Da stürmt Lukas zur Tür hinein, die Wangen gerötet.

»Du sollst mit zum Essen kommen!«

Wie aufs Stichwort knurrt mein Magen.

KAPITEL DREI

Logbuch Tag 2
Datum: 26.12.; 09:30 Uhr
Ort: Auf dem Meer zwischen der Dominikanischen
Republik und Panama

Als ich am nächsten Morgen erwache, brauche ich mehr
als einen Atemzug, um mich zu orientieren. Ich bin auf
der Pluto, am anderen Ende der Welt. Lukas liegt im
zweiten Bett und brabbelt im Schlaf unverständliche
Sätze. Ich schwöre, dies ist der allerletzte Urlaub, den ich
in einem Zimmer mit meinem Bruder verbringe. Nicht,
weil ich ihn nicht mag, sondern weil ich meine
Privatsphäre brauche.

Dumpf brummen die Schiffsmotoren. Zehn Tage
Kreuzfahrt. Einziges Highlight: die Massage am Mittag.
Ich sinke zurück in die Kissen. Heute ist Seetag und
Mama und Papa haben keine Möglichkeit, mich zu
Ausflügen oder Besichtigungen zu zerren.

Am liebsten würde ich erneut die Augen schließen,
aber Mama hat gestern beim Abendessen angekündigt,
dass sie uns um zehn Uhr zum Frühstück abholt. Lukas
weilt noch im Land der Träume. Ob ich ihn wecken soll?
Nein. Schließlich bin ich nicht sein persönlicher Weck-
dienst. Er ist alt genug, um allein pünktlich aufzustehen.

Energielos schlage ich die Decke zur Seite und
husche in das Mini-Bad. Nach einer Katzenwäsche

krame ich meine Kosmetikutensilien hervor, für die nicht im Ansatz genug Platz auf der Ablagefläche ist. Daher arbeite ich in Etappen. Meine Beine gleichen das sanfte Schaukeln des Schiffes aus. Es ist so gering, dass es kaum wahrnehmbar ist, und doch komme ich mir vor, als hätte ich einen leichten Schwips.

Ein schriller Ton reißt mich aus meinem Morgenritual.

»Scheiße! Warum hast du mich nicht geweckt? Scheiße, scheiße, scheiße!« Wie von der Tarantel gestochen gestikuliert Lukas in Boxershorts wild hinter mir.

»Dir auch einen guten Morgen.« Ich atme tief durch.

»Scheiße! Komm schon! Ich muss mal.«

Ein kurzer Kontrollblick in den Spiegel und ich bin fertig. Als Lukas die Tür des Kabuffs hektisch hinter sich abschließt, klopft es.

»Guten Morgen. Seid ihr so weit?« Mama sieht bereits jetzt ausgeruht aus. Ihr Haar ist zu einem kurzen Pferdeschwanz gebunden und die Kleidung weist trotz des Transports im Koffer keine einzige Falte auf. Auch ihr Teint ist ohne Make-up nahezu makellos. Wie macht sie das nur? Sie folgt mir und sieht sich in der Kabine um.

»Ja.« Ich nicke.

»Dir ist klar, dass es heute über 25 Grad werden?«

Ich zucke mit den Schultern. Natürlich spielt sie auf meine Klamotten an, die eher zu den aktuell in Deutschland herrschenden Temperaturen passen. »Jetzt gerade ist mir kalt.«

»Dann stell doch die Klimaanlage etwas wärmer. Sechzehn Grad. Du bist verrückt.« Mama schüttelt den

Kopf und dreht an dem kleinen Rädchen. »Lukas, Schatz! Bist du fertig?«

»Scheiße, Mama, du bist zu früh.« Lukas drängt sich an uns vorbei und zieht wahllos kurze Hose und T-Shirt aus dem Schrank.

»Du sollst nicht fluchen. Aber nun gut. Fünf Minuten, dann treffen wir uns oben. Papa wartet schon auf uns.«

»Ey, wir haben Urlaub.« Lukas verdreht die Augen und zieht sich auf einem Bein hüpfend die Socken an.

»Ich komme schon mit. Schließlich bin ich pünktlich aufgestanden.«

* * *

Das Frühstück findet im Challenger-Restaurant statt, demselben wie beim Abendessen. Es ist das größte und damit auch das Restaurant, das im All-inclusive-Preis inkludiert ist. Hier darf ich so viel essen und trinken, wie ich will. Das fällt mir nicht schwer, so reichhaltig ist das Büfett. Ob ich es schaffe, mich während des Urlaubs durch das Angebot zu probieren? Hier bleibt definitiv kein Wunsch unerfüllt, und für jeden Geschmack ist etwas dabei. Von klassischem Butterbrot, Brötchen, Croissants oder Müsli, bis hin zu Reis, baked beans, Suppe, herzhaften Pancakes und Shakshuka – was auch immer das ist.

Zusätzlich gibt es das Discovery und das Atlantis, beides Themenrestaurants, bei denen die angebotenen Mehr-Gänge-Menüs extra bezahlt werden und die nur abends geöffnet sind. Höchstwahrscheinlich werde ich keines von innen sehen, wie ich meine Eltern kenne.

Der Geruch nach gebratenem Speck weht durch den Raum. Ein Koch erfüllt gerade einer Passagierin einen Extrawunsch. Rings um uns herum klappern Teller und Besteck, gedämpfte Gespräche sind zu hören. Wie in einem Bienenschwarm kehrt niemals Ruhe ein. Die Leute kommen und gehen, Langschläfer lösen die Frühaufsteher ab, laden sich viel zu viel auf den Teller oder können sich nicht entscheiden und bleiben dann – wie ich – bei den Sachen hängen, die sie auch zu Hause essen.

»Habt ihr gut geschlafen?« Papas Blick wandert abschätzig über meinen Weihnachtspulli.

»Hmm …« Ich schiebe mir das Croissant mit Marmelade in den Mund. Alle hier, nicht nur meine Familie, sondern alle Gäste tragen kurze Hosen und T-Shirts. Ich falle mit meinem Pullover und der langen Röhrenjeans auf wie der Weihnachtsmann an Ostern. Gut so. Nichts anderes war meine Absicht. Durch das bodentiefe Panoramafenster neben mir sehe ich nur Wasser und blauen Himmel. Eigentlich Traumwetter, wenn man Lust auf Sommer im Winter hat.

»Ich will den Massagetermin um 13 Uhr«, sage ich zu Lukas, der zur Antwort nickt. Das war easy. Damit ist der halbe Tag verplant.

»Denkt dran, dass gleich um 11 Uhr See-notrettungsübung ist.« Mama schaut uns eindringlich an.

»Ich hab da keine Lust drauf«, entgegne ich.

»Leonie, es ist keine Frage, ob du Lust hast. Das ist Pflichtprogramm hier auf dem Schiff, und dem hast du dich zu fügen. Danach kannst du dich in der Kabine verkriechen und weiterschmollen.«

Ich funkle Mama an. Mein Besteck klirrt auf den Teller.

»Dann geh ich schon mal.« Ohne ein weiteres Wort erhebe ich mich und gehe in meine Kabine zurück. Noch dreißig Minuten bis zu der doofen Übung. Die Zeit werde ich nutzen und eine längst überfällige Aktion angehen. Ich ziehe das Handy aus der Tasche.

O nein, der Kutter hat kein zuverlässiges WLAN. Wäre auch zu einfach gewesen. Wie hat das gestern funktioniert? Ich suche nach dem Netz, finde es aber nicht. Es soll Internet-Terminals in der Nähe der Information geben, habe ich gelesen. Garantiert stammen die aus der Zeit vor den Smartphones, aber besser als nichts. Dann eben kein Musikstream.

Ich packe mir wieder Weihnachtsmusik aus meiner Playlist auf die Ohren und widme mich meinem besonderen Koffer. Was ist Weihnachten ohne Gemütlichkeit? Und von Dekoration haben die Zimmermädchen auf diesem Kahn eindeutig nichts gehört. Alles in der Kabine ist kahl und steril. Hauptsache es ist schnell und leicht zu reinigen. Verliebt schaue ich auf meine mitgebrachte Weihnachtsdeko. Ich werde es mir schön machen!

Ich summe *Santa Claus Is Coming To Town* und wippe im Takt, während ich ein Gesteck aus Tannenzweigen auf den Tisch stelle. Zum Glück hat es den Flug unbeschadet überstanden. Auch die kleinen Kügelchen, die ich daran gebunden habe, sitzen an Ort und Stelle. Rasch garniere ich die Deko mit zwei Kerzen. Eindeutig die Kirsche auf der Sahne.

Nur Minuten später sehe ich mich um. Perfekt! Zumindest für das, was man mit so wenig Material fabrizieren kann. Das macht es deutlich behaglicher. Ich muss nicht nach draußen gehen. Einfach die Klimaanlage wieder kühler einstellen und schwupps ist es beinahe wie zu Hause. Ich werde mir die Winterlandschaft von dem Poster erträumen, das ich an der Wand gegenüber dem Bett aufgehängt habe. Ein Traum in Weiß mit einem Schlitten, der von Huskys gezogen wird. Die Tannen beugen sich schwer unter der Last der weißen Pracht, sind über und über mit Schnee bedeckt. Das wäre der perfekte Winterurlaub. Irgendwo in Lappland, vielleicht im Dorf des Weihnachtsmannes.

Als sich die Tür öffnet und Lukas die Kabine betritt, bleibt er wie angewurzelt stehen.

»Welcher Weihnachtsexpress ist denn hier explodiert?«

»Meiner.« Ich ziehe mir einen Stöpsel aus dem Ohr und zucke mit den Schultern.

»Echt? Hast du etwa das ganze Zeug in die Karibik geschleppt? Deshalb hast du dich mit deinen Koffern so abgemüht, erst die Winterkleidung und dann das hier …«

»Klar, irgendwer muss ja für weihnachtliche Stimmung sorgen.«

»Du bist unglaublich.« Er schüttelt den Kopf und schmeißt sich aufs Bett.

»Unglaublich gut.« Ich grinse und plumpse ebenfalls auf mein Bett. Immerhin sind diese bequem und lassen einen die Nacht ohne Rückenschmerzen verbringen.

»Unglaublich bescheuert.« Auch er kann sich ein Grinsen nicht verkneifen. »Aber eins muss man dir lassen. Es hätte deutlich schlimmer aussehen können.«

»Danke für das Kompliment.«

Als ich mir den Stöpsel wieder ins Ohr stecken will, knackt es. Eine Stimme ertönt aus dem Off. Haben die ernsthaft Lautsprecher in der Kabine angebracht?

»Liebe Gäste! Herzlich willkommen an Bord der Pluto. Hier spricht Ihr Kapitän. Ich begrüße Sie im Namen der gesamten Crew und wünsche Ihnen unvergessliche Sternstunden.« Er macht eine kurze Pause, bevor er seinen auswendig gelernten Text weiter abspult. Wahrscheinlich ist der ganze Mist für ihn Routine. »Nun zur Seenotrettungsübung, die für alle an Bord befindlichen Personen Pflicht ist. Bitte halten Sie sich an die Anweisungen der Crew, die Ihnen im Bedarfsfall gern Ihre Fragen beantwortet. Vielen Dank.«

Es knackt erneut im Lautsprecher. Draußen auf dem Gang ist das Trappeln von Schritten zu hören. Jetzt habe ich noch mehr den Eindruck, dass das Schiff einem Bienenschwarm gleicht. Viele Menschen auf wenig Raum. Ich mag mir nicht ausmalen, wie es tagsüber auf dem Deck ist. Wie Ölsardinen müssen die Gäste nebeneinanderliegen. Wieder verteufle ich unsere Eltern, die zu geizig für eine Balkonkabine waren. Dabei will ich gar nicht nach draußen. Also ist es egal, ob die Kabine einen Balkon hat oder nicht.

»Was passiert jetzt? Müssen wir irgendwo hin?« Lukas schaut mich fragend an.

»Woher soll ich das wissen, du Lauch?« Ich verdrehe die Augen.

»Immerhin bist du die Ältere von uns.«

»Aber so einen Zirkus habe ich auch noch nie mitgemacht.« Lukas stellt eindeutig zu viele Fragen.

Just meldet sich erneut eine Stimme aus dem Lautsprecher, diesmal eine Frau. »Liebe Gäste, mein

Name ist Carina, und ich bin der Staff-Kapitän dieses Schiffes. Ich werde Sie durch diese Seenotrettungsübung begleiten und Ihnen erklären, was zu tun ist. Unsere Crewsprache ist Englisch, da wir in unseren Reihen mehr als fünfundzwanzig Nationen vereinen. Wir beginnen jetzt mit Phase eins.«

Ein Warnsignal ertönt, ein zweimaliges Tuten, dann eine kurze Pause und das erneute Tuten. Tut, tut. Tut, tut. Tut, tut. Wieder quäkt die Stimme von Carina aus dem Off. »Assessment team, assessment team! Please proceed to deck three, zone three and four. Assessment team, assessment team! Please proceed to deck three, zone three and four.« Eine kurze Pause, in der das Tuten noch zwei, drei Mal ertönt.

»Das war der Alarm für unser Einsatzteam, das als erstes zu einer Gefahrenstelle gerufen wird. Sie als Passagiere holen bitte Ihre Kinder aus dem Kids-Club ab und begeben sich zu Ihren Kabinen. Achten Sie bitte auf weitere Lautsprecherdurchsagen. Das Einsatzteam gibt uns Rückmeldung, ob tatsächlich ein Ernstfall vorliegt. Die größten Gefahren an Bord eines Schiffes sind Brände oder einströmendes Wasser. Nach diesem ersten Alarm folgt bei Bedarf Phase zwei, die wir gleich durchspielen.«

Fasziniert lausche ich den Ausführungen von Carina. Interessant, was sie alles erzählt. Vorsorglich stecke ich mein Handy in die Hosentasche. Es klopft, und Lukas öffnet Mama die Tür.

»Bei euch alles gut? Habt ihr eure Schwimmwesten?«

»Sind im Schrank«, antworte ich.

»Holt sie schon mal raus, ihr werdet sie gleich brauchen.«

»Ja, Mama.«

Erneut knackt es im Lautsprecher, und Carina leiert einen weiteren Text herunter. »In Phase zwei wird der sogenannte Crew-Alarm ausgerufen. Der richtet sich an die gesamte Crew, die Vorkehrungen trifft, um eine Vollzähligkeitsprüfung der Passagiere vorzunehmen.« Sie macht eine kurze Pause. »Crew alert, Crew alert!«

»Wir sehen uns gleich! Hört schön auf das, was man euch sagt.« Mama schließt die Tür hinter sich. Warum ist sie so aufgeregt? Schließlich ist es nur ein Probealarm, so wie in der Schule. Nichts Ernsthaftes. Definitiv kein Grund, um sich aus der Ruhe bringen zu lassen.

»Liebe Gäste. Es folgt nun Phase drei, der Generalalarm. Wann immer Sie die sieben kurzen und einen langen Ton hören, begeben Sie sich ohne Umwege zu der Sammelstelle, die Ihrer Kabine zugewiesen ist. Ziehen Sie die Rettungsweste an. Sollten Sie im Ernstfall nicht in der Nähe Ihrer Kabine sein, halten wir weitere Westen für Sie an den Sammelstellen bereit. Je nach Witterung empfiehlt es sich, eine Jacke mitzunehmen, da sich die Sammelplätze in den Außenbereichen des Schiffes befinden. Bitte begeben Sie sich nun unverzüglich zu Ihrem Treffpunkt.«

Darauf folgen in durchdringender Lautstärke die angekündigten sieben kurzen Signale und ein langer Ton, der das Schiff leicht zum Vibrieren bringt. Sogar ein Gehörloser würde mitbekommen, dass etwas im Busch ist.

»Nun komm schon.« Lukas hält die Schwimmwesten in der Hand und schaut mich erwartungsvoll an.

Mit einem tiefen Seufzer ergebe ich mich in mein Schicksal. Nach einem kurzen Make-up-Check schnappe ich mir meine Weihnachtsmütze mit den Tannenbäumen und dem roten Puschel auf dem Kopf. Meine Locken habe ich zum Glück so gebändigt, dass sie perfekt liegen. Rasch zupfe ich zwei Strähnen unter der Mütze hervor, damit sie mein Gesicht einrahmen. Jetzt kann es losgehen.

»Du würdest auch eher mit dem Schiff untergehen, als dass du ungeschminkt hinausgehst. Gut gestylt ertrinken, echt krass …« Lukas schüttelt den Kopf, sieht mich vorwurfsvoll an und wirft mir meine Schwimmweste zu, die ich mit Mühe auffange.

Sie ist federleicht, aber ein Manko hat sie doch. Das Orange beißt sich mit dem Rot von Mütze und Pulli. Außerdem ist sie so klobig, dass ich sie unmöglich anziehen kann. Ich folge Lukas mit der Weste in der Hand durch die Tür hinaus. Nur wenige Menschen bewegen sich zu der Sammelstelle. Oder sind die einfach alle schneller?

»This way!« Eine asiatisch aussehende, zierliche Frau zeigt mit dem Finger zu den älteren Passagieren und hält mich davon ab, die Kabine zu verschließen. Verständnislos schaue ich sie an. Sie bedeutet uns eindringlicher weiterzugehen.

»Go this way! I have to check your cabin!« Ich höre die Worte der Frau, doch es dauert, bis ich sie wirklich verstehe.

»Komm schon.«

Verdattert lasse ich sie gewähren und folge Lukas. Als wir durch die Tür ins Freie treten, schlägt uns mollige Hitze entgegen. Sofort bilden sich Schweißperlen auf meiner Stirn. Die Mütze hätte ich in der Kabine lassen können, aber für diese Einsicht ist es nun zu spät.

»Ziehst du bitte die Rettungsweste an?« Eine Frau in der Dienstkleidung der Crew schaut mich auffordernd an.

»Muss das wirklich sein?« Ich zögere, schließlich habe ich keine Ahnung, wie man das Ding anzieht.

»Ja.«

Gut, den Kopf hindurch ... Und dann? Hilfesuchend wedle ich mit einer Schnalle.

»Darf ich?« Die Frau ist nach wie vor freundlich. Antrainiert bemüht. Mit einem geübten Griff verschließt sie die Weste, und ich ahne, dass ich wie ein Michelin-Männchen aussehe. Definitiv unsexy.

Der Außenbereich von Deck 6 wimmelt von Menschen. Ich halte Ausschau nach unseren Eltern. Ein Winken zeigt mir, wo sie sind. Auch Lukas hat es gesehen und läuft ihnen entgegen. Ich halte mich etwas abseits der Menschentraube und beuge mich über die Reling.

Nichts als das weite Meer. Blaues Wasser, so weit das Auge reicht. Dazu strahlender Sonnenschein, der die Wasseroberfläche glitzern und funkeln lässt. Jetzt weiß ich, was ich vergessen habe! Meine Sonnenbrille liegt in der Kabine, und da nützt sie mir nicht. Also schirme ich die Augen mit der Hand ab und schaue am Schiff hinab. Abermillionen Wassertropfen tragen gemeinsam das tonnenschwere Schiff. Ein Wunder! Die Gischt spritzt am Rumpf hoch, doch sie erreicht längst nicht Deck 6. Ich drehe mich um, blicke kurz zur Sammelstelle, bei der sich nichts verändert hat, und zücke mein Handy aus der Hosentasche. Ein Beweisbild muss ich machen, sonst glaubt mir niemand, dass ich in der Karibik bin. Ich setze mein Selfie-Lächeln auf und lichte mich in verschiedenen Posen ab. Natürlich mit der dummen Weste. Nachher die besten Fotos mit der App bearbeiten, und alle weihnachtsfanatischen Follower werden mir ihre Beileidsbekundungen schicken. Das wird mich aufmuntern. Schließlich wissen sie, wie sehr ich Weihnachten liebe.

»Leonie! Komm her.« Mama winkt mir zu, und ich stoße mich von der Reling ab. Der Fahrtwind hat gutgetan. Als ich in die windgeschützte Ecke trete, schwitze ich sofort.

»Das ist Leonie aus Kabine 5151«, sagt sie zu dem Mann mit Schwimmweste und rotem Basecap, der mir halb den Rücken zudreht und eine Liste in der Hand hält. Hakt der ernsthaft jeden einzelnen Passagier ab? Verwundert sehe ich an seiner Schulter vorbei auf das Klemmbrett. Tatsächlich. Die nehmen es penibel genau. Auf der Liste stehen die Kabinennummern und die Namen aller Gäste. So viel zum Thema Datenschutz. Das hatten wir erst letztens in der Schule.

„Und nimm endlich diese alberne Mütze ab. Du machst uns hier noch lächerlich. So wie vorhin beim Frühstück. Wage es nicht, nochmal so kommentarlos abzuhauen", zischt Papa mir ins Ohr.

Ich werfe ihm einen Blick zu, der das Schiff in zwei Teile schneiden könnte, und presse die Lippen zusammen.

»Gut, dann sind wir komplett.« Der Mann mit dem roten Basecap dreht sich zu mir um, und ich erstarre.

Inzwischen bin ich klatschnass geschwitzt. So eine Affenhitze, und dann dieser Blick. Ich wünsche mir einen Erdboden, in dem ich versinken kann. Das ist er! Der, dem ich gestern die Tür vor der Nase zugeschlagen habe. Eindeutig! Die Hitze pocht in meinen Wangen. Erst jetzt fällt mir der herbe Duft auf, den ich gestern schon nicht mehr aus meiner Nase bekommen habe. Mein Atem wird schneller, mein Herz wummert. Ich weiche seinen Augen aus. In meinem Bauch hat sich ein Schwarm Schmetterlinge selbstständig gemacht. Das darf nicht wahr sein! Wieder suche ich seinen Blick. Er zwinkert mir zu und hakt meinen Namen auf der Liste ab. Diese Augen. Auch jetzt sehen sie aus wie Bernstein. Geheimnisvoll. Ich schlucke, doch meine Kehle ist staubtrocken. Mann ey, woher kommt das denn jetzt?

Er zückt sein Handy und lässt die Augen über die anderen Passagiere schweifen. Mama, Papa und Lukas unterhalten sich. Ich beiße auf meiner Unterlippe herum. Was ist da eben mit mir passiert? Warum reagiert mein Körper bei dem Kerl so verräterisch? Gut, er ist ungefähr fünfzehn Zentimeter größer als ich, durchtrainiert und hat weiche Gesichtszüge. Aber mich interessieren keine Männer. Nicht nach dem Desaster mit Leon. Falls ich irgendwann in ferner Zukunft über Partnerschaft nachdenken will, bekomme ich ja genug Angebote über meinen Insta-Account.

Partnerschaft? Wo sind meine Gedanken? Schnell stecke ich die Kopfhörer in meine Ohren, schmeiße die Weihnachtsplaylist an und ignoriere den Trubel um mich herum. Atmen. Einfach atmen und auf das Wasser schauen.

Als ich Blicke und eine Bewegung neben mir spüre, schaue ich verwundert auf. Lukas.

»Was ist?« Ich nehme einen Stöpsel aus dem Ohr.

»Möglicherweise hast du laut mitgesummt.« Er grinst mich an.

»Sorry! Kommt nicht wieder vor.« Ich stecke den Stöpsel ins Ohr zurück, als mir das Lächeln des Mannes mit dem roten Basecap auffällt. Ich mustere ihn. Die Lippen sehen samtweich aus, haben einen schönen Schwung, rufen *Küss mich*. Ich verziehe meinen Mund zu einem aufgesetzten Lächeln. Wieder glühen meine Wangen, als er nicht wegschaut. Die Schmetterlinge taumeln in meinem Bauch, mein Atem stockt. Na, wenn das jetzt jedes Mal so geht, bin ich verloren …

Mit einem Ruck drehe ich mich um und gehe zur Reling zurück. Ich weiß genau, dass er mich beobachtet. Soll er. Immerhin brauche ich mich und mein Äußeres nicht zu verstecken. Zumindest, so lange die Hitze mein Make-up nicht ruiniert. Verdammt! Hat er mich deswegen so angesehen? Hektisch will ich nach meinem Schminkspiegel greifen, doch meine Handtasche liegt in der Kabine. Ich stoße genervt die Luft aus.

»Liebe Gäste!«, ertönt die Stimme von Carina verzerrt aus dem Lautsprecher. »Die Seenot-rettungsübung ist nun beendet. Vielen Dank für Ihr Mitwirken. Im Namen der gesamten Crew wünsche ich Ihnen einen angenehmen Aufenthalt bei uns an Bord. Zögern Sie nicht, die Crew bei Fragen oder Problemen anzusprechen. In wenigen Minuten geht es mit dem gewohnten Programm weiter. Wir wünschen Ihnen unvergessliche Sternstunden.«

Noch während Carina spricht, wird es rummelig. Jeder will als Erstes zurück ins Schiff. Ob jetzt der große Run auf die besten Sonnenplätze beginnt? Nun, ich überlasse meinen Platz gern jemand anderem.

»Stell dir mal vor, wir hätten auch noch auf so ein Rettungsboot gedurft.« Lukas deutet auf die befestigten

Nussschalen neben uns, die starr auf ihren Einsatz warten.

Ich verdrehe die Augen. »Was wäre daran so toll?«

»Na, wie bei der Titanic …«

»Du hast Titanic gesehen?« Ich stocke. Alles habe ich vermutet, aber sicherlich nicht, dass er diesen Film gesehen hat.

»Klar! Ist doch saucool, wie der Kerl da auf die Schiffsschraube fällt.«

Langsam dämmert es mir. »Lukas, ich glaube, dass wir dankbar sein sollten, so lange wir nicht in diese winzigen Nussschalen müssen.«

»Du bist so was von langweilig.« Er streckt mir die Zunge heraus und lässt mich stehen. Auch unsere Eltern sind nicht mehr zu sehen. Ich schaue auf meine Armbanduhr. Eine Stunde noch, dann habe ich meinen Massagetermin. Ich folge Lukas ins Schiffsinnere in Richtung unserer Kabine.

»Hast du den Schlüssel?«

Natürlich. Es ist typisch, dass er seinen vergessen hat.

»Was ist das?«, frage ich und schaue auf ein grünes Schild, das an unserer Tür hängt.

Evacuated

Lukas zuckt mit den Schultern und nimmt das magnetische Schild ab. Gerade, als die Tür hinter uns ins Schloss gefallen ist, klopft es.

Lukas ist sofort zur Stelle, während ich mich der lästigen Schwimmweste entledige und feststelle, dass ich so durchgeschwitzt bin, dass ich mich besser vor der Massage abduschen sollte. Zum Glück ist bis dahin noch etwas Zeit.

»Hallo, darf ich kurz eintreten?« Eine freundliche Stimme schallt hinein. Lukas schaut unsicher zu mir.

»Wer ist denn da?«, frage ich.

»Ich bin Susanne, die Hausdame des Schiffes.«

Hinter Lukas betritt eine etwas fülligere Frau Mitte vierzig die Kabine und kontrolliert den Raum.

»Ja?«, frage ich.

»Hast du diese Sachen hier aufgehängt?« Sie schaut mich an und deutet auf die Weihnachtsdeko, als wäre es offensichtlich, dass ich die Einzige bin, die auf solche Ideen kommt.

»Gefällt es Ihnen?«

KAPITEL VIER

Logbuch Tag 2
Datum: 26.12.; 12:07 Uhr
Ort: Auf dem Meer zwischen der Dominikanischen Republik und Panama

»Du magst Weihnachten, oder?«, fragt die Frau und schaut mich eindringlich an. Sie lächelt steif, doch es erreicht ihre Augen nicht.

»Offensichtlich, oder?«

»Ich kann wirklich gut verstehen, dass du es dir hier gemütlich einrichten möchtest, doch leider geht das so nicht.«

»Was stört Sie daran?« Verwundert schaue ich mich um. Da ist nichts, was jemanden verärgern könnte. Schließlich habe ich keine nackten Männer mit Zipfelmütze als Poster an die Wand gehängt.

»Leider ist es auf dem Schiff verboten, Kerzen aufzustellen oder abzubrennen. Die Brandgefahr ist zu hoch. Bestimmt hast du bei der Seenotrettungsübung gehört, dass Brände zu den größten Gefahren an Bord gehören.« Sie deutete auf mein Gesteck.

Im Hintergrund gluckst Lukas. Ich werfe ihm einen messerscharfen Blick zu, aber er feixt unüberhörbar weiter.

»Nicht Ihr Ernst!«

»Leider doch.«

»Und da kann man gar nichts machen?« Ein winziges Fünkchen Hoffnung bleibt.

»Nein. Keine Ausnahme.«

»Alternativen?«

»Im Bordshop kannst du LED-Kerzen kaufen. Die darfst du hier aufstellen. Und wenn du möchtest, kann ich das Poster in den Rahmen stecken. Was für ein Bild da drin ist, ist egal. Aber alles andere muss weg.«

Zwingt diese Hexe mich, meine gesamte Weihnachtsdekoration wieder einzupacken? Ernsthaft? Mein Magen krampft sich zusammen. »Und wenn ich das nicht mache?« Ich bewege mich auf dünnem Eis. Doch ich kann nicht anders. Ich brauche Weihnachten für mein Seelenheil. Vor allem hier, am anderen Ende der Welt.

»Falls diese Sachen heute Abend bei unserer Kontrolle noch immer hier sind, wird das Personal sie entsorgen. Du kannst dir also aussuchen, ob du die Sachen einpackst oder sie in den Müll sollen. Okay?«

Wir duellieren uns mit den Augen. Eine steile Furche ist zwischen ihren Augenbrauen entstanden. Leider ziehe ich den Kürzeren und ergebe mich mit einem knappen Nicken. Ohne meine Antwort abzuwarten verlässt die Hausdame die Kabine.

»Hättest du den Kram einfach zu Hause gelassen!« Lukas hat ein diabolisches Grinsen aufgelegt. »Versuch doch wenigstens, den Urlaub zu …«

»Ich wollte nie mit! Also finde dich damit ab«, fahre ich ihm über den Mund.

Zornig befördere ich die Weihnachtssachen zurück in den Koffer, dennoch darauf bedacht, sie nicht zu zerstören. Lukas tut gut daran, mich nicht weiter zu nerven, auch wenn ich seine feixenden Blicke im Rücken spüre. Argh, kann dieser Urlaub noch schlimmer werden?

Kurz darauf gehe ich zu meinem Massage-Termin, den ich am liebsten wieder canceln würde. Aber ich bin so verspannt, dass ich das jetzt brauche. Jeder Muskel ärgert, und vor allem mein Kiefer ist so verkrampft, dass sich Kopfschmerzen ankündigen.

Nur mit Bademantel und Badelatschen bekleidet fröstelt es mich in der klimatisierten Luft des Schiffes. Vielleicht hätte ich eine Sporthose und ein T-Shirt darunterziehen sollen? Den flauschigen Kragen des Bademantels fester an die Schlüsselbeine drückend schleiche ich zum Fahrstuhl. Hoffentlich begegne ich unterwegs niemandem. Schließlich bin ich nach meiner schnellen Dusche ungeschminkt. So laufe ich eigentlich nicht außerhalb meines eigenen Zimmers herum. Tief in mir brodelt es weiter. Wie kann diese Tante mir meine Weihnachtsdekoration verbieten? Okay, das mit dem offenen Feuer kann ich nachvollziehen. Aber ich muss die Kerzen ja nicht anzünden.

Vereinzelt begegnen mir andere Passagiere, doch keiner nimmt Notiz von mir. Erleichtert atme ich aus. Als ich den Fahrstuhl erreiche, wartet dort eine Frau in Dienstkleidung. Ihr hellbrauner Bob passt hervorragend zu ihrer Gesichtsform. Ob mir die Frisur auch stehen würde? Aber meine widerspenstigen Haare würden niemals so liegen bleiben wie bei ihr.

»Hallo.«

»Hey«, entgegne ich lahm, schaue zu Boden. Zum Glück öffnet sich die Tür, und das Fahrstuhlgedudel empfängt mich. Leider bin ich nicht allein, denn die Frau betätigt den Knopf zu Deck 11, noch bevor ich reagieren kann.

»Willst du auch zum Spa?«

»So offensichtlich?« Ich bringe ein schiefes Lächeln zustande, hebe den Blick ein wenig.

»Naja, auf Deck 11 gibt es nichts anderes. Es sei denn, du willst auf das FKK-Sonnendeck auf Deck 12.«

Ich schnappe nach Luft und schaue rasch wieder zu Boden. Dass es einen solchen Bereich auf dem Schiff gibt, wusste ich nicht. Wie kommt sie darauf, dass ich dort hinwollen würde? Gott, ist mir das unangenehm. Zum Glück hält der Aufzug an. Mit weiterhin gesenktem Kopf stürme ich aus der Fahrstuhlkabine und würdige sie keines Blickes. Doch als ich den Spa betrete, stocke ich erneut. Die beige Hose und das braune Oberteil der Frauen ist die Dienstkleidung der Spa-Mitarbeiterinnen. Verdammt, warum bin ich nicht eher darauf gekommen? Warum ist Miss brünetter Bob sonst in den elften Stock gefahren?

»Hey Mia!«, sagt die Empfangsdame, die hinter dem Tresen im winzigen Vorraum des Spas steht, als die Frau aus dem Fahrstuhl an mir vorbeigeht.

»Hey Susi!«

Ich sehe ihren braunen Bob durch den Vorhang verschwinden, hinter dem sich der Bereich mit den Saunas und den Kabinen für die Spa-Anwendungen verstecken muss.

»Herzlich willkommen im Beauty and Soul Spa! Was darf ich für dich tun?«, flötet Susi nun auch mir entgegen.

»Ich … äh …« Ich räuspere mich und trete unbehaglich von einem Fuß auf den anderen. Verdammt, ein vorhandener FKK-Bereich kann mich doch nicht derart aus der Bahn werfen! Das sollte etwas vollkommen Normales sein – zumindest, wenn man damit aufgewachsen ist, was ich aber nicht bin.

»Ich bin Leonie ... aus Kabine 5151. Ich habe einen Termin«, bringe ich zögerlich als zusammenhängende Sätze heraus.

»Ah super, dann setz dich kurz. Es geht gleich los.« Susi deutet auf eine Sitzbank, auf der nicht mehr als zwei Leute Platz finden.

Ich knibble an meinen Nagelbetten. Meine letzte Massage ist schon etwas her. Dann taucht der brünette Bob von Mia zwischen dem Vorhang auf.

»Ich glaube, wir zwei haben ein Date«, raunt sie in meine Richtung und zwinkert mir zu.

Ich widerstehe dem Drang, mich umzusehen, ob jemand anderes in der Nähe ist, aber sie meint eindeutig mich. Heilige Scheiße! Das kann ja lustig werden.

Tatsächlich erwähnt Mia mit keinem Wort den FKK-Bereich, sondern erklärt mir die Behandlung. Sie reibt mich mit einem grobkörnigen Peeling ab. Ihre Hände schrubben tausend kleine Körnchen über meine Haut, angenehm und nicht schmerzhaft. Dabei plappert sie ohne Punkt und Komma, erzählt von all den Orten, die sie gesehen hat. Beeindruckt höre ich ihr zu. Brasilien, USA, Norwegen, Kanarische Inseln ... Es ist zu schön, um wahr zu sein. Wobei ich für meinen Teil die nördlichen Touren bevorzugen würde.

»Und wo möchtest du gern noch hin?«, frage ich.

»Oh, mein nächster Vertrag bringt mich nach Asien. Du musst wissen, dass die Sternenflotte nächstes Jahr erstmalig eine Tour dorthin anbietet. Malaysia,

Singapur, Thailand und so.« Ihre Augen leuchten. Sie trocknet sich die Hände ab und deutet auf die Nasszelle, eine richtige Duschkabine wie zu Hause, und legt mir ein Handtuch auf die Liege. »Geh dich bitte kurz duschen. Mit dem Handtuch kannst du dich abtrocknen. Ich bin gleich wieder da.«

Als die Wassertropfen über mich perlen, sehe ich durch die Glastür, wie Mia die Laken mit den Peelingresten wegräumt und die Kabine verlässt. Rasch wasche ich die Körnchen sorgfältig ab. Schon jetzt ist meine Haut samtweich wie ein Babypopo. Auch das Handtuch ist so fluffig, dass ich es am liebsten nicht mehr weglegen würde. Ich schaue durch das bodentiefe Panoramafenster nach draußen. Davor liegen einige Passagiere auf Sonnenliegen, doch durch die Verspiegelung, so Mia, kann keiner hineinsehen. Noch immer umgibt uns nichts als das Meer. Weit entfernt am Horizont erkenne ich ein anderes Schiff.

Mit einem leisen Rauschen öffnet sich die Schiebetür hinter mir, und Mia betritt erneut den Raum. »Fertig so weit?«

Ich bewundere ihre Ruhe und Gelassenheit. Garantiert hat sie diese Behandlung schon an tausenden von Gästen durchgeführt. Jeder Handgriff sitzt.

»Ja. Sag mal, wie sind die Gäste hier so?«, frage ich und lege mich wieder auf die Massagebank.

»Die meisten sind ganz entspannt. Jetzt am ersten Tag gibt es ein paar, denen der Stress der letzten Wochen anzumerken ist, aber eigentlich sind alle freundlich. Warum fragst du?«

»Naja, weil ich unfreiwillig hier bin. Meine Eltern haben uns die Reise zu Weihnachten geschenkt, obwohl sie wissen, dass ich lieber einen Winterurlaub im Schnee gemacht hätte.« Warum erzähle ich das?

»Ja, Schnee bekommst du hier nicht, aber vielleicht gefällt es dir trotzdem bei uns. Die Silvestershow ist einmalig«, sagt Mia, als sie meinen rechten Arm massiert. Jeden Finger bearbeitet sie einzeln. Ich werde schläfrig. Das nach Rosen duftende Massageöl lullt mich ein. Ich atme tief durch. Der Jetlag ist noch nicht ausgestanden, und doch fällt nach und nach die Anspannung von mir ab.

»Vielleicht. Warum arbeitest du hier?« Selbst meine Stimme klingt müde.

»Ganz einfach. Ich will was von der Welt sehen. So ist das kinderleicht. Weißt du, ich bin nicht der Typ für Backpackerreisen. Hier kann ich das Nützliche mit dem Angenehmen verbinden.«

Inzwischen bäuchlings, mit dem Gesicht im Guckloch der Liege, entspanne ich mich. Ein Schiff ist wirklich ein aufregender Arbeitsplatz, auch wenn ich mir nicht vorstellen kann, den ganzen Tag Gäste durchzukneten. Die Augen geschlossen genieße ich jeden von Mias Massagegriffen auf meinem Rücken. Die letzten Verkrampfungen weichen aus den Muskeln und auch der Stress wegen der Dekoration ist vergessen.

Viel zu schnell ist sie fertig. »Danke«, murmle ich schläfrig. Nur mit nahezu übermenschlicher Anstrengung schaffe ich es, meinen Körper gegen die Schwerkraft anzuheben. Mein Gesicht fühlt sich vollkommen zerknautscht an. »Kann ich mich nach draußen trauen?«

»Nun, ich würde sagen, dass du gut Werbung für uns machst.« Sie zwinkert mir zu und hält mir den Bademantel hin.

»Danke.« Ich schlüpfe hinein und betaste die Abdrücke der Massageliege in meinem Gesicht.

Als ich wenige Sekunden später den Spa-Bereich verlasse, zieht es mich an die frische Luft. Die Schiebetüren öffnen sich wie von Geisterhand. Ich blinzle der grellen Sonne entgegen. Sofort weht mir eine sommerliche Brise um die Ohren. Tief atme ich den salzigen Geruch der Meeresluft ein und lehne mich an die Reling. Ich befinde mich auf einer Art Balustrade, die einmal um das untere Deck, das Pooldeck, herumführt. Tatsächlich spielt der DJ Weihnachtsmusik, die ebenso wenig zu der gesamten Szenerie passen will, wie die dekorierten Christbäume neben dem Pool, in dem Kinder toben. Weihnachten auf karibisch sieht also so aus. Nein, korrigiere ich mich: Weihnachten auf dem Kreuzfahrtschiff sieht so aus.

»Na, hast du dich endlich von der Zipfelmütze getrennt?«

Die samtene Stimme lässt mich herumfahren. Ich erstarre. Der amerikanische Akzent fällt mir erst jetzt auf, aber so viel haben wir zuvor nicht miteinander geredet. Er macht den dazugehörigen Mann noch sympathischer und wieder schießt mir die Röte in die Wangen. Wahrscheinlich gleiche ich einem Granatapfel. Verdammt, nicht schon wieder! Ohne Make-up sehe ich einfach nur langweilig aus. Und dann das zerknautschte Gesicht. Vorsichtig taste ich mit den Fingerspitzen über meine Haut. Er muss mich für vollkommen verrückt halten. Erst schlage ich ihm die Tür vor der Nase zu, dann summe ich bei der Seenotrettungsübung Weihnachtslieder. Was ist los mit mir? Jedes Mal, wenn ich ihn sehe, bin ich sprachlos. Ausgedörrt wie ein

Flussbett in der karibischen Sommerhitze. Und ich erröte wie ein kleines Mädchen? Mein Mund geht auf und zu, doch kein Ton entweicht meinen Stimmbändern.

»Sorry, wollte dir nicht zu nahe treten! Ich muss dann auch weiter.« Er wendet sich ab.

»Warte!« Nur mit Mühe presse ich das Wort heraus, und er hält inne. Sein Lächeln lässt mich dahinschmelzen, und durch die Sonne, die von oben auf uns niederbrennt, wird der Effekt verstärkt.

»Ja?«

»Wie heißt du eigentlich?«

»Deonte.«

»Cooler Name.« Cooler Name? Gehts noch? »Ich … ich bin Leonie.«

»Hey Leonie! Ich muss leider wieder zur Arbeit. Aber wenn du Lust hast, komm einfach mal auf Deck 9 im Sportbereich vorbei. Wir haben dort großartige Kurse.«

Natürlich! Er arbeitet im Fitnessstudio hier an Bord. Groß, durchtrainiert und in Sportkleidung. Was habe ich anderes erwartet? Als er durch die Tür verschwunden ist, klammere mich noch immer an der Reling fest. Zugegeben, er fasziniert mich, und das liegt nicht nur an seinem Aussehen. Er kann nicht viel älter sein als ich. Peinlich, wie ich in seiner Gegenwart stottere, rot anlaufe. Am liebsten würde ich mir ein Grab schaufeln, und doch klopft mein Herz glücklich gegen die Brust.

Eines weiß ich sicher. Den Sportbereich werde ich für den Rest der Reise meiden. So wie alles andere, was sich umgehen lässt. Nicht, dass ich zufällig doch noch Gefallen an der Reise finde. Ein heißer Typ hat mir gerade noch gefehlt. Ein Urlaubsflirt endet sowieso nur mit Enttäuschungen. Nicht, dass ich aus Erfahrungen sprechen könnte, aber ich will es nicht drauf ankommen lassen.

KAPITEL FÜNF

Logbuch Tag 3
Datum: 27.12.; 08:25 Uhr
Ort: Panama, Hafen von Colón

»Muss ich wirklich mit?« Ich schaue auf den Rest von meinem Frühstück, der trostlos auf dem Teller liegt. Mir ist der Appetit vergangen. Erst werde ich zu dieser unmöglichen Uhrzeit aus dem Bett geschmissen, und jetzt das.

»Natürlich kommst du mit. Das wird ein schöner Ausflug«, sagt Mama resolut.

»Vielleicht ziehst du dir einfach eine kurze Hose und ein T-Shirt an, dann wird die Sonne dir zu besserer Laune verhelfen.« Jetzt gibt Papa auch noch seinen Senf mit hochgezogener Augenbraue dazu.

Ich schaue an mir herunter. Was ist an meinem Weihnachtspullover und der Jeans verkehrt? Hier im klimatisierten Restaurant wäre mir mit weniger Klamotten zu kalt.

»Ernsthaft den ganzen Tag?«

»Ja. Und du wirst dich nicht so bockig aufführen wie bisher. Hast du verstanden?« Seine Lippen sind zu einem geraden Strich zusammengepresst.

Habe ich eine Wahl? Widerstrebend nicke ich.

Wenig später warten wir am Hafen. Fischig salziger Geruch schwebt von einem Kutter, der seinen Fang entlädt, zu uns herüber. Trotz der frühen Stunde brennt die Sonne gnadenlos. Es ist tropisch schwül, denn in der Nacht hat es geregnet. Überall glänzen Pfützen und blenden mich. Zum Glück habe ich auf Papa gehört, doch trotz Sommeroutfit prickelt ein Schweißfilm auf meiner Stirn. Ich ziehe den Schlapphut bis tief in die Augen und rücke meine Sonnenbrille zurecht. Kein Zweifel, wir sind nicht mehr im Winterwunderland. Monoton kaue ich auf einem Kaugummi und schaue dem Fischkutter beim Entladen zu. Organisierte Gruppenaktivitäten mag ich normalerweise gern, doch jetzt nervt es mich, auf den Guide zu warten. Warum ziehen wir nicht auf eigene Faust los? Nein, natürlich mussten Mama und Papa die angebotene Tour buchen.

Grob geschätzt vierzig Personen sind um mich herum, etliche davon in muntere Gespräche vertieft. Viele sind mindestens fünfzig. Wie soll ich diese Kaffeefahrt bloß überleben?

Gestern habe ich ein Bild auf Insta hochgeladen und mich aus der Versenkung zurückgemeldet. Postwendend haben die vielen Likes mir ein Stückchen heile Welt suggeriert.

»Hallo! Ich bin Larissa und für heute Ihre Reiseleiterin. Bitte nennen Sie mir kurz Ihre Kabinennummern, damit ich überprüfen kann, ob wir vollzählig sind.« Eine dralle Brünette mit Pferdeschwanz und dem knallroten T-Shirt der Guides wedelt mit einem Wimpel durch die Luft, um auf sich aufmerksam zu machen. Ich überlasse es Lukas, unsere Kabinennummer anzugeben, der sofort zu der jungen Frau rennt. Als feststeht, dass alle da sind, geht es los.

»Diese Larissa ist ja mega heiß.«

»Sie findet es bestimmt total toll, wenn ihr ein Fünfzehnjähriger auf den Hintern glotzt.« Ich verdrehe die Augen. Bereits jetzt kitzeln die ersten Schweißtropfen unangenehm auf meinem Rücken. 26 Grad hat meine Wetterapp angezeigt. Viel zu warm für 9 Uhr morgens.

Ich klettere erleichtert in den klimatisierten Bus, der uns zu unserem Ausflugsziel bringen soll. Während Lukas neben mir abwechselnd aus dem Fenster und zu Larissa schaut, die einen Monolog über die Fauna und Flora Panamas hält, schließe ich die Augen. Das sanfte Schaukeln des Busses lullt mich ein. Sofort tauchen Bilder vor meinem inneren Auge auf, die eine weiße Landschaft zeigen. Huskys ziehen meinen Schlitten und die schneebedeckten Bäume fliegen links und rechts an mir vorbei. Ich recke die Nase in die Wintersonne des klaren, blauen Himmels.

»Leonie, wir sind da!«

Ich schrecke auf, als Lukas an meiner Schulter rüttelt. Im Bus herrscht Aufbruchstimmung. Jeder nimmt seinen Rucksack. Auch ich habe ein Lunchpaket und eine Flasche Wasser dabei und verstecke mich wieder hinter meiner Sonnenbrille.

Ohne ein Wort schlendere ich meiner Familie hinterher. Meine Laune ist am Gefrierpunkt. Nach diesem Traum könnte das, was vor mir liegt, nicht krasser sein. Ein Dorf von Ureinwohnern in Panama. Eine verrücktere Tour stand wohl nicht im Programm. Vor uns liegt eine Bootsanlegestelle mit motorisierten Einbaumbooten. Männer, die kaum mehr als einen Lendenschurz tragen, halten uns Schwimmwesten entgegen. Mürrisch nehme ich eine und verziehe das

Gesicht, als mir ein modriger Geruch entgegenschlägt. Rasch suche ich die gesamte Weste nach Spuren von Schimmel ab, kann jedoch nichts entdecken.

Skeptisch schaue ich zu den Booten. Ob ich im Bus bleiben kann? Was soll an diesen Embera-Ureinwohnern schon toll sein? Sie sind schließlich auch nur normale Menschen.

»Hey, komm! Das wird dir gefallen. Leonie, richtig?«

Verblüfft wende ich mich der Stimme zu. Vor mir steht Deonte. Der Fitnesstrainer in Alltagsklamotten. Wo kommt der denn plötzlich her? Ich habe ihn weder am Hafen noch im Bus gesehen und mustere ihn. Seine khakifarbene Hose und das weiße, lockere Leinenhemd harmonieren gut. Sehr gut. Betonen seine dunkelbraune Haut und die Muskeln, die darunter hervorlugen.

»Mach den Mund wieder zu und zieh deine Schwimmweste an.« Er lacht und stülpt sich seine Weste über. Geschickt klettert er in die Nussschale von Boot und hält mir die Hand hin.

Zögerlich ergreife ich sie und setze mich möglichst weit von ihm entfernt. Meine Eltern sind in einem der anderen Boote und winken mir zu. Ich ignoriere sie und schaue mich weiter um.

Das Wasser ist braun und wenig appetitlich. Um nichts in der Welt möchte ich in der Suppe baden gehen. Überall schwimmen Holzstückchen und Plastik. Am Ufer ist dichter Urwald. Palmen und anderes Gebüsch wechseln sich ab, exotisch anmutende Vögel fliegen von Baum zu Baum. Einer mit einem riesigen bunten Schnabel stößt Schreie aus, die entfernt dem einer Möwe gleichen.

»Ein Tukan«, sagt Deonte.

Ich nicke knapp, kaue weiter auf meinem Kaugummi herum, der inzwischen seinen Geschmack verloren hat.

Das Boot gleitet aufs Wasser, als einer der Männer es vom Ufer wegschiebt. Insgesamt sind es acht oder zehn Boote, deren Motoren von den Tourguides gestartet werden. Wir nehmen so rasant Geschwindigkeit auf, dass ich mich an der niedrigen Seitenwand festkralle.

Nach kurzer Zeit endet die Fahrt, und ich folge der Gruppe einen Hügel hinauf. Zu meiner Erleichterung darf ich die Weste wieder abgeben. Natürlich steht ein Fotograf des Schiffes bereit, um uns Urlauber mit den Ureinwohnern abzulichten. Ob die Einheimischen Geld dafür bekommen, dass sie uns ihr Zuhause zeigen? Ich zögere. Die Menschen leben hier. Es fühlt sich falsch an, in ihre Privatsphäre einzudringen.

»Leonie! Foto!« Mama schiebt mich zwischen sich und Lukas, während sich einige Kinder der Ureinwohner vor uns setzen. Mein Gesichtsausdruck muss fürchterlich sein, denn der Fotograf macht etliche Bilder und schüttelt kaum merklich den Kopf. Aber selbst mein Selfie-Lächeln bekomme ich heute nicht hin. Dann drückt er uns ein Kärtchen in die Hand mit dem Hinweis, dass wir die Fotos am nächsten Tag auf dem Schiff kaufen können.

Das Dorf besteht aus einigen Holzhütten, die auf Stelzen gebaut sind. Ob das ein Schutz vor Hochwasser oder vor Tieren ist? Auch hier liegt überall Plastikmüll herum, und es wirkt wenig wohnlich. Nach einem Rundgang führen die Frauen des Dorfes einige Tänze auf. Es gibt einen Snack aus Fisch in Bananenblättern, der ganz unerwartet süßlich und etwas nussig schmeckt. Ich lächle der Einheimischen zu, die mir das

Bananenblatt wieder abnimmt. Sie hat einen Blumen-schmuck aus pinken und gelben Blüten im Haar. Doch, bevor ich sie näher betrachten kann, ist die Frau wieder weg.

»Und? Gefällts dir?« Erneut taucht Deonte neben mir auf. Verflixt! Kann der mich nicht einfach in Ruhe lassen?

»Ernsthaft?« Ich schaue ihn an. Sofort macht mein Herz einen Hüpfer, als unsere Blicke sich treffen. Blödes, verräterisches Herz.

»Ja! Ist doch nett hier.«

»Geht so«, murmle ich, bemüht, meinen Schnür-senkel zu richten, der gar nicht gerichtet werden muss. So brauche ich ihm wenigstens nicht in die Augen sehen. Diese bernsteinfarbenen Augen, die mich sofort dahin-schmelzen lassen … Und hoffentlich beruhigt sich so auch mein flatterndes Herz.

»Dann wird dir der nächste Besichtigungspunkt bestimmt gefallen.«

»Nä… Nächster Besichtigungspunkt …« Ich schrecke hoch. »Ich dachte, dass wir zurück zum Schiff fahren.«

Deonte lacht. Kleine Grübchen bilden sich auf seinen Wangen. »Hast du nicht ins Programm geschaut?«

Ich schüttle verlegen den Kopf. Jetzt steigt mir wieder die Hitze ins Gesicht. Warum ist mir dieses Gespräch nur so unangenehm? »Wieso bist du überhaupt hier? Musst du nicht arbeiten?«

»Hey, gönnst du uns nicht auch ein bisschen Freizeit? Heute hab ich erst abends Schicht. Da ist Saunanacht. Wird also ein langer Tag, aber ich wollte hier unbedingt mit.«

Ich nicke mechanisch, kann seinen Enthusiasmus jedoch nur schlecht nachvollziehen. Saunanacht! Gibt es Urlauber, denen die 30 Grad tagsüber nicht reichen? Muss man zusätzlich in die Sauna? Aber gut, Deonte macht nur seinen Job.

»Komm, es geht weiter«, sagt er.

Ich stehe auf und schaue mich ein letztes Mal um. Die Frauen verkaufen selbstgemachten Schmuck, erneut werden Fotos gemacht – die später ebenfalls für teures Geld angeboten werden – und die Kinder turnen am Flussufer herum. Ob die wirklich hier aufwachsen? Beinahe habe ich Mitleid mit ihnen. Gott sei Dank bin ich in Deutschland geboren. Rasch wende ich mich ab und folge Deonte, der mir die Schwimmweste hinhält. Auch meine Eltern und Lukas warten bei den Booten, bereit für die Rückfahrt.

Die muffige Weste löst einen Würgreflex in mir aus. Diese riecht noch strenger als die von der Hinfahrt.

Erleichtert atme ich auf, als wir wieder am Bus ankommen. Mein T-Shirt klebt am Rücken, und ich fröstle, als ich in das klimatisierte Fahrzeug steige. Deonte setzt sich in eine der vorderen Reihen, während ich Lukas zu den hinteren Plätzen folge.

»Das Leben im Dschungel ist voll cool! Ob die Kinder auch in eine Schule gehen oder dumm bleiben?«

Keine Ahnung, ob Lukas mit mir spricht. Ich ignoriere ihn und schließe die Augen. Inzwischen ist es kurz nach Mittag. Mein Magen knurrt trotz des Fisches und der muffigen Weste. Der Apfel aus meiner Lunchtüte hilft ein wenig. Zusätzlich stürze ich die halbe Flasche Wasser auf ex hinunter. »Wo gehts als nächstes hin?«, frage ich Papa.

»Zu den Gatun-Schleusen.«

»Was genau ist das?« Ich weiß nicht, ob ich vielleicht interessiert bin.

»Nun, auf dem Panamakanal fahren viele Containerschiffe. Du erinnerst dich sicher, dass der Kanal den Atlantik beziehungsweise das Karibische Meer mit dem Pazifik verbindet.«

Ich nicke, auch wenn mir sein lehrerhafter Vortrag nicht gefällt. Er jedoch scheint in seinem Element zu sein. Typisch Papa. Immer will er mit seinem Wissen glänzen.

»Und in diesen Kanal sind Schleusen eingebaut. Das ist garantiert spannend!«

Ich nicke erneut und füge mich meinem Schicksal. Große Schiffe und Schleusen sind für mich kein Highlight.

Als wir wenig später an besagtem Besichtigungspunkt ankommen, staune ich jedoch nicht schlecht. Niemals hätte ich erwartet, dass solch gigantische Schiffe in so winzige Schleusen passen. Faszinierend ist es schon. Rasch laufe ich Lukas hinterher, der die Aussichtsplattform entdeckt hat.

Gerade steuert ein Frachtschiff in die Einfahrt der Anlage. Ein Schienenfahrzeug, ähnlich einer Draisine, fährt neben der Schleuse auf das Schiff zu. Der Fahrzeugführer wirft der Besatzung etwas hinüber. Es scheinen Seile zu sein, und zunächst erschließt sich mir der Sinn nicht.

»Diese kleinen Fahrzeuge, die sogenannten Treidelloks, sind dafür da, um das Schiff während des Schleusenvorgangs gegen die Wasserströmungen zu stabilisieren. Du siehst ja, dass zwischen Schiff und

Wand nur wenige Zentimeter Platz sind.« Deonte. Er hat sich neben mich an das Geländer gemogelt.

»Woher weißt du so viel darüber?«, frage ich, ohne meine Augen vom Frachter abzuwenden, neben dem die Treidellok wie ein Fahrzeug aus dem Miniaturwunderland aussieht. Wie soll das mickerige Ding solch eine Mammutaufgabe lösen?

»Ich finde Schiffe unglaublich interessant. Wenn du möchtest, kann ich dir morgen in meiner Pause gern ein wenig über die Pluto erzählen.«

»Danke, aber muss nicht.«

»Schau, jetzt sind die Tore geschlossen und der Schleusenvorgang beginnt. Das Ganze geschieht dann dreimal hintereinander.« Er deutet mit dem Finger in Richtung des Kanalverlaufs und stört sich nicht an meinem Einwand. Tatsächlich schließen sich zwei weitere Schleusen an diese an.

»Das ist beeindruckend.«

»Wusste ich doch, dass es dir gefällt!«

Ich ahne, dass er grinst, sehe aber immer noch zum Frachter, der sekündlich tiefer sinkt. Langsam, aber stetig schreitet der Schleusenvorgang voran. Dahinter auf dem Kanal naht der nächste Frachter derselben Größe. Wahrscheinlich reißt der Strom an Schiffen nie ab. Links von mir erklärt Papa Lukas das, was ich zuvor von Deonte gehört habe. Ab und an sehen sie mich an, doch ich versuche, eine ausdruckslose Miene beizubehalten. Warum schaut Papa so grimmig? Er sollte doch froh sein, dass ich wenigstens ein bisschen Interesse zeige.

Nach dem Schleusenvorgang des Frachters und einem Kreuzfahrtschiff, schlendere ich durch eine

Ausstellung an der Plattform. Die Fotos über die Geschichte des Kanals sind faszinierend. Um 1900 begann man mit dem Bau. Unvorstellbar, dass der ganze Komplex über hundert Jahre alt ist. Damals scheiterten viele Versuche und Ideen, tausende Arbeiter und Angestellte verloren ihr Leben durch Krankheiten und letztendlich war es ein politischer Coup der Amerikaner, der den Bau ermöglichte. 1914 durchquerte das erste Schiff den Kanal.

Verrückt.

»Sag mal, warum hat man diese Schleusen eigentlich eingebaut? Ist nicht Wasser immer auf Höhe des Meeresspiegels, wenn zwei Ozeane miteinander verbunden sind?«, frage ich Deonte, der ebenfalls durch die Ausstellung tigert – und aus irgendeinem unerfindlichen Grund kaum von meiner Seite weicht. Ich komme mir bei der Frage ein wenig dumm vor, aber das ist der einzige Punkt, der sich durch die Beschreibungen nicht beantworten lässt.

»Interessante Frage! Als wir vorhin bei den Ureinwohnern gewesen sind, da sind wir ja auf dem Wasser gefahren.«

Ich nicke, als er kurz innehält.

»Das war ein winziger Teil des sogenannten Gatun-Sees, ein Stausee, der mitten in Panama liegt. Der See ist durch die Aufstauung des Río Chagres sechsundzwanzig Meter über dem Meeresspiegel. So wurde der Panama-Kanal geschaffen, und damit die Schiffe diesen erreichen, mussten die Schleusen eingebaut werden. Dadurch wird jedes Schiff auf der einen Seite sechsundzwanzig Meter angehoben und auf der anderen Seite wieder hinabgelassen. Das war wohl einfacher, als einen Kanal durch das ganze Land zu graben.«

»Was für ein Aufwand!«

»Ja, unvorstellbar, was hier jeden Tag geleistet wird.« Er reckt sich, als wenn er selbst die Schiffe durch die Schleusen gezogen hätte.

Hinter uns ruft Larissa. Der Ausflug neigt sich dem Ende.

»Danke für deine Erklärungen.« Ich lächle Deonte an und verliere mich für einen Sekundenbruchteil in seinen bernsteinfarbenen Augen.

»Sehr gern. Und vielleicht darf ich dir morgen ja doch etwas über die Pluto erzählen.« Er zwinkert mir zu und wendet sich ab, um zur Gruppe zurückzugehen.

Wie angewurzelt verharre ich. Hat er gerade geflirtet? Oder bilde ich mir das ein? Garantiert Letzteres. Außerdem bin ich nicht interessiert. Ich bin eine Abiturientin, die keine Lust auf diese Reise hat, und er arbeitet auf dem Schiff. Garantiert wickelt er jeden Gast um den Finger. Ob das einfach eine Verkaufsmasche ist, weil er mir Personal-Training verkaufen will? Sicher hat er längst erkannt, dass es mir guttun würde.

Ich setze meine grimmige Miene auf und schiebe mir den Sonnenhut tief in die Stirn. Schließlich soll niemand mitbekommen, dass ich meinen Hass auf diese Reise gerade für wenige Minuten vergessen habe.

»Wer war der dunkelhäutige Mann, mit dem du geredet hast?«, fragt Papa, als ich mich auf den Sitz fallen lasse.

»Nur einer von der Crew.«

»Was wollte er?«

Papas Ton gefällt mir nicht. Ich drehe mich um und funkle ihn an.

»Er hat mir dasselbe erklärt, was du Lukas erzählt hast. Mehr nicht. Er wollte nur nett sein.«

»Okay. Sei vorsichtig, ja?«

Ich brumme halb zustimmend und lehne mich wieder im Sitz zurück, während der Bus gen Kreuzfahrtschiff schaukelt. Natürlich bin ich vorsichtig. Schließlich habe ich kein Bedarf an Männerbekanntschaften, auch wenn ich nicht ganz sicher bin, ob Papa wirklich darauf angespielt hat.

KAPITEL SECHS

Logbuch Tag 4
Datum: 28.12.; 08:20 Uhr
Ort: Auf dem Meer zwischen Panama und Kolumbien

Leise Geräusche wecken mich. Missmutig ziehe ich die Decke über den Kopf, unter der es mir jedoch schnell zu stickig wird. »Mach den Ton aus.«

»Ich find meine Kopfhörer nicht«, antwortet Lukas abwesend, die Augen starr auf sein Handy und irgendein Spiel gerichtet.

»Boah, dann such sie.« Es hilft nichts. Jetzt bin ich wach. Seufzend schnappe ich mir ebenfalls mein Handy und packe mir die Weihnachtsplaylist auf die Ohren. Die Hausdame hat Wort gehalten, wenn auch mit einem Tag Verspätung. Alle weihnachtlichen Sachen sind aus der Kabine verschwunden. Nur das winterliche Bild hängt im Rahmen an der Kabinenwand. Der Raum wirkt jetzt kalt und fremd. Mir kommt es vor, als wenn Weihnachten schon viel zu lange her ist. Dabei sind erst vier Tage seit Heiligabend verstrichen. Wie feiern die Menschen in diesen südländischen Regionen Weihnachten? Unvorstellbar! Ohne Schnee und Kälte kommt bei mir null Stimmung auf.

Kurze Zeit später stehe ich auf und gehe frühstücken. Als ich zurück komme, daddelt Lukas noch immer am Handy herum, inzwischen glücklicherweise mit Kopfhörern. Das Gedudel hält man sonst echt nicht aus. Heute ist Seetag, und ich habe keine Ahnung, was ich anstellen soll.

Stimmt schon, was Mama sagt: Ich kann mich nicht den ganzen Tag in der Kabine verkrümeln. Aber was soll ich machen? Mir fällt nichts ein. Lukas hat schon am ersten Tag neue Freunde gefunden, denn jetzt sind Ferien und im Kids-Club gibt es nicht nur Angebote für jüngere Kinder, sondern auch für Teens. Er taucht höchstens zum Essen oder zu Ausflügen auf. Oder daddelt wie jetzt auf seinem Handy. Aber für mich ist das Angebot sicher nicht reizvoll. Ich zähle mich eher zu den Erwachsenen, denn zu den Teens.

Vielleicht sollte ich Sport machen. Das reichhaltige Büfett tut meiner schlanken Linie nicht gut. Immer ist etwas zu essen da, und ich kann mich einfach nicht zügeln. Das ist alles so lecker! Aber im Fitnessbereich treffe ich garantiert Deonte. Nein, da jogge ich lieber eine Runde, auch wenn das ein Witz ist. Das Schiff ist zu winzig, um ausreichend Platz zu bieten, wenn man sich dabei von der Stelle bewegen will. Aber es gibt einen Joggingparcours an Bord, und der ist mein Ziel!

Ich ziehe mir eine dreiviertellange, enganliegende Sporthose und ein Tank-Top an. Das Schwarz der Hose harmoniert hervorragend mit dem zarten Rosé-Ton des Oberteils. Jeder sollte beim Sport stylisch angezogen sein, so meine Maxime. Dazu ein Basecap, das mir hoffentlich nicht vom Kopf weht. Zufrieden zwinkere ich meinem Spiegelbild zu und verlasse die Kabine.

Der Parcours ist auf Deck 11. Mit dem Fahrstuhl gelange ich entspannt hinauf und werfe einen raschen Blick zur verwaisten Rezeption des Spas. Durch die

Schiebetür schlüpfe ich nach draußen, dorthin, wo ich vorgestern nach der Massage Deonte wiedergesehen habe. Glühende Hitze schlägt mir entgegen, und ich schließe geblendet die Augen. Der Schweiß prickelt auf meiner Haut. Hab ich noch alle Tassen im Schrank? Es ist viel zu heiß! Aber nun bin ich hier. Gekniffen wird nicht! Ich hole tief Luft und laufe los. Ein paar Passagiere in Badebekleidung faulenzen bereits auf den Liegen. Ich kann den Poolbereich einsehen, um den die Laufstrecke wie eine Balustrade herumgeht. Gedämpfte Musik der aktuellen Charts dringt aus den Lautsprechern. Das gefällt mir kurioserweise besser als die Weihnachtsmusik zwei Tage zuvor. Der Bass hilft mir, in einen rhythmischen Tritt zu finden, und meine Mundwinkel zucken nach oben.

Die Joggingrunde ist kurz. Wie viele Meter kann ich nicht sagen. Der Wind, von dem ich dachte, dass er mich kühlen würde, gleicht einem heißen Föhn und der Schweiß läuft meine Schläfen hinab. Nicht nur ein bisschen, sondern wie ein Sturzbach. Darum habe ich die Joggingstrecke für mich allein! Wahrscheinlich sollte man die Strecke besser nur in der Nacht oder am frühen Morgen nutzen.

Ich komme nur langsam voran, und meine Kräfte schwinden rasch. Ausgepowert schaue ich auf die Uhr. Echt jetzt? Ich bin erst fünfzehn Minuten am Joggen und habe keine Meisterleistung vollbracht. Ich verlangsame meinen Schritt, walke weiter im Kreis. Was für eine Qual. Nein. So ein schweißtreibendes Desaster.

Mit einem Seufzer halte ich an und stütze mich auf die Reling. Wieder ist nichts als Wasser um uns herum. Fälschlicherweise habe ich angenommen, dass von einem Kreuzfahrtschiff aus immer Land zu sehen ist. Ich wäre verloren, wenn ich mich ohne Hilfe orientieren müsste. Nicht einmal am Sonnenstand könnte ich sagen, wo Norden ist. Gut, das kann ich auch zu Hause nicht.

Noch steht die Sonne nicht im Zenit. Nach dem Mittag wird es sicher noch heißer. Nichts für meine empfindliche Haut, auf der der Schweiß glitzert. Erste Salzkristalle bilden sich an meinem T-Shirt, und ich habe Durst.

Rasch löse ich mich von der Reling und gehe ein Deck nach unten zur Poolbar. Zum Glück ist diese schon besetzt, und der Kellner hält mir ohne Worte ein großes Glas Wasser hin. Sicher bin ich nicht die Erste, die verschwitzt Getränke verlangt. »Macht Ihnen die Hitze nichts aus?«, frage ich und trinke in hektischen Zügen.

»Man gewöhnt sich dran.« Er zwinkert mir zu und poliert mit einem Handtuch ein Glas. Die Szene ist so typisch, dass ich mir ein Lächeln nicht verkneifen kann. In jedem, wirklich jedem Film, poliert der Barkeeper Gläser, wenn er mit einem Gast redet.

Das Wasser ist Kühlschrank-kühl und lindert ein wenig meinen Schweißausbruch. Als ich ausgetrunken habe, füllt der Barkeeper es ohne Nachfrage wieder auf. Ich schaue mich um. Die meisten Liegen am Pool sind mit einem Handtuch belegt, obwohl nur wenige Menschen zu sehen sind. Egal, wo man hinkommt, diese Unsitte hört nie auf. Der private Pool in der Finca auf Mallorca gefällt mir echt besser. Den haben wir für uns und niemand reserviert eine Liege mit dem Handtuch.

Aber hier? Gut, ich habe keine Lust, mich in die Reihe der Sardinen einzufügen. Nichts und niemand hält mich länger als nötig in der Sonne. Früh am Morgen vielleicht, aber niemals, wenn der Himmelskörper am höchsten steht. Das habe ich eh noch nie gemocht.

»Danke, das hat gutgetan!« Ich stelle das Glas zurück auf den Tresen und wische mir den Schweiß aus den Augen. So klebrig, wie ich mich fühle, brauche ich eine Dusche.

»Hey!«

Oh nein! Diese Stimme kenne ich doch. Dabei wollte ich Deonte aus dem Weg gehen. Langsam drehe ich mich um. Und da ist er, in Sportkleidung und mit diesem unglaublich gewinnenden Lächeln. Die Zähne und die Augen heben sich in der Sonne leuchtend aus seinem Gesicht ab. In mir schreit alles nach Flucht. Ich sollte nicht hier sein.

»Hey Deonte. Was machst du hier?« Ich bemühe mich, lässig zu klingen, doch meine zitternde Stimme straft mich Lügen. Mein Herz schlägt genauso heftig gegen die Rippen wie zuvor beim Joggen.

»Ich war gerade beim DJ, da ich nachher einen Tanzworkshop veranstalte und die Musik abklären musste.«

»Du kannst tanzen?«

»Ja, was dachtest du denn?« Er lacht. »Ich leite die Tanzkurse hier auf dem Schiff.«

Echt? Sind Tänzer nicht schlank und zierlich? So gerade schaffe ich es, die Worte zurückzuhalten. Deontes Muskeln zeichnen sich deutlich unter der Trainingskleidung ab.

»Ah«, sage ich lahm.

»Wie ist es denn nun mit der kleinen Schiffs-führung?«, fragt er, als bemerke er nicht, wie ich seinen Körper hinauf und hinab scanne.

Er ist hot und sweet und … Verdammt, Leonie! Was machst du? Ja, der Typ sieht heiß aus. Aber er ist Fitnesstrainer auf diesem Schiff und eindeutig kein potenzieller Boyfriend! Außerdem hast du die Nase voll von Männern! Meine innere Stimme ist hartnäckig. Aber die Reaktionen meines Körpers sind es auch. Deonte will bestimmt nur nett sein. Also nicke ich. »Ich muss aber erst duschen.«

»Um 13 Uhr hier an der Poolbar?«

»Okay«, hauche ich und gehe rasch zur Treppe. Ich muss hier weg. Zwei Stufen auf einmal nehmend treibe ich meinen Puls weiter in die Höhe und biege zuerst auf das falsche Deck ab, nur um an der nächsten Treppe den Fehler zu korrigieren. Meine Hände beben. Ich zerre den Kabinen-Schlüssel aus der Tasche. Immer wieder verheddert er sich im Stoff. Erst beim zweiten Anlauf gleitet er endlich ins Schloss. Fahrig drehe ich ihn um.

»Was ist denn mit dir los?«, fragt Lukas und öffnet mir die Tür, bevor ich die Klinke betätigen kann.

Ist es so offensichtlich, dass ich durch den Wind bin? »Was machst du hier? Bist du nicht im Teens-Club bei deinen Freunden?«

»Bin gleich weg.«

»Und ich im Bad.« Bevor er etwas erwidern kann, schließe ich die Tür hinter mir ab. Ich brauche Ruhe. Zeit, um meine Gedanken zu sortieren. Was ist los mit mir? Der Kerl kann mir doch nicht so den Kopf verdrehen! Und ich dumme Gans habe dem Treffen zugestimmt. Rasch streife ich mir die Kleider vom Körper und befördere sie mit einem Tritt unter die Toilette. Wenn ich könnte, würde ich sie zum Mond kicken.

Als ich den Vorhang, der das Wasser kaum davon abhält, sich im ganzen Raum zu verteilen, dürftig zuziehe und mir das heiße Wasser auf die Haut prasselt, entspanne ich langsam. Egal, wie heiß es draußen ist, kalt duschen kommt nicht infrage. Auch, wenn es mich vielleicht etwas abkühlen würde.

Zu gern hätte ich in die Welt hinausgeschrien, wie dumm ich bin. Leonie, die naive Tussi aus der Großstadt, die sich natürlich auf einer Kreuzfahrt in den Fitnesstrainer verguckt. Als wenn es zu Hause keine Männer gäbe. Und dann ist da noch das Problem mit dem Ex.

Halt stop!

Leonie!

Reiß dich zusammen!

Du bist unfreiwillig auf diesem Schiff. Du willst das hier nicht. Du hasst das alles. Und von Vergucken bist du meilenweit entfernt. Du könntest einfach für den Rest des Tages in der Kabine bleiben und Deonte aus dem Weg gehen.

Deonte. Sofort schiebt sich sein Gesicht vor mein inneres Auge, und ich lächle. Er ist charmant, sympathisch, kann tanzen … Und er arbeitet auf diesem Schiff! Auch dann noch, wenn du wieder zu Hause bist und für deine Abiturprüfungen lernst. Nochmal, er ist kein potenzieller Boyfriend! Krieg das in deinen Dickschädel!

Noch immer rinnt das Wasser an mir herab. Ich greife nach dem Shampoo und massiere es in meine Haare ein. Länger als nötig, doch tun die monotonen Bewegungen gut und verringern den Platz für andere Gedanken.

Haare auswaschen, Spülung einmassieren. Duschgel nehmen und meinen Körper einseifen. Ich konzentriere mich auf das, was ich tue und spreche mir innerlich jede Handlung und jeden einzelnen Handgriff vor. Bloß nicht denken …

Jegliches Zeitgefühl verschwindet. Ich verharre, bis das Wasser nicht nur den Schaum aus meinen Haaren gespült, sondern auch meine Seele gereinigt hat, als könne man diese so einfach waschen wie Haut.

Ich schlinge mir das Handtuch um den Körper und ein anderes um meine nach Rosen duftenden Haare. Schon fühle ich mich leichter, aber auch erschöpft, als wäre ich einen Marathon gerannt. Wieso ist das Leben so kompliziert? Nein, ich darf jetzt keine Grundsatz-diskussion mit mir selbst führen.

Entschlossen trete ich aus dem Bad, in dem die Luftfeuchtigkeit jeder Dampfsauna Konkurrenz macht. Zum Glück ist Lukas weg. In der Kabine ist die Luft abgestanden, und ich unterdrücke ein Gähnen. Das Fenster lässt sich nicht öffnen. Ein Check der Klima-anlage bestätigt meine Vermutung, dass irgendwer sie ausgestellt hat. Das lässt sich mit einem Klick beheben. Sofort strömt frische Luft hinein.

Ich trockne mich ab, creme mich mit meiner Lieblings-Bodylotion ein und stehe nackt vor dem Kleiderschrank, der mit meinen Winterklamotten überquillt. Wie soll ich nur passende Sachen in diesem Chaos finden? Lukas könnte doch seine Klamotten im Koffer lassen. Aber nein, er hat seinen Platz ein-gefordert. Und wer zehn Tage in einem Schuhkarton zusammenhaust, sollte nicht wegen jeder Kleinigkeit Streit vom Zaun brechen.

Nacheinander ziehe ich die Kleidungsstücke heraus. Ich bin überfordert mit der simplen Frage, was ich anziehen will. Draußen sind es nach wie vor dreißig Grad, im Schiff jedoch angenehm temperierte zweiundzwanzig. Frisch genug, um sogar ein Jäckchen überzuziehen.

Eigentlich wären eine Jeans und mein Lieblings-Weihnachtspulli angesagt. Dann entdecke ich das fliederfarbene Kleid. O nein! Das werde ich in diesem Urlaub nicht anziehen. Warum habe ich es überhaupt mitgenommen? Es betont meine Figur an den richtigen Stellen. Außerdem ist es perfekt für die Temperaturen draußen. Aber nein! Es ist zu … Mir fehlen die Worte. Rasch stopfe ich es in die hinterste Ecke des Schrankes, damit es mir nicht vor dem Kofferpacken wieder in die Hände fällt. Die Jeans und der Pulli sind perfekt.

Als ich endlich fertig angezogen bin, schiele ich auf die Uhr. 12:30 Uhr. In einer halben Stunde ist es 13 Uhr. Glückwunsch Leonie! Du kannst die Uhr lesen! Innerlich applaudiere ich mir gehässig.

Noch habe ich die Wahl. Ich kann in meiner Kabine bleiben, Musik hören oder ein E-Book lesen. Aber ich könnte auch WLAN suchen und mit Emily tickern. Die würde sich über das ein oder andere Foto freuen. Und ich muss neuen Content für Insta kreieren.

Aber die bernsteinfarbenen Augen von Deonte wären auch ein gutes Fotomotiv. Verdammt! Nicht schon wieder!

12:45 Uhr.

Ich laufe auf und ab. Das Handy wandert in meinen Händen umher. Ich könnte zu meinen Eltern gehen. Tolle Idee. Und dann? Bingo mit einer Kaffeeklatsch-

Truppe spielen? Nein, das wäre genauso, als wenn ich mir eingestehe, dass diese Reise positive Aspekte beinhaltet. Niemals!

Der Urlaub ist scheiße, und ich habe nicht vor, das zu ändern. Ich setze mich auf mein Bett, lege die Füße hoch und stecke mir Kopfhörer in die Ohren. Mein Weihnachtsmix und ein paar Fotos von zu Hause werden mich auf andere Gedanken bringen.

12:55 Uhr.

Ob es doch lustig ist, mit Deonte ein paar verlassene Ecken des Schiffes zu erkunden? Wobei … gibt es auf diesem Kutter überhaupt eine Ecke, wo man ungestört ist?

Ich rupfe mir die Stöpsel wieder aus den Ohren und springe auf, um die Schuhe anzuziehen.

12:58 Uhr.

Ich ziehe die Schuhe wieder aus, setze mich zurück aufs Bett und betrachte den Sekundenzeiger meiner Uhr.

Oh Leonie, du hast ihm zugesagt. Du bist einfach feige, wenn du nicht gehst! Die Hummeln in meinem Hintern lassen mich wie gestochen aufspringen. Was habe ich zu verlieren? Wenn es ein Desaster wird, verschwinde ich mit einer spontanen Ausrede. Und wenn es gut ist, sind wieder ein paar Minuten des blöden Urlaubes vorbei. Eigentlich kann ich nur gewinnen.

13:01 Uhr.

Wie lange wird er auf mich warten?

Scheiß drauf! Hastig schlüpfe ich in meine Sneaker, laufe aus der Kabine – und pralle prompt mit Lukas zusammen.

KAPITEL SIEBEN

Logbuch Tag 4
Datum: 28.12.; 13:02 Uhr
Ort: Auf dem Meer zwischen Panama und Kolumbien

»Kannst du nicht aufpassen?«, fauche ich Lukas an und reibe meine Schulter, die ich mir an der Wand gestoßen habe. Was will der denn schon wieder hier?

»Pass doch selbst auf! Was stürmst du auch so aus der Kabine?«

Ohne ein weiteres Wort wende ich mich ab, lasse Lukas stehen und laufe den nach Putzmittel riechenden Gang entlang. Wenn ich mich beeile, schaffe ich es noch. Im Stakkato drücke ich auf den Knopf des Fahrstuhls. Nichts regt sich.

Mist! Die Zeit rinnt mir davon.

Ich sehe zur Treppe, zum Fahrstuhl und zurück zur Treppe. Dann eben so. Immer zwei Stufen auf einmal nehmend haste ich empor.

13:08 Uhr

O je, das geht schief. Bestimmt ist Deonte längst weg. Oben angekommen stütze ich mich neben der Treppe an die Wand, um wieder zu Atem zu kommen. Meine Beine zittern. Noch nie bin ich so viele Stockwerke hinauf gesprintet. Meine Hände vibrieren. Fahrig zerre ich mir den Pullover über den Kopf. Im T-Shirt ist es eindeutig besser. Natürlich prangt darauf ebenfalls ein Rentier.

Wahrscheinlich ist mein Gesicht hochrot, aber Deonte kennt mich inzwischen kaum anders, oder?

Ich sammle all meinen Mut, atme tief aus, lockere meine Schultern und trete auf Deck 10 hinaus in die Sonne. Die Hitze schlägt mir wie eine Wand entgegen. Verdammt ist das heiß! Ich bin nicht auf diese Temperaturen eingestellt. Es ist Winter, und da hat es nicht so warm zu sein.

Ich schaue rüber zur Poolbar, aber da ist keiner. Nur ein paar Kinder in Badehosen schlecken ein Eis. Dennoch gehe ich mit zögerlichen Schritten dorthin. Vielleicht ist er ebenfalls zu spät dran?

»Ich dachte schon, du kommst nicht mehr.« Seine Stimme lässt meine Härchen auf den Armen wie kleine Soldaten strammstehen. Dabei ist sie weich und freundlich, keineswegs fordernd oder verärgert. Langsam drehe ich mich um. Sofort finden meine Augen die seinen. Seine Iriden leuchten in den weißen Augäpfeln, die von seiner dunkelbraunen Haut eingerahmt werden. Winzige Fältchen umspielen seine Augen. Warum habe ich eigentlich gezweifelt, hierher zu kommen?

»Hey.«

»Hey.« Er kommt die letzten Schritte auf mich zu. Ich bin wie erstarrt, unfähig, mich zu bewegen oder etwas zu erwidern. Mal wieder.

»Du schaust, als hättest du einen Geist gesehen.«

Noch immer starre ich ihn an. Da rempelt mich eines der Kinder, die zuvor an der Poolbar Eis geschleckt haben, an und reißt mich damit aus meiner Trance.

»Schuldigung!«, ruft der Junge und flitzt davon.

»Hoppala!« Deontes Hand greift meinen Unterarm und will mich stützen. Dabei bin ich nicht ins Straucheln gekommen. Als ich seine Hand ansehe, zieht er sie rasch zurück und schaut zu Boden.

Nein, lass sie dort liegen, hätte ich am liebsten gesagt. Doch wieder kommt kein Wort über meine Lippen. Das Schweigen thront wie eine Mauer zwischen uns. Ich sehe über das Deck. Überall sonnen sich Passagiere auf den Sonnenliegen. Sie lesen, reden oder schlafen. Der ölige Duft von Sonnencreme liegt in der Luft, vermischt mit dem Chlorgeruch des Pools. Fast jeder hat ein Eis, ein Glas Wasser oder einen Cocktail in der Hand. Alle wirken glücklich, lachen und plaudern ausgelassen. Urlaubsfreuden, wie ich sie in den vergangenen Jahren auf Mallorca genossen habe.

»Sollen wir uns das Schiff anschauen?«

Seine Stimme reißt mich aus den Gedanken. Ich nicke und bin froh, als er sich dem Schiffsinneren zuwendet und ich aus der Sonne darf. Selbst im T-Shirt perlen Schweißtropfen meinen Rücken hinunter. Wir gehen eine Treppe abwärts und sind im Fitnessbereich.

»Hier arbeite ich«, erklärt er stolz.

Bisher habe ich diesen Teil des Schiffes gemieden und bin immer über den größeren Treppenaufgang zum Restaurant gegangen, das sich, wie ich weiß, am anderen Ende des Gyms befindet. Rechts von mir ist ein Kraftzirkel mit verschiedenen Geräten und schwer aussehenden Gewichten. Dahinter die Laufbänder und Crosstrainer. Nur wenige Stationen sind besetzt. Wahrscheinlich sind viele beim Mittagessen oder sie haben es sich in der Sonne bequem gemacht.

Geradeaus sehe ich eine dekorative Brücke, die nur eine Funktion zu haben scheint, da kein Wasser darunter fließt: Sie markiert den Übergang zum

Treppenhaus am Restaurant. Sonst nichts. Daneben kann man dem Plakat nach Golf spielen – wie auch immer das in diesen beengten Verhältnissen funktionieren soll – und an verschiedenen Countern werden Ausflüge angeboten.

Deonte zieht mich nach links. Wieder liegt seine Hand auf meinem Unterarm. Meine Haut kribbelt.

»Das ist unser Gruppenraum. Für die verschiedenen Kurse, Tanzen, Spinning, Bodypump, Bauch-Beine-Po und all sowas.«

Seine Augen funkeln vor Begeisterung. Sie ziehen mich so magisch an, dass es mir schwerfällt, meinen Blick auf den Raum zu richten. Viel lieber würde ich Deonte ansehen. Das ist besser als jedes Kino, jeder Film und das weite Meer. »Gibst du all diese Kurse?« Meine Stimme ist kratzig, aber ich bin froh, endlich einen ganzen Satz zustande zu bringen.

»Grundsätzlich ja. Aber wir haben uns aufgeteilt.« Er deutet auf eine junge Frau, die einem Passagier eines der Kraftgeräte erklärt. »Justine dort drüben, Melanie, die gerade nicht da ist, und ich teilen uns die Kurse. Ansonsten wäre ich abends nach einem Seetag platt wie eine Flunder.« Er grinst und wischt sich den nicht vorhandenen Schweiß mit einer angedeuteten Geste von der Stirn. »Machst du auch gern Sport?«

»Ich bin im Fitnessstudio angemeldet«, antworte ich zögerlich. Schließlich stimmt das, auch wenn ich mich durchaus öfter dort blicken lassen dürfte.

»Dann kennst du das ja alles.« Wieder lächelt er mich an. Ich wünsche mir, er würde weniger reden und … was eigentlich? In den Arm nehmen? Küssen? »Wie viele Kurse habt ihr pro Tag?«

»Unterschiedlich. Zwischen vier bis acht ungefähr. An Seetagen ein bisschen mehr. Vielleicht hast du Lust um 16 Uhr zu meinem Spinningkurs zu kommen? Noch sind, glaube ich, ein oder zwei Räder frei.«

Ohne zu zögern nicke ich. »Aber ich habe das noch nie gemacht.« Ob ich zurückrudern kann?

»Kein Problem, das lernst du ganz schnell.« Er zieht mich zu der Info-Theke des Sportbereiches und macht sich am Computer zu schaffen. »Tatsächlich. Einen Platz gibt es noch. Und zack ... jetzt bist du angemeldet!«

Super Leonie. Das klappt ja gut mit dem Aus-dem-Weg-Gehen. In zweieinhalb Stunden siehst du ihn wieder. Aber er ist nett, sympathisch, zuvorkommend, charmant ... Verdammt, du denkst einfach zu viel!

Er schaut auf seine Uhr. »Und jetzt komm, ich möchte dir etwas Besonderes zeigen. Alles schaffe ich heute leider nicht, weil ich um 14 Uhr wieder arbeiten muss, aber wir haben ja noch ein paar Tage, oder?«

Automatisch nicke ich. Er will mich wiedersehen! Das hat er gerade gesagt, oder? Mein Herz, das kleine verräterische Ding, macht einen Hüpfer. Mein Leben entgleitet mir. Statt in einem weißen Winterwunderland bin ich auf einem Kreuzfahrtschiff in der Karibik. Und obwohl ich den Urlaub richtig scheiße finden will, zeigt mir ein ziemlich gutaussehender Typ das Schiff. Tja, es gefällt mir. Sehr sogar. Dabei will ich nichts Gutes an diesem Trip finden. Das alles ist so frustrierend und gleichzeitig schön wie ein Kampf zwischen Tag und Nacht.

Als ich ihm nicht sofort folge, nimmt er meine Hand und zieht mich zu den Treppen und Fahrstühlen. Wieder geht es ein Deck nach oben. Waren wir da nicht schon? Was will er mir zeigen, was ich noch nicht kenne? Es gibt nur die Tür nach draußen zum Poolbereich, durch die wir vorhin hineingekommen sind.

Deonte jedoch hält im Schiffsinneren an. Er nimmt auch meine zweite Hand. Wir stehen uns gegenüber. Ich hebe den Blick, sehe in seine Augen.

Stille. Es gibt nur uns zwei. Und die Musik, die vom DJ leise durch die geschlossene Tür zu uns schallt. Kommt es nur mir so vor oder vibriert die Luft zwischen uns? Es knistert, und in meinem Magen veranstalten Schmetterlinge einen wilden Tanz, flattern mit ihren Flügeln so hektisch wie die hier heimischen Kolibris. Oh Leonie! Wo soll das nur enden? Sein herber Duft erinnert mich an unsere ersten Begegnungen. Sanft streicht sein Daumen über meinen Handrücken, die Haut kribbelt. Ich schlucke, wage nicht, mich zu bewegen. Der Moment ist zu wertvoll.

Eine Tür geht auf. Stimmen. Dann klappt sie zu. Ich zucke zusammen. Deonte weicht hastig einen Schritt zurück. Leider lässt er auch meine Hände los. Mit einem Mal bin ich unsicher und ohne Halt. Als könnte ich nicht allein stehen, verloren auf hoher See. Unfähig, die sanften Bewegungen des Schiffes auszugleichen.

»Ah, da seid ihr ja schon.« Eine tiefe Stimme erklingt hinter mir. Ich drehe mich so schnell um, dass mir prompt schwindelig wird. Zum Glück bemerkt es keiner der Männer, ebenso wenig wie ich die Tür, die sich farblich perfekt der Umgebung anpasst.

Der Mann hat ungefähr Deontes Größe, leicht angegrautes Haar an den Schläfen und trägt eine weiße Hose und ein weißes Hemd. Nur die vier goldenen Streifen und der goldene Stern auf der Schulterklappe deuten an, dass er eine ranghohe Position innehat. Okay, das Namensschild weist ihn als Kapitän aus. Sofort drücke ich meinen Rücken durch und straffe die Schultern. Wie ist die richtige Anrede? Verdammt, ich bin noch nie einem Kapitän begegnet!

Er streckt mir die Hand mit einem breiten Grinsen hin. »Ich bin Markus Heppkendorf, der Kapitän dieses Schiffes.«

Zögerlich ergreife ich seine Hand und schüttle sie.

»Markus beißt nicht.« Deonte schlägt dem Kapitän freundschaftlich auf den Oberarm, so als würden sie sich bereits seit Ewigkeiten kennen.

Meine Schultern entspannen sich, und ich bringe ein gequältes Lächeln zustande. Diese Überraschung ist Deonte geglückt.

»Le… Leonie«, stammle ich. Markus macht einen offenherzigen und gutmütigen Eindruck. Gleichzeitig fühle ich mich in seiner Gegenwart sicher und geborgen. Er ist eindeutig jemand, der weiß, wie er seine Schäfchen, oder besser gesagt seine Crew, bei Laune hält.

»Komm, ich zeige euch die Brücke.« Markus wendet sich wieder der Tür zu und tippt einen Zahlencode in das Bedienfeld ein, das mir vorher nicht aufgefallen ist. Darf ich ernsthaft auf die Brücke, die Kommandozentrale des Schiffes? Deontes Hand legt sich zwischen meine Schulterblätter. Mit sanftem Druck schiebt er mich hinter Markus her, der uns die Tür aufhält.

Crazy. Ich auf der Brücke.

Wenn Lukas das hört!

Ich drehe mein Gesicht kurz zu Deonte. Er bedeutet mir weiterzugehen und streicht mir sanft über den

Rücken. Sofort werde ich lockerer, aber das Kribbeln, das sich in meinem ganzen Körper ausbreitet, wird immer heftiger. Angefangen an der Stelle, wo Deontes Hand liegt, erfüllt es nach und nach jeden Zentimeter von mir. Es ist, als wenn meine Zellen sich nach seiner Berührung ausrichten und neu sortieren. Und es fühlt sich gut an. Mehr als das.

Wir passieren zwei weitere Türen, an denen Markus wieder Codes eingibt. Natürlich ist die Brücke doppelt und dreifach gesichert. Wer weiß, ob sich ein blinder Passagier an Bord befindet, der das Schiff kapern will? Ich muss unwillkürlich giggeln, und meine Schultern zucken.

»Keine Sorge, ich bin bei dir«, raunt Deonte mir ins Ohr.

Er hat das Zucken falsch interpretiert, aber seine raue Stimme, die klingt, als hätte er stundenlang zu laut geredet, jagt mir den nächsten wohligen Schauer über die Haut. Lieber Körper, du bist ein mieser Verräter!

»Willkommen auf der Brücke der Pluto.« Mit einer ausschweifenden Geste gibt Markus den Blick auf das vollverglaste Rundumpanorama frei.

Mir fällt die Kinnlade herunter, und ich bleibe wie angewurzelt stehen. Atemberaubend!

Vor mir sind mehrere Stationen mit unzähligen Schaltern und Knöpfen, vorn nochmals weitere Bedienpanels von unvorstellbarer Größe. Zwei Männer sitzen dort in ausladenden Sesseln, beobachten die Anzeigen und drücken ab und an Knöpfe. Sieht nach einem recht gechillten Job aus. Und dann die bodentiefen Fenster, die nichts als Blau zeigen. Unendliche Weite. Blauer Himmel, keine Wolken, nur der Horizont. Kein anderes Schiff ist zu sehen. Ein Detail fällt mir auf: Jede der Scheiben hat überdimensionale Scheibenwischer.

»Das ist wunderschön, oder?«

Deontes Stimme ist so nah an meinem Ohr, dass ich seinen Atem auf meiner Haut spüre. Ergriffen drücke ich seine Hand, die trotz der Hitze kühl ist. Er streichelt erneut meinen Handrücken. Wahnsinn. Hier wäre ich gern mit Deonte allein. Nur wir zwei und dann … Mir wird heiß. Wasser. Denk an das Wasser draußen! Natürlich sehe ich, wie Markus uns mit einem wissenden Auge anschaut. Soll er denken, was er will.

Deonte schiebt mich weiter in den Raum hinein und lotst mich bis zu den Scheiben auf der linken Seite des Schiffes. Backbord heißt das, glaube ich. In einer Art Erker kann ich am Schiff entlang nach hinten schauen. Zu meinen Füßen ist ein Fenster in den Boden eingelassen. So richtig traue ich mich nicht, mich auf das Glas zu stellen. Die Gischt spritzt tief unter uns am Schiff entlang.

»Möchtest du etwas über das Schiff wissen?«, fragt Markus. Er ist uns gefolgt und schaut ebenfalls nach hinten.

»Ja. Ist die Pluto eigentlich ein kleines oder ein großes Schiff im Vergleich zu anderen Flotten?« Ich bin froh, dass Deonte meine Hand noch immer hält. Ohne ihn wäre ich wahrscheinlich längst umgekippt. Ob vor Aufregung, einem echten Kapitän gegenüberzustehen, oder vor der schwindelerregenden Höhe, kann ich nicht sagen.

»Die Pluto ist das kleinste und älteste Schiff der Sternenflotte, 2002 erbaut mit zwölf Decks. Vom Bug bis zum Heck ist sie zweihundertdrei Meter lang und an der breitesten Stelle achtundzwanzig Meter breit. Das ist unter den Kreuzfahrtschiffen eher klein. Die amerikanischen Schiffe sind oft viel größer. Wir können mit einer Höchstgeschwindigkeit von einundzwanzig Knoten fahren, sind aktuell aber langsamer, da wir es nicht eilig haben.«

Aus jedem seiner Worte spüre ich die Liebe zum Schiff und zur Seefahrt, fast als würde er von seinem Kind sprechen.

»Das ist ... beeindruckend!«

»Ja, oder? Es gibt zwar deutlich größere Schiffe, aber ich mag die Pluto. Hier ist es so familiär.« Deonte hat sich ein wenig von mir gelöst und begrüßt nebenbei einen hereinkommenden Offizier.

»Ich bin alle Schiffe der Sternenflotte gefahren, aber die Pluto war die erste und wird wohl auch meine einzige wahre Liebe bleiben. Abgesehen von meiner Frau und meinem Kind.« Markus hebt die Hände, als wäre das ein Fakt, den er weder ändern kann noch will.

Im Hintergrund höre ich die Offiziere miteinander sprechen. Worum es genau geht, verstehe ich nicht. Zu viele Fachwörter.

»Wie viele Passagiere sind an Bord?« Warum genau will ich auf einmal so viele Dinge über das Schiff wissen, auf dem ich gar nicht sein will? Das kann nur an Deonte liegen. Mein Herz flattert, als ich ihn ansehe. Innerlich seufze ich. Ich bin verloren und ihm vollkommen verfallen.

Heilige Scheiße. Das war so nicht geplant.

»Insgesamt sind wir eine Crew von dreihundertachtzig Personen. Zusätzlich können wir maximal eintausendfünfhundertachtzig Passagiere beherbergen. Auf der Silvesterreise sind die Kapazitäten voll ausgeschöpft. Bestimmt ist es dir aufgefallen, dass viele Kinder an Bord sind. Ziemlich genau dreihundertfünfzig. Das liebe ich an den Reisen in den Ferien. Dann ist hier richtig Leben an Bord.«

Mir gefallen die Menschenmassen oder die vielen Kinder nicht, aber ich nicke. »Danke, dass Sie uns das gezeigt haben.«

»Du kannst ruhig Du sagen.« Er runzelt die Stirn und deutet auf die verschiedenen Boards mit den vielen Schaltern, Knöpfen und Monitoren. »Mit dem technischen Kram kann ich dich wahrscheinlich nicht begeistern, oder?«

Sowohl Deontes als auch Markus' Augen ruhen auf mir. »Interessiert es dich?«, frage ich an Deonte gewandt.

»Ich kenne es bereits, denn ich bin öfter hier oben. Aber sag es nicht weiter.« Er zwinkerte mir zu.

»Das stimmt. Ich kenne Deonte, seit er den ersten Schritt auf die Pluto gesetzt hat. Wenn er sich weiter so für diese ganzen Sachen interessiert, macht er mir irgendwann Konkurrenz.« Markus lässt seine Hand schwer auf Deontes Schulter fallen.

»Stimmt. Irgendwie ist die Pluto unser zweites Zuhause geworden.«

»Markus, wie lange bist du schon Kapitän?«, frage ich.

»Seit fünfzehn Jahren.«

»Wahnsinn! Dann hast du bestimmt viel von der Welt gesehen.«

»Ja, das ein oder andere Land war dabei. Aber ich will ehrlich sein, die wärmeren Gefilde reizen mich mehr als die kühleren.« Er zuckt mit den Schultern.

»Und unser Deonte hier ist auch in der Sonne daheim, stimmts?«

»Das liegt wohl in meinen Genen.«

»Wo kommst du eigentlich her?« Ich hoffe, dass ich ihm damit nicht zu nahe trete. Warum muss ich ausgerechnet jetzt zum Plappermaul mutieren?

»Mein Vater kommt aus den USA, Virginia, und meine Mutter ist Deutsche.«

Nun fügen sich die Puzzleteile zu einem Bild zusammen. Sein amerikanischer Akzent, sein gutes Deutsch, seine Hautfarbe. Das alles macht ihn nur noch attraktiver. »Okay, ich gestehe, dass ich nie wirklich weiter als nach Mallorca gekommen bin.« Ich ziehe eine Grimmasse und schaue von einem zum anderen.

»Na, jetzt lernst du wenigstens ein bisschen von der Welt kennen. Zumindest das Meer.« Markus deutet auf das weite Blau.

»Gezwungenermaßen.« Scheiße, warum habe ich das verraten?

»Wie meinst du das?«, fragt Deonte.

»Nun, meine Eltern haben mir und meinem Bruder die Reise zu Weihnachten geschenkt, obwohl sie genau wissen, dass ich Weihnachten lieber im Schnee verbringe. Also bin ich wohl das komplette Gegenteil zu euch.«

»Jetzt wird mir so einiges klar.« Deonte grinst von einem Ohr bis zum anderen.

»Oh, oh! Leonie, jetzt würde ich an deiner Stelle die Flucht ergreifen. Immer, wenn er so ein Gesicht macht, heckt er etwas aus.« Markus gestikuliert, als weiche er vor dem Leibhaftigen zurück.

»Stimmt gar nicht … ich bin harmlos.« Deonte sieht auf seine Uhr. Ich schmunzle, denn er wirkt wie ein

kleiner Junge, dem jemand sein Förmchen weg-
genommen hat. »So gern ich weiter mit euch plaudern
möchte, ich muss zu meinem nächsten Kurs.«

»Leonie, magst du noch ein bisschen hierbleiben,
während unser Held die Muskeln der Nation zum
Schwitzen bringt?«, fragt Markus und beugt sich zu mir.
»Seine Spinningstunden solltest du übrigens nicht
verpassen!«

»Davon habe ich gehört.«

Selten habe ich mich in der Gegenwart von zwei
Männern so wohlgefühlt. Ich bin hin- und hergerissen.
Bei Markus bleiben oder mit Deonte mitgehen? Die
Entscheidung fällt mir schwer. »Ich würde gern noch
bleiben und mehr über deinen Arbeitsplatz erfahren«,
antworte ich schließlich Markus und schaue zu Deonte,
der lediglich nickt. Wer weiß schon, wann ich jemals
wieder die Chance habe, mit einem Kapitän zu
sprechen? Und Deonte sehe ich später noch. Bereits jetzt
kribbelt die Vorfreude in meinem Bauch.

»Wir sehen uns dann um 16 Uhr.« Er wackelt mit den
Augenbrauen, als wolle er mich erinnern, dass mich
noch eine Sporteinheit erwartet. Ich erröte und nicke
ebenfalls.

Sekunden später ist er von der Brücke verschwunden. Markus deutet auf das Pult, vor dem zwei Stühle
stehen. »Er mag dich.«

Ich setze mich auf den Stuhl, den er mir hinschiebt
und weiß nicht, was ich darauf antworten soll.

»Ernsthaft! Alle halten ihn für einen Frauenheld, aber
ich kenne ihn recht gut. Noch nie hat er jemanden mit
hierhergebracht. Kannst du dir denken, warum er bei
dir eine Ausnahme macht?«

KAPITEL ACHT

Logbuch Tag 4
Datum: 28.12.; 15:45 Uhr
Ort: Auf dem Meer zwischen Panama und Kolumbien,
Fitnessstudio der Pluto

Etwas verloren lungere ich im Sportbereich der Pluto
herum und schaue den Teilnehmern des Full-Body-
Workouts beim Schwitzen zu. Die Kursleiterin muss
Melanie sein, da ich sie bisher nicht gesehen habe und
Justine auf der Trainingsfläche die Passagiere an den
Kraftgeräten betreut. Ich klammere mich an meiner
Trinkflasche und dem Handtuch fest und bin froh, dass
ich mehr als eine Garnitur Sportkleidung mitgenommen
habe. Schließlich ist die auch sonst im Alltag bequem.

Noch immer schwirren die Worte von Markus in
meinem Kopf umher. Nie zuvor hat Deonte jemandem
das Schiff gezeigt, schon gar nicht mit auf die Brücke
genommen. Macht mich das zu jemand Besonderem?
Nein, sicher ist er nur nett zu mir. Auch, wenn ich mir
noch nicht so ganz erklären kann, warum. Meinerseits
ist das Kribbeln im Bauch da, sobald ich an ihn denke.
Seine Hand zwischen meinen Schulterblättern. Der tiefe
Blick. Und sein Daumen hat meine Finger gestreichelt.
Da muss mehr sein. Das kann ihn nicht kaltlassen. Mein
Herz flattert. Doch er will den Globus bereisen, und ich
mache bald mein Abitur. Uns trennen Welten. Egal, was

ich tu, ich bekomme ihn nicht aus meinem Kopf. Will ich auch gar nicht. Die Gedanken rennen wie ein Hamster im Hamsterrad, immerfort und ohne Pause. Ich will mehr Zeit mit ihm verbringen. Ich muss. Egal, was nach dem Urlaub kommt.

Ich dränge meine Gedanken zurück zu dem Gespräch mit Markus. Er hat mir eine Menge über seinen Job erzählt. Selten steuert er das Schiff selbst. Dafür hat er Mitarbeiter. Er mag die Auftritte bei der Willkommensshow im Theater nicht, was ich gut nachvollziehen kann. Wer steht schon gern vor so vielen Menschen im Mittelpunkt? Ich nicht. Und Instagram zählt in diesem Fall nicht. Aber faszinierend ist sein Job allemal.

»Hey, diesmal überpünktlich! Dann kannst du mir gleich helfen, die Fahrräder an die Positionen zu schieben, wenn Melanie fertig ist.« Deonte zwinkert mir zu und geht, ohne anzuhalten, an mir vorbei. So gucke ich ihm hinterher. Mein Blick wandert zu seinem knackigen Hintern, als er sich einem anderen Gast zuwendet, der ihn anspricht. Ich schlucke. Deonte ist einfach heiß. Wie seine Muskeln spielen, wenn er sich bewegt. Und seine Bewegungen überhaupt … Lässig und geschmeidig zugleich wie eine Katze.

Der Fitnessbereich füllt sich. Wollen die alle zum Spinning? Meine Hände werden feucht. Die sehen alle so durchtrainiert aus. Einige tragen spezielle Radhosen und -schuhe. Ob ich mich zum Affen mache? Ich klammere mich an meinem Handtuch fest, während der Puls in meinem Hals deutlich klopft.

Oder soll ich mich doch noch aus dem Staub machen? Da beendet Melanie ihren Kurs und der fliegende Wechsel beginnt. Verschwitzte Passagiere kommen mir entgegen. Ich rümpfe die Nase. Mindestens einer dürfte sein Sportshirt waschen. Melanie zieht die Fahrräder aus der Ecke, wo sie so eng zusammenstehen, dass ausreichend Platz für andere Kurse bleibt.

Deonte hat sich von hinten an mich herangeschlichen. »Komm.«

Ich lege mein Handtuch und die Trinkflasche auf den Boden und folge ihm.

»Schau, wenn du die Räder kippst, kannst du sie auf den Rollen über den Boden ziehen. Lass einen Meter Platz und stell sie in Reihen. Zusammen gehts schneller.«

Das sieht einfach aus. Ich nicke. Schnell haben wir zu dritt alles aufgebaut. Keiner der wartenden Passagiere hilft mit, um die Stunde vorzubereiten. Doch dann dämmert es mir: Kein Gast darf die Räder aufbauen. Wieder eine Sonderbehandlung. Ich könnte durchaus darauf verzichten.

»Kann losgehen!« Auf Deontes Winken hin füllt sich der Raum, und bald hat jeder Teilnehmer ein Fahrrad für sich auserkoren.

Ich schaue mich um und entdecke ein freies Gerät, das in der ersten Reihe vor dem Rad von Deonte steht. Na toll. Ich war nicht schnell genug. Warum ist ausgerechnet der Platz frei geblieben? Hätte ich mich nicht in die letzte Reihe verkrümeln dürfen? Jetzt werden alle auf meinen Hintern starren und mir beim Scheitern zusehen.

»Jemand zum ersten Mal dabei?«, ruft Deonte.

Nur ich hebe die Hand, die ich rasch wieder senke. Okay, das wird definitiv oberpeinlich.

Rings um mich klackert es, als die Teilnehmer ihre Räder auf die passende Größe einstellen. Ich betrachte skeptisch die Hebel und weiß nicht, wo ich anfangen soll. So kompliziert kann das nicht sein, oder?

Deonte eilt herbei. Er ist so nah neben mir, dass es den anderen auffallen muss. Seine Körperwärme erzeugt das wohlbekannte Kribbeln auf meiner Haut. Sofort rücke ich noch ein Stück näher an ihn heran. Ein elektrisches Zucken durchfährt mich, als sich unsere Körper kurz berühren. Oh ja, so mag ich das. Ich beiße mir auf die Unterlippe, um ein lustvolles Geräusch zu unterdrücken. Kurz treffen meine Augen seine, und ich entdecke ein gieriges Aufflackern darin. Verdammt, dieser Kerl bringt mich wirklich um den Verstand. Er räuspert sich.

»So, da kannst du die Trinkflasche reinstellen, das Handtuch gleich über den Lenker. Den Sattel stellt man hier ein. Probiers mal.« Seine Stimme ist wieder ganz geschäftsmäßig. Er dreht an den Schrauben und lässt mich aufsitzen. Tatsächlich komme ich mit den Füßen perfekt an die Pedale.

»Komm noch mal runter.« Er schiebt den Sattel ein bisschen nach vorn. Auch der Lenker weicht ein Stückchen nach unten. »Jetzt sollte es passen.«

Ich schwinge mich in den Sattel und stelle fest, dass ich mich pudelwohl fühle. Okay ... fast pudelwohl. Ein Kuss von ihm könnte die Situation krönen. Himmel, meine Gedanken ... Aber die Einstellungen harmonieren gut. Deonte nickt.

»Danke.«

»Gern geschehen.« Er lächelt mich an, und sofort schmelze ich dahin.

Ist es Zufall, dass seine Hand meinen Arm streift? Ein weiterer wohliger Schauer durchflutet mich. Dann deutet er auf das Rad. »Hier stellst du den Widerstand ein und das ist die Bremse. So, Leute, alle bereit?«

Deonte steigt auf sein Rad und setzt sich ein Headset auf den Kopf. Es knackt kurz im Lautsprecher. Dann ertönt Musik, und Deontes Stimme hallt durch den Raum. »Nochmal herzlich willkommen zum Spinning! Nehmt den Widerstand raus und tretet locker los, fünf Minuten Warm-up!«

Ich gebe Kraft in die Pedale, und meine Füße fliegen. Es ist viel leichter als auf einem normalen Fahrrad. Der Grund dafür wird mir bewusst, als ich kurz anhalten will und es unmöglich ist. Das Rad ist ein Schwungrad und hat keinen Leerlauf. Beinahe rutsche ich aus den Halterungen für die Füße. Hektisch versuche ich, mich zu erinnern, wo die Bremse war. Gut, also weitertreten und nicht aufhören. Adrenalin peitscht durch meine Adern. Puh, das war knapp.

Die Musik ist flott, und ich passe mich dem Rhythmus mit einer schnellen Trittfrequenz an. Hinter mir höre ich einige Teilnehmer reden.

»Okay, dann erhöht mal etwas den Widerstand!«

Ich drehe den Knopf für die Schwierigkeit eine halbe Umdrehung nach rechts, und das Treten wird schwerer. Die Musik verändert sich. Wie von selbst passe ich mich dem neuen Rhythmus an. Er ist langsamer als zuvor, dafür treiben die Bässe mich voran. Ich kann nicht anders, als zu grinsen. Unsere Blicke treffen sich kurz, und Deonte lächelt zurück. Wie cool wäre es, wenn nur wir beide mal eine Radtour machen?

»Wir stehen auf in drei, zwei, eins … Go!«

Rechts und links von mir radeln alle im Stehen weiter. Das ist so viel leichter als im Sitzen, und ich trample im Rhythmus mit. Mein Herz pumpt das Blut schneller durch meinen Körper. Ja, langsam bin ich aufgewärmt.

»Hinsetzen in drei, zwei, eins …«, sagt Deonte, und wieder hört alles auf sein Kommando. »Widerstand raus, Trinkpause! Jetzt sollte euch nicht mehr kalt sein.«

Allgemeines Gemurmel legt sich über die Musik, die Deonte leiser dreht. Ein kurzer Blick nach hinten zeigt lauter zufriedene Gesichter, die erwartungsvoll nach vorn gerichtet sind.

»Genug Pause! Lasst uns loslegen. Es warten gut dreißig Minuten mit Intervallen und Sprints. Jeder wählt den Widerstand bitte so, dass er oder sie gefordert, aber nicht überfordert ist. Ziel ist nicht herauszufinden, wer den meisten Widerstand treten kann, sondern dass jeder seine individuelle und optimale Belastung für heute findet. Let's go!«

Deonte hat nicht zu viel versprochen. Die Minuten verfliegen, der Schweiß rinnt sturzbachartig über mein Gesicht. Ich muss wirklich aufpassen, dass ich mich nicht überfordere, denn die Musik verleitet schnell dazu, Widerstand nachzulegen. Glückshormone peitschen durch meinen Körper. Warum habe ich das Spinning nicht früher für mich entdeckt? Ach richtig, weil ich bisher Fitnessstudios selten von innen gesehen habe. Ich gehöre eher zu der Kategorie, die fleißig bezahlt, ohne den Service allzu regelmäßig zu nutzen. Das werde ich in Zukunft ändern. Und vielleicht kann ich irgendwann mal mit Deonte zusammen hingehen und er zeigt mir Übungen?

»Drei, zwei, eins und geschafft! Widerstand raus, locker weitertreten, trinken. Das habt ihr spitze gemacht!«

Hinter mir brandet Applaus auf, und ich stimme mit ein. Noch immer wummern die Bässe so laut, dass mein Herz ein bisschen länger braucht, um die Frequenz herunterzufahren. Mein T-Shirt klebt an mir, und ich bin mir sicher, dass man den Abdruck meines BHs darunter erkennen kann. Und ganz bestimmt bin ich knallrot im Gesicht. Dennoch bin ich glücklich.

Ich trete weiter und lasse das Rad immer langsamer werden. Dann drücke ich die Bremse und löse mich aus den Pedalen.

»Das hast du richtig gut hinbekommen.«

Ich sehe Deonte auf mich zukommen. Auch ihm rinnen Schweißperlen übers Gesicht. Mein Herz macht einen Hüpfer. Egal, wie verschwitzt er ist, ich würde ihn so gerne in den Arm nehmen. Aber nicht vor den anderen. »Das hat so viel Spaß gemacht«, erwidere ich etwas zu laut. Meine Hände zittern von der Anstrengung, gleichzeitig bin ich energetisiert und könnte Bäume ausreißen.

»Dann musst du morgen wiederkommen.«

»Morgen ist ein Ausflug dran. Ich weiß nicht, was meine Eltern geplant haben.«

»Schade. Ich muss morgen leider arbeiten und kann dich nicht begleiten.«

»Das ist wirklich Mist.« Mir fällt nichts anderes ein, was ich sonst sagen könnte, und so wird es für wenige Sekunden still zwischen uns. Ich scanne seinen Körper. Diese Grübchen, wenn er lacht, und sein Körperbau insgesamt. Hach … Erst jetzt entdecke ich, dass auch er eine dieser besonderen Radhosen trägt. Diese durch-trainierten Waden. Sexy. An ihm gibt es nichts, was nicht perfekt ist. Ein Traummann. Und warum versteckt er die Hände gerade hinter seinem Rücken? Diese schönen Hände, die ich so gerne auf meiner Haut spüre. Ich beiße mir erneut auf die Lippe. Er ist definitiv superheiß, gerade jetzt nach der Sportstunde.

»Okay, komm einfach vorbei, wenn du dich für eine Stunde anmelden willst. Warte nur nicht zu lange, denn sonst sind alle Fahrräder ausgebucht.« Er klopft kurz auf den Lenker meines Rades. Dann schiebt er das erste Rad wieder in die Ecke des Raumes. Kurz überlege ich, ob ich ihm helfen soll, aber dann bewegen sich meine Füße automatisch in Richtung des Fahrstuhls. Noch immer bin ich ein wenig wackelig auf den Beinen. Vergleichbar mit dem Schlittschuhfahren, wenn man sich hinterher erst wieder an den festen Boden unter den Füßen gewöhnen muss. Wie ich das vermisse! Letztes Jahr sind wir nach Weihnachten auf der Eisbahn gewesen. Und als unsere Eltern keine Zeit hatten, bin ich mit Emily allein losgezogen. Und rodeln. Das haben wir jahrelang nicht gemacht. Mist! Wenn ich wieder zu Hause bin, ist der Schnee garantiert weg. Schnee ... Ich will Schnee. Mit Deonte durch den Schnee wandern!

Wenn ich doch meine Gedanken stoppen könnte. Argh, ich will gar nicht hier sein. Also auf dem Schiff. Und gleichzeitig will ich es doch. Deonte ... Wobei ich immer noch nicht glauben kann, dass er in mir etwas Besonderes sieht. Ich für meinen Teil habe ihn trotzdem in mein Herz geschlossen.

* * *

Die restliche Zeit bis zum Abendessen verfliegt im Nu. Auch meine zwiespältigen Gedanken nach der Spinningstunde verflüchtigen sich. Ich habe kurz mit Emily getickert und ihr von dem Besuch auf der Brücke und dem Sportkurs erzählt. Nur Deonte ließ ich in meiner Schilderung aus. Er hat sich zwar in mein Herz geschlichen, doch so ganz traue ich dem Braten noch nicht. Und was ich will, weiß ich noch weniger. Ich muss ihn erst etwas besser kennenlernen, bis ich meiner besten Freundin von ihm erzähle. Wobei ich ihn ja eigentlich meiden will …

Mama und Papa haben ihre Pfennigfuchserei scheinbar aufgegeben. Abendessen gibt es heute im Restaurant Discovery, wo die Küche deutlich gehobener ist, und mir läuft das Wasser im Mund zusammen, als ich die Speisekarte studiere.

Aus der Kürbissuppe vorweg schmecke ich den Ingwer, der dem Gericht eine scharfe Note verleiht, und die Kokosmilch heraus. Ist da ein Hauch Sojamilch? Wahnsinnig gut! Jetzt hoffe ich nur, dass der Rehrücken ebenfalls so köstlich ist.

»Was hast du denn heute gemacht?« Mama mustert Lukas. Sie versucht krampfhaft, das jetzt stockende Gespräch am Laufen zu halten.

»Ach, ich war im Teens-Club. Hab mit Emma und Till abgehangen, E-Sports gespielt. Das war verdammt cool! Bei FIFA habe ich alle abgezockt.« Er grinst. Natürlich ist er bei diesem Spiel einsame Spitze, schließlich zockt er es zu Hause so oft und so viel, dass man sich manchmal fragt, ob er überhaupt noch unter den Lebenden weilt, wenn er sich stundenlang in seinem Zimmer verschanzt.

»Schön, dass du Freunde gefunden hast.« Papa schiebt sich die Gabel mit Rehrücken in den Mund und schließt die Augen, während er kaut. »Mmh.«

»Ja! An Silvester gibt es einen E-Sports-Contest, den ganzen Abend lang. Darf ich mitmachen?«

»Können wir dich davon abhalten?« Papa zwinkert ihm zu und verzieht das Gesicht zu einer Grimasse.

»Nö!«

»Na siehst du. Es ist Urlaub. Hauptsache, du hast Spaß. Das ist das Wichtigste.«

Und Hauptsache, ihr habt eure Ruhe, setze ich in Gedanken hinzu. An den Seetagen lassen sie sich kaum blicken. Lukas und ich können machen, was wir wollen. In mir keimt ein Verdacht auf. Ist das der Grund für die Kreuzfahrt? Wollen sie einen Urlaub, bei dem wir uns selbst beschäftigen? Aber das machen wir bei jedem anderen Urlaub doch auch! Mit siebzehn bin ich schließlich kein Kind mehr. Ich brauche keine Eltern, die mir ständig auf den Wecker gehen. Nicht mehr lange, und ich bin achtzehn. Ich schwöre, spätestens dann gehe ich meinen eigenen Weg, mache allein Urlaub im Schnee und genieße mein Leben ohne nervige Kommentare.

»Und was habt ihr gemacht?«, frage ich provozierend.

Ich bereue meine Frage sofort, als ich sehe, wie Mama und Papa sich ansehen. Will ich das wirklich wissen?

»Hihi, wir haben Shuffleboard gespielt. Und ein bisschen in der Sonne gelegen«, antwortet Mama.

»Den ganzen Tag«, stelle ich ironisch fest, und sofort wechselt die Gesichtsfarbe von Mama in Richtung dunkelrot. Auch Papa nimmt ertappt einen Schluck Wein. Okay, ich sollte wirklich nicht näher nachfragen.

»Lasst uns über morgen reden.« Papa stellt das Weinglas ab und schaut uns erwartungsvoll an.

»Genau. Morgen früh sind wir in Cartagena.« Mamas Gesichtsfarbe wird langsam wieder normal. Sie prostet Papa zu.

Ich gucke schnell auf meinen Teller. Mann, sind die peinlich! Das geht gar nicht. Die Blicke kann sogar ein Blinder interpretieren. Was auch immer in den vergangenen Tagen passiert ist, die erleben gerade einen zweiten Frühling.

»Wo ist Cartagena?«, fragt Lukas, dem nichts aufzufallen scheint.

»In Kolumbien, mein Schatz. Wir wollen uns die Stadt ansehen. Natürlich gemeinsam mit euch.«

Ich stöhne auf. Langweilige Stadtbesichtigungen habe ich noch nie gemocht, und hier, am Arsch der Welt, kann ich definitiv darauf verzichten. Wen interessiert schon Cartagena? Von der Stadt habe ich nie gehört. Wenn es New York wäre, oder Miami … oder gemeinsam mit Deonte. Dann wäre das ganz anders. Aber der muss ja arbeiten.

»Kann ich auf dem Schiff bleiben?«

»Leonie! Natürlich kommst du mit! Wir machen uns einen schönen Tag als Familie.« Mama sieht mich streng an, beinahe drohend, und meine Lust, den Tag mit ihr zu verbringen, sinkt.

Verdammt, der Urlaub macht alles kaputt. Unsere Beziehung war bisher immer gut. So, wie man sich eben mit seiner Mama versteht. Wir shoppen und tauschen den neusten Tratsch aus, aber bei den Hausaufgaben und dem Haushalt unterscheiden sich unsere Ansichten – und in diesem Urlaub offensichtlich auch. In den vergangenen Urlauben gab es kaum Stress, weil wir oft nur am Pool gelegen und ab und zu einen Ausflug gemacht haben, wo wir Ziel und Unternehmung immer gemeinsam aussuchten.

»Das geht mir gegen den Strich! Warum dürfen wir nicht mitentscheiden?«, maule ich.

»Das mussten wir vor der Reise buchen, daher konnten wir euch nicht fragen. Sonst wäre die ganze Überraschung futsch gewesen.« Papa, wieder mit seinem Essen beschäftigt, starrt auf seinen Teller, während er spricht.

»Ich könnte durchaus auf die Reise verzichten.«

»Leonie!« Mama fällt das Messer aus der Hand und klirrt auf den Teller.

»Leonie, Leonie!«, äffe ich sie nach. »Im Ernst! Immer soll ich nach eurer Pfeife tanzen! Ich hasse Stadtbesichtigungen. Blöde Kirchen, alte Gebäude, langweilige Monologe von Reiseleitern. Gibt es in Cartagena irgendwas Besonderes? Lohnt es sich, dafür den ganzen Tag durch die Hitze zu latschen?« Ich knalle das Besteck auf den Tisch. Mir ist vollkommen egal, dass andere Gäste zu uns hinüberschauen.

»Leonie«, zischt nun auch mein Vater und beugt sich zu mir über den Tisch. »Ich sage es nur einmal. Du machst morgen die Stadtrundfahrt mit uns und zwar ohne Widerrede. Ich bin deine Diskussionen leid. Kein Fitzelchen Dankbarkeit! Was soll das? Das hier ist ein teurer Urlaub, den wir euch ermöglichen. Andere Kinder würden vor Freude im Dreieck springen. Ich weiß, dass dir ein Winterurlaub lieber gewesen wäre, aber deine Mutter und ich haben morgen Silberhochzeit, und das lassen wir uns nicht von dir vermiesen, kapiert?«

Ich reiße die Augen auf. Wie konnte ich den Hochzeitstag meiner Eltern vergessen? Um nicht zu voreilig etwas Falsches zu sagen, presse ich die Lippen zusammen. Sonst kümmere ich mich immer nach Weihnachten um eine Aufmerksamkeit, aber diesmal hat die Kreuzfahrt alles durcheinandergebracht. Mir ist der Appetit vergangen. Ich starre auf mein Essen. Scheiße. Das ist mir noch nie passiert. »Darf ich bitte aufstehen?«, murmle ich, ohne aufzusehen.

»Wenn wir dann in Ruhe zu Ende essen dürfen!«

Als ich den Kopf hebe, kreuzen sich Papas und mein Blick kurz. Ich nicke, schiebe ohne ein weiteres Wort den Stuhl zurück und verlasse mit gemäßigten Schritten das Restaurant. Auch an der Bar vorbei kann ich mich gerade noch zügeln. Erst, als ich an der Tür zu den Fahrstühlen und den Treppen vorbeigehe, renne ich los. Ohne auf den Weg zu achten, laufen meine Füße die Treppe hinauf, bis es nicht höher geht.

Auf Deck 11 am Spa-Bereich verlasse ich das Innere des Schiffes. Die untergehende Sonne schimmert rötlich am Horizont und der Wind weht mir die Haare wild um den Kopf. Alles verschwimmt vor meinen Augen. An der Reling angekommen atme ich tief durch. Wie konnte ich vergessen, dass meine Eltern fünfundzwanzig Jahre verheiratet sind? So ein bedeutendes Jubiläum … Jetzt wird mir auch der Grund dieser Reise klar.

Ich stütze das Kinn auf die Hände. Verdammt! Eine Träne rinnt mir über die Wange. Ich bin so enttäuscht. Enttäuscht von mir selbst, dass ich so egoistisch bin. Ich hätte nur einmal nachdenken müssen.

Auf dem Deck ist es menschenleer. Wahrscheinlich sind alle beim Essen, obwohl das Farbenspiel am

Himmel definitiv eine Sondervorstellung gibt. Die Sonne ist zur Hälfte im Wasser versunken. Wie anders ein Sonnenuntergang auf hoher See ist. So, als würde die rote Kugel einfach am Ende der Welt verschwinden und dahinter nichts mehr kommen. Umso kurioser ist es, dass sie am nächsten Morgen auf der anderen Seite wieder aufgeht. Aus der Perspektive könnte man denken, dass die Welt tatsächlich eine Scheibe ist.

Ich schluchze. Ist ja eh keiner da, den es stören könnte. Geräuschvoll ziehe ich die Nase hoch. Wenn ich doch mit der Sonne hinter dem Horizont verschwinden könnte. Der Wind ist warm, aber viel erfrischender als am Mittag, und dennoch legt sich wieder ein Schweißfilm auf meine Haut.

Warum mache ich es mir so schwer? Ich könnte mich auf den Urlaub einlassen, mit meinen Eltern morgen ihren Hochzeitstag genießen und etwas Zeit mit Deonte verbringen, auch wenn wir uns nach dem Urlaub nie wiedersehen. Immerhin ist er charmant und aufmerksam. Und er hat meine Gefühle sowieso längst durcheinandergewirbelt. Genieße den Augenblick, könnte mein Motto sein. Wenn da nicht der leise Wunsch nach einer winterlichen Schlittenfahrt wäre. Ich würde sofort den Sonnenuntergang gegen Polarlichter oder einen Abend in der Skihütte tauschen. Arm in Arm mit Deonte …

Ich seufze und stoße mich von der Reling ab. Was für ein beschissener Abend. Gemächlich schlendere ich an den verspiegelten Fenstern des Spa-Bereiches entlang zum Schiffbug. Vielleicht finde etwas Ruhe, wenn ich mich bewege. Eigentlich hätte ich lieber Gesellschaft, eine Schulter, an der ich mich anlehnen kann. Doch ich bin allein. Und Lukas ist der Letzte, mit dem ich meine Sorgen teilen würde.

Emily. Ich muss Emily tickern!

Die Liegen, sorgfältig gestapelt und mit dicken Seilen gesichert wie an jedem Abend, damit sie bei höherem Seegang nicht umfallen, kann ich nicht mehr benutzen. Eigentlich clever gedacht, nur kann ich mir nicht vorstellen, dass dieses ruhige Wasser sich zu einem tosenden Sturm verwandelt.

Da war doch was! Ich habe was gehört. Ein Geräusch. Ich halte inne. Dann diese Stimme, die ich sofort unter Tausenden erkenne. Mir wird leicht ums Herz. Ich wische mir die Tränenspuren aus dem Gesicht. Er ist hier! Bestimmt hinter der Ecke dort vorn. Vielleicht ist das meine Chance auf etwas Zeit zu zweit? Die kann ich nach dem Desaster gut gebrauchen. Gerade als ich zu ihm gehen will, lässt mich eine weibliche Stimme innehalten.

»Ach Deonte, was … ohne dich … machen?« Die meisten Wörter werden vom Wind davongetragen, aber die Botschaft ist eindeutig. Meine Gedanken rasen. Er hat eine Freundin! Und ich dumme Nuss dachte, dass er an mir interessiert ist. Ich bin so blöd. Hätte ich mich nur nie auf ein Treffen mit ihm eingelassen. War doch klar, dass er mir was vormacht. Wie konnte ich so naiv sein?

Mein Herz wummert vor Enttäuschung, die mich durchflutet wie ein zerstörerischer Tsunami. Ich bekomme keine Luft. Das wars. Noch will ich es nicht akzeptieren, aber die Welle schwemmt unerbittlich durch mich hindurch. Erreicht jede Faser meines Körpers. Alles in mir wehrt sich, auch nur einen Schritt weiterzugehen. Gleichzeitig kann ich nicht weglaufen, ohne zu wissen, wer diese Frau ist. Wie in Trance mache ich einen Schritt nach vorn, um kurz um die Ecke zu linsen. Es ist Justine, die andere Mitarbeiterin aus dem Fitnessbereich, die neben Deonte auf der Liege liegt. In seinen Armen!

Ich schnappe hörbar nach Luft und springe hastig zurück, als Deonte in meine Richtung sieht. Alle meine Nerven wollen zerbersten. Kann nicht vor und nicht zurück. Ich will weglaufen, aber meine Füße bewegen sich keinen Millimeter.

»Leonie!« Ich höre Deontes Stimme, und endlich legt sich der Schalter in meinem Kopf um. Ich renne in Richtung des Spa-Bereiches zurück. Zurück zur Treppe, zurück zu meiner Kabine. Nur weg von hier. Nie zuvor habe ich mich so allein gefühlt.

Ich schluchze und sehe kaum, wo ich hintrete. Liegen, Handtücher und Strandtaschen stehen mir zum Glück nicht im Weg. Ich muss kurz verzögern, bis die Schiebetüren, die unendlich langsam aufgehen, mir den Weg zum Treppenhaus freigeben. Sofort stürze ich weiter auf die Treppe zu.

»Hoppala!«

Ich pralle gegen jemanden, den ich schlichtweg übersehen habe.

»Tschuldigung!«, schniefe ich und wische mir mit dem Handrücken über die Augen. Ohne genauer hinzusehen will ich mich an dem Mann vorbeidrängeln. Niemand sollte mich in diesem Zustand sehen.

»Leonie! Du bist es! Was ist denn los mit dir?«, fragt Markus und hält mich auf. Ausgerechnet er!

»Nichts.« Ich versuche, mich erneut an ihm vorbei-zudrängeln.

»Ich bin der Kapitän auf diesem Schiff, und ich möchte, dass es all meinen Gästen gut geht! Also, was ist geschehen?«

»Leonie! Es ist nicht so, wie du denkst!« Nun stürmt Deonte durch die Schiebetür. Natürlich ist es genauso, wie ich denke! Die Situation war schließlich unmissverständlich. Als wenn der Abend nicht schon beschissen genug wäre, auf noch mehr Drama habe ich absolut keine Lust.

»Deonte! Was ist los?« Markus schaut verdutzt zwischen uns hin und her. Seine Stirn liegt in Falten, sein Blick ist fragend.

»Ich kann das erklären«, stammelt Deonte. Natürlich kann er. Nur will ich die Geschichte hören?

»Okay, ihr zwei. Wir machen Folgendes: Ihr beruhigt euch erstmal, und dann redet ihr. Und zwar miteinander, okay?«

Lustlos lasse ich mich von Markus mitziehen, als er uns zurück nach draußen bugsiert. Einem Kapitän darf man sich schließlich nicht widersetzen, oder? Ich habe keine Ahnung. Außerdem ist das mein kleinstes Problem. Die ganze Situation ist so surreal. Erst das Abendessen, dann das gerade … argh, ich will einfach nur ins Bett und die Decke über meinen Kopf ziehen.

»Setzt euch.« Markus bindet zwei Liegen vom Stapel los. »Und jetzt klärt das. Ich gehe in der Zwischenzeit meine Kontrollrunde.« Er kehrt uns den Rücken zu, während ich mich zögernd auf eine Liege setze.

Ich werfe einen Seitenblick zu Deonte, der sich mit zusammengepressten Lippen und verschränkten Armen mir gegenüber hinsetzt. Selbst jetzt sieht er verdammt heiß aus. Die Falte zwischen den Augenbrauen verleiht ihm einen verwegenen Ausdruck. Die Muskeln seiner Oberarme zucken. Nur der Wind pfeift um uns sein einsames Lied, während wir nach den richtigen Worten suchen. Markus ist inzwischen außer Sicht.

»Es ist nicht so, wie du denkst«, wiederholt Deonte.

»Was genau soll ich denn sonst denken?«, platzt es aus mir heraus. Patzig verschränke ich ebenfalls die Arme vor der Brust.

»Klar, du denkst, Justine ist meine Freundin.«

»Sollte mich das stören? Du bist mir keine Rechenschaft schuldig.« Meine Stimme ist kalt. Kälter und härter, als ich es beabsichtige. Der Schutzwall, den ich nach der Trennung von Leon um mein Herz erbaut habe, ist wieder da. Größer und stabiler als je zuvor.

»Ich mag dich. Sehr sogar! Und ich will nicht, dass du die falschen Schlüsse ziehst. Justine hat schlechte Nachrichten von zu Hause bekommen und wird morgen kurzfristig heimfahren. Sie ist nicht meine Freundin. Ich habe sie nur getröstet. Bitte denk nichts Falsches von mir. Ich mag dich. Deine langen Haare, dein Lächeln und auch deine T-Shirts mit den Rentieren. Ich bin einfach so blöd in solchen Dingen.« Die Worte sprudeln aus ihm heraus. Er hält meinem Blick stand. In seinen bernsteinfarbenen Augen sehe ich nichts Falsches, nur Aufrichtigkeit.

Ich schweige, hänge meinen Gedanken nach. Ja, er hat recht. Ich habe genau die Schlussfolgerung gezogen, dass er mich hintergeht. Aber warum sollte ich Ansprüche stellen, nur weil er mir das Schiff gezeigt hat und nett zu mir ist? Wie kann er mich hintergehen, wenn wir nicht mal zusammen sind? Davon sind wir ja meilenweit entfernt. Er kann schließlich nichts für die blöden Schmetterlinge in meinem Bauch, die permanent meine Gefühle durcheinanderbringen. Und er hat gerade zum ersten Mal gesagt, dass er mich mag. Wahrscheinlich bin ich doch nicht ganz über Leon weg. Eine Träne rinnt meine Wange hinab.

»Sag doch endlich was«, murmelt er und streicht mir über den Unterarm.

Ich schniefe, weitere Tränen tropfen auf meine Jeans. »Der Abend war einfach scheiße.« Meine Stimme ist brüchig.

»Aber heute Mittag war schön.«

Ja, da war die Welt noch in Ordnung. Seine Berührungen hallen in mir nach. Voller Verheißungen nach mehr. Plötzlich brechen alle Dämme in mir. Bei einer Mischung aus Weinen und Lachen zucken meine Schultern. Ich schluchze und schniefe, während die Tränen unaufhaltsam fließen. Was für ein beschissener Abend!

Deonte rutscht näher zu mir und legt seinen Arm um meine Schultern.

»Ist schon gut«, flüstert er nah an meinem Ohr und zieht mich zu sich heran. Dankbar lehne ich mich in die Umarmung, atme wieder seinen herben, inzwischen vertrauten Duft ein. Diesmal hat sich ein wenig Zitrus hinzugesellt.

Meine Atemzüge werden ruhiger. Mit den Tränen fließen alle meine Sorgen aus mir hinaus. Ich erzähle ihm von dem vergessenen Hochzeitstag, der bevorstehenden Stadtbesichtigung und meinen Gefühlen, als ich ihn mit Justine gesehen habe. Ohne Punkt und Komma rede ich, bis alles gesagt ist. Er hält mich einfach fest.

»Besser?«

Schniefend nicke ich, und wie durch dichte Wolken dringt langsam eine Erkenntnis zu mir durch.

Unterdessen redet Deonte weiter. »Das ist wirklich ein blöder Abend gewesen. Aber ich schwöre dir, Justine und ich sind nur Kollegen. Da ist nichts. Niemals wollte ich dich verletzen. Ich mag dich wirklich sehr und würde dir morgen die Stadttour gern ein bisschen angenehmer machen.«

Unwillkürlich lege ich meinen Kopf an seine Schulter. Ich kann ihm nicht böse sein. Denn das ist es, was er die ganze Zeit tut: Mir den beschissenen Urlaub angenehmer machen.

Inzwischen ist die Sonne längst untergegangen, und es wird dunkler um uns herum.

»Danke«, sage ich in die Stille hinein, während wir in den Sternenhimmel schauen.

»Wofür?«

»Dafür, dass du da bist?« Plötzlich ist mir die Umarmung zu nah. Was passiert hier nur mit mir? Und warum fasele ich so ein Zeug? Entschlossen löse ich mich aus seinem Arm und stehe auf. In mir toben tausend Gefühle, alles von Erleichterung bis zu Wut. Und hunderte Gedanken wirbeln in meinem Kopf umher. Eben hat er gesagt, dass er mich mag! Ist es nicht das, was ich die ganze Zeit hören wollte? Ja und nein. Ich will doch keinen Kerl, und ein Urlaubsflirt ist so ziemlich das Dämlichste, was ich mir anlachen kann. Verdammt! Ich weiß es nicht. Wer konnte schon ahnen, dass auf diesem blöden Schiff so ein perfekter Kerl auf mich wartet, der mich auch noch mag? Das allein ist ein Wunder, denn gerade mag ich mich selbst nicht besonders. Ich muss hier weg, und diese Diskussion erst mit mir allein klären. »Ich bin müde und gehe jetzt mal besser. Gute Nacht!«

Bevor er antworten kann, gehe ich tief durchatmend und ohne einen Blick zurück mit festem Schritt zu meiner Kabine. Natürlich hat er so einen Abgang nicht verdient, aber ich brauche Zeit für mich.

KAPITEL NEUN

Logbuch Tag 5
Datum: 29.12.; 08:30 Uhr
Ort: Kolumbien, Hafen von Cartagena

Am nächsten Morgen habe ich, als ich die Augen aufschlage, ein komisches Gefühl im Bauch. Das Bild von Deonte und Justine will mir nicht aus dem Kopf. Alles ist genau wie mit Leon. Den habe ich auch mit einer anderen im Arm erwischt. An einem der letzten schönen Tage des Jahres, jeder mit einem Eis in der Hand. Und dann passiert mir auf diesem verfluchten Schiff alles noch mal.

Aber ganz tief drinnen, da weiß ich, dass Deonte die Wahrheit sagt. Vielleicht sollte ich mich trotzdem von ihm fernhalten. Schließlich trennen sich unsere Wege am Ende der Reise sowieso. Und doch fehlt er mir, sobald er nicht da ist. Ein wohliges Gefühl rinnt meinen Rücken hinab und sammelt sich pochend in meinem Unterbauch. Deonte. Ich seufze. Es ist ein Hin und Her und vollkommen surreal.

Vor wenigen Tagen habe ich mich auf Schnee und Weihnachten gefreut, wollte keine Jungs mehr in meinem Leben. Nun sitze ich in der Karibik auf einem Kreuzfahrtschiff und zerbreche mir den Kopf über einen Kerl. Einen richtigen wohlgemerkt. Keinen Jungen, wie Leon ... Deonte ist ein Mann, wie ich ihn mir in meinen verrücktesten Träumen immer vorgestellt habe. Mit der Ausnahme, dass er auf einem Ozeanriesen arbeitet, und ich bescheuert bin, wenn ich auch nur eine weitere Minute Zeit mit ihm verbringe. Urlaubsabenteuer gehen nie gut aus. Wenn Mama und Papa davon wüssten, würden sie mir genau das sagen. Aber vielleicht sollte ich genau deswegen nicht Nein sagen?

Nein, ich muss ihn ratzfatz vergessen. Auch wenn das nicht leicht wird. Ich schließe die Augen und sehe ihn vor mir. Sein Duft nach Zitrus steigt mir in die Nase, obwohl er nicht in der Nähe ist. Ich atme tief durch, doch pulsiert das Verlangen in meinem Unterbauch. Das kann ich nicht ignorieren. Ich will ihn anfassen, seine Haut berühren. Ich will mehr. Ihn küssen und schmecken und … Aber mein Verstand, der Teufel, sagt das Gegenteil. Nicht, dass Deonte nicht gut genug für mich ist. Aber die Umstände können schlechter nicht sein.

Wie in Trance bringe ich das Frühstück hinter mich. Meine Eltern lassen auf sich warten. Gern würde ich sie beim Frühstück bedienen. Um 9 Uhr sind wir zur Stadt-rundfahrt verabredet. Spätestens dann sollten sie wohl auftauchen.

»Bist du so weit?«, frage ich Lukas, der stur auf sein Handy schaut und vollkommen abwesend scheint.

»Hm …«

»Ist das jetzt ein Ja oder ein Nein?«

»Hm …«

»Ich färbe mir morgen meine Haare pink.«

»Hm …«

Ich schüttle schmunzelnd den Kopf. Lukas ist schon ein kleiner Freak. »Ich gehe schon mal. Sei pünktlich.«

Es tut irgendwie gut, ein wenig die große Schwester raushängen zu lassen. Hoffentlich kommt er wirklich rechtzeitig. Ich schnappe mir meinen Rucksack und werfe Lukas einen letzten Blick zu. Was wohl in seinem Handy Spannendes passiert? Die Sonnenbrille klemme ich mir in den Ausschnitt des T-Shirts, die Haare sind zum Zopf geflochten und das Basecap setze ich mir verkehrt herum auf den Kopf. Ein Blick in den Spiegel bestätigt, dass die Kombi perfekt zu der kurzen Hose und den Sneakern passt. Vielleicht halten wir heute an ein paar passenden Spots, an denen ich Fotos für Social Media machen kann. Meine Insta-Community und Emily habe ich so sträflich vernachlässigt, dass es in der Gefühlsliste direkt hinter dem vergessenen Hochzeitstag meiner Eltern rangiert.

Heute werde ich ein Vorzeigekind sein und ausnahmsweise meinen Eltern alle Wünsche von den Augen ablesen. Aber nur heute. An morgen wage ich nicht zu denken.

Ohne Hast schlendere ich durch den Gang und die Treppe hinab zum Ausgang. Die Gangway befindet sich auf Deck 3. Für die zwei Decks warte ich nicht auf den Fahrstuhl, sondern hüpfe beschwingt summend eine Treppenstufe nach der anderen hinab. Heute wird ein guter Tag. Muss es werden. Für Mama und Papa. Ich muss nur fest genug daran glauben.

»Hey! Alles wieder in Ordnung bei dir?«

Sofort legt mein Herz einen Stolperer hin. Was bitte schön hat er hier unten zu suchen? Als ich mich seiner Stimme zuwende, steht er zwei Meter von mir entfernt. Hat er mir unbemerkt einen Peilsender zugesteckt? Es kann doch kein Zufall sein, dass wir uns ständig über den Weg laufen. Ich stütze mich an der Wand ab, als die Gefühle mich überrollen. Diese Augen, dieser Mund. Ich will ihn hier und jetzt küssen. »Ich dachte, du musst arbeiten.« Ich plappere, ohne nachzudenken los. Dabei klingt meine Stimme unfreundlicher als beabsichtigt.

»Danke der Nachfrage. Ja, ich habe auch gut geschlafen.« Die Ironie in seinen Worten ist nicht zu überhören, doch wird seine Stimme sofort wieder sanfter. »Musste gerade zur Krankenstation.« Er hebt seine linke Hand, an der zwei Finger in einen dicken Verband gehüllt sind.

»Was ist passiert?« Sofort verringere ich den Abstand zwischen uns. Endlich bin ich wieder sicherer auf den Beinen, obwohl meine Knie noch immer wackelig sind. Ich kann zwar kein Blut sehen, aber es ist ja ein Verband drum herum. Mein Herz pocht. Verlegen trete ich auf das andere Bein.

»Halb so schlimm. Ich Dussel habe mir in einem unserer Kraftgeräte die Finger eingequetscht, als ich das Gerät warten wollte«, antwortet er mit einer wegwerfenden Geste, die meinen Puls beruhigt. »Wird bestimmt grün und blau, aber es ist nichts gebrochen.«

»Ich wusste gar nicht, dass man sowas hier an Bord feststellen kann.« Blöd, aber mir fällt echt keine bessere Antwort ein. Erleichterung durchströmt mich.

»Wir haben einen tollen Arzt und zwei Kranken-schwestern an Bord. Falls du Beschwerden hast, bist du hier bestens aufgehoben. Hier ist sogar schon mal ein Baby geboren worden. Aber darüber schweigen alle beharrlich«, flüstert er verschwörerisch.

Am liebsten würde ich mich an ihn schmiegen, so wie gestern Abend. Das fühlte sich so gut an. So sicher.

Alles in mir sehnt sich danach, aber nein, das geht nicht. Ob Deonte merkt, was für ein Kampf in mir tobt? Ob seine Gedanken ähnlich sind? Immerhin wahrt auch er Abstand, macht keine Anstalten, mir irgendwie näherzukommen. »Ich hoffe, dass es dir bald wieder besser geht«, murmle ich. »Ich muss jetzt los, meine Eltern warten sicher schon auf mich. Aber das weißt du ja.«

»Da wünsche ich dir viel Spaß. Cartagena ist eine tolle Stadt.«

»Danke.« Ich wende mich zum Gehen, als seine gesunde Hand meine Schulter berührt und mich zurückhält. Ich erstarre und halte den Atem an. Mein Herz schlägt einen Purzelbaum und will sich ihm zu Füßen legen. Trotz gestern Abend. Oder gerade wegen gestern Abend? Gebannt warte ich auf seine nächsten Worte.

»Heute Abend wird im Theater die Weihnachtsgeschichte aufgeführt. Hast du Lust, mit mir hinzugehen?«

»Wa... Was denn für eine Weihnachtsgeschichte?«, stammle ich. Mit einer Einladung habe ich nicht gerechnet.

»Du als Weihnachtsfan kennst bestimmt die Geschichte von Charles Dickens, oder? Unsere Theatercrew hat extra für die Weihnachtszeit ein Musical einstudiert. Ich habe es auf der letzten Reise schon gesehen. Du wirst begeistert sein.«

Natürlich kenne ich die Weihnachtsgeschichte von Dickens. Das ist einer meiner liebsten Weihnachtsfilme und das Buch lese ich jedes Jahr. Deontes Begeisterung schwappt zu mir hinüber, und ein Lächeln kämpft sich in mein Gesicht. Die Geschichte mit ihm zusammen auf dem Schiff zu erleben hört sich wie Musik in meinen Ohren an. Ich beiße auf meine Unterlippe und nicke.

»Alles klar! Ich hole dich um Viertel vor acht an deiner Kabine ab.«

Kurz frage ich mich, woher er meine Kabinennummer kennt, bis mir einfällt, dass er ja am ersten Tag den Brief vorbeigebracht hat. Wieder nicke ich und verliere mich im bernsteinfarbenen Braun seiner Augen.

Er löst seine Hand von meiner Schulter und deutet hinter mich. Ein verschmitztes Lächeln lässt winzige Fältchen um seine Augen erscheinen. »Ich glaube, du wirst erwartet.«

Verdutzt drehe ich mich um und sehe Lukas, der mich und Deonte perplex anschaut. Ohne ein weiteres Wort wende ich mich von Deonte ab und gehe zu ihm. »Mach den Mund wieder zu!«

»Wer ist das? Der war doch auch mit in Panama bei dem Ausflug, oder?«

»Niemand!«

Lukas schaut mich an, dann zurück zu der Stelle, an der ich zuvor gestanden habe. Deonte ist hoffentlich verschwunden. Ich unterstehe mich, das zu überprüfen.

»Du bist verknallt.«

»Natürlich nicht.« Ich habe genug von seinen Kommentaren und schiebe ihn aus dem Schiff auf den Pier hinaus.

»So, wie du dich benimmst, habe ich recht.«

Ich antworte nicht. Wenn Lukas sich etwas in den Kopf gesetzt hat, bringe ich ihn nicht von seinem Standpunkt ab. Und leider hat er recht.

Draußen empfängt uns eine angenehme Wärme. Ich wünsche mir, dass diese exakt so bleibt, aber die

Erfahrung sagt, dass es heißer wird, je höher die Sonne steigt. Das Bord-TV hat von achtundzwanzig Grad gesprochen.

Auf dem Pier tummeln sich etliche Menschen, denn wir sind nicht das einzige Kreuzfahrtschiff, das heute in diesem Hafen Halt macht. Die Caribbean Princess türmt sich haushoch vor uns auf. Sie ist größer als die Pluto und anhand des Stimmengewirrs hauptsächlich von Amerikanern bevölkert.

Fasziniert starre ich an dem Schiff empor. Neben ihm sieht die Pluto aus wie eine Miniaturausgabe. Eine Nussschale. Das habe ich schon am ersten Tag gedacht, auch wenn ich zu dem Zeitpunkt keinen Vergleich hatte. Nein, auf die Caribbean Princess würde man mich für kein Geld der Welt bekommen. Zu groß. Vielleicht ist die Pluto doch eine weise Entscheidung meiner Eltern gewesen. Oder aber ich cruise mit Deonte auf der Caribbean Princess über die Weltmeere. Das könnte mir gefallen.

Endlich kommen Mama und Papa aus dem Schiff. Arm in Arm und mit einem Grinsen auf den Gesichtern.

»Herzlichen Glückwunsch zum Hochzeitstag! Und sorry für gestern«, sage ich sofort, als sie bei uns ankommen.

»Von mir auch! Ohne das Sorry.«

»Danke, ihr zwei! Habt ihr Lust auf einen tollen Tag?« Mama lächelt uns an und lässt ihre Augen über den Pier schweifen. Sie sprüht vor Unternehmungslust. Auf meine Entschuldigung geht keiner von ihnen weiter ein.

»Schatz, dort hinten müssen wir hin.« Papa deutet auf eine Frau in den typischen Klamotten der Guides, mit rotem T-Shirt und einem Cap auf dem Kopf. Sie hält ein Schild in der Hand, das ich von unserer Stelle aus nicht entziffern kann. Ich hüte mich zu fragen, wie Papa an solche Adleraugen kommt. Vielleicht hat er sich zuvor erkundigt, wer den Ausflug leitet.

»Kommt!« Mama winkt, und wir schlängeln uns durch die Menschen, die in kleinen Grüppchen zusammenstehen.

Als wir näherkommen, erinnere ich mich, dass die Frau schon den Ausflug zu den Ureinwohnern in Panama geleitet hat. Hoffentlich erinnert sie sich nicht an mein peinliches Verhalten.

»Hallo! Ich bin Larissa. Aber wir kennen uns ja schon, oder?«, flötet sie uns gut gelaunt entgegen.

»Ja, von vorgestern. Danke, dass Sie den Ausflug heute mit uns machen«, sagt Papa.

»Sehr gern! Dann können wir los.« Sie geht voran, und wir folgen ihr.

Verdutzt schaue ich mich um. Niemand sonst schließt sich uns an. »Wo sind denn die anderen?«, frage ich.

»Keine anderen. Heute sind wir ganz für uns. Nur mit Larissa, die uns besonders viel erzählen wird.« Papas Grinsen geht von einem Ohr bis zum anderen. »Ich möchte den Tag heute nur mit meinen Liebsten verbringen. Das haben wir uns verdient.«

Mama nickt.

Ich bin mir nicht sicher, was ich von so viel Zeit mit meiner Familie halten soll. Eigentlich könnte es wunderschön sein, aber die Ereignisse der letzten Tage trüben meine Stimmung. Langsam folge ich Papa und Mama. Positiv denken, Leonie. Das wird heute ein guter Tag!

Lukas hüpft Larissa entgegen und verwickelt sie in ein Gespräch. Diesmal klebt sein Blick auf ihren Augen, huscht nur manchmal eine Etage tiefer. Mein Bruder, der Charmeur. Was er ihr wohl erzählt, dass sie so rot anläuft? Seine Flirtversuche sind definitiv ausbaufähig.

Als wir den Pier verlassen, deutet Larissa, um Fassung bemüht, auf einen kleinen Minivan, der uns durch die Stadt fahren wird. »Alle einsteigen«, sagt sie und ignoriert meinen Bruder, der ihr noch immer etwas zu erzählen versucht.

Mama und Papa setzen sich in die Reihe hinter den Fahrersitz, während Lukas und ich auf die hintersten Sitze krabbeln. Theoretisch könnten wir drei weitere Personen mitnehmen, aber ich bin froh, dass mir heute eine größere Reisegruppe erspart bleibt. Papa hat recht. So ist der Tag eindeutig schöner.

»Ich glaub, Larissa mag mich«, flüstert Lukas mir ins Ohr.

»Meinst du? Na, dann viel Erfolg.« Ich schmunzle. Dieser kleine Filou. Der lässt auch keine Gelegenheit aus.

Interessiert blicke ich aus dem Fenster. In der Ferne sehe ich riesige Wolkenkratzer, die mitten aus dem Meer zu ragen scheinen. Davor glitzert das Wasser in einem leuchtenden Türkis-Blau.

»So, noch mal herzlich willkommen zu unserer privaten Tour durch Cartagena. Ich freue mich, dass ich euch diese fantastische Stadt zeigen darf. Wir werden ungefähr sechs Stunden unterwegs sein«, beginnt Larissa.

Ich schaue auf meine Uhr. 09:30 Uhr. Sechs Stunden, dann wären wir um halb vier oder vier Uhr wieder zurück. Was gibt es so Besonderes in der Stadt? Aber gut, ich habe beschlossen, dass dies der Tag meiner Eltern ist, also wird kein negatives Wort meine Lippen verlassen.

»Wir haben vormittags zwei Stopps. Später werden wir in der Altstadt etwas zu Mittag essen, und dann zeige ich euch ein paar Sehenswürdigkeiten. Unter anderem die neuen Hochhäuser, die ihr bereits als Skyline bei eurer Ankunft gesehen habt. Wenn ihr möchtet, fahren wir kurz an den Strand. Alles in allem ein straffes Programm, aber ihr werdet es lieben! Da bin ich mir sicher. Spätestens um halb fünf müssen wir zurück am Schiff sein, denn unsere Liegezeit geht nur bis fünf Uhr. Klar so weit?«

Ich nicke.

»Das hört sich gut an«, sagt Mama und lehnt sich an Papa, der ihr sofort den Arm um die Schultern legt. Mein Nicken geht in ein Kopfschütteln über. Die benehmen sich wie verliebte Teenager und nicht wie meine Eltern, die seit fünfundzwanzig Jahren verheiratet sind.

»Alles klar! Unser erster Stopp ist das Castillo de San Felipe de Barajas. Aber zunächst möchte ich euch etwas über die Stadt Cartagena insgesamt erzählen.« Sie macht eine kurze Pause und weist den Fahrer auf Spanisch an loszufahren. Der nickt und startet den Motor. Inzwischen bin ich gespannt, was uns heute erwartet.

»Also, Cartagena de Indias, wie diese Stadt korrekt heißt, gehört zum Department Bolívar und hat knapp über eine Million Einwohner. Sie ist nicht die Hauptstadt Kolumbiens. Das wäre Bogotá, das in der Mitte des Landes liegt. Cartagena wurde 1533 im Zuge der Kolonialisierung gegründet. Durch die Lage an der Küste wurde die Stadt schnell eine wichtige Handelsstadt. Zweimal im Jahr kam die spanische Flotte und brachte Pferde, Rüstungen, Waffen und Textilien und nahm im Gegenzug Edelsteine, Gold und Silber mit. Leider griffen plündernde Piraten die Stadt damals wegen des florierenden Handels oft an. Um das zu verhindern, baute man einen zwölf Kilometer langen Schutzwall um die Stadt. Zusätzlich entstand die Wehranlage San Felipe, die unser erstes Ziel ist. Gleich sind wir da.« Sie macht erneut eine kurze Pause.

»Interessieren euch die Kriege, die im Laufe der Zeit stattgefunden haben?«, fragt sie und lächelt, als sie einvernehmliches Kopfschütteln von uns bekommt. »Okay, dann sage ich nur so viel, dass verschiedene Mächte um Cartagena gekämpft haben, beispielsweise die Engländer und die Franzosen. Letztendlich erlangte Cartagena im Jahre 1822 die Unabhängigkeit vom spanischen Festland. Inzwischen zählt die historische Altstadt mit ihrer Stadtmauer, die wir uns heute Mittag ansehen, und den Wehranlagen seit 1984 zum UNESCO-Weltkulturerbe.«

Ich höre Larissa zu, obwohl ich mir nicht alle Details und Jahreszahlen merken kann. Mir gefällt ihre Art. Sie schafft es, die wichtigsten Dinge zusammenzufassen und gleichzeitig eine muntere Erzählweise beizubehalten, die es einem leicht macht, ihren Ausführungen zu folgen. Nicht so wie bei anderen Reiseleitern, die eintönig ihre Monologe herunterleiern, ohne auf ihre Gäste zu achten. Das ist das Privileg einer privaten Führung.

Während ich aus dem Fenster schaue und riesige Steinwände, die eindeutig zu der Festung gehören, betrachte, wandern meine Gedanken zu Deonte. Was er wohl gerade macht? Wieso muss er arbeiten, wenn alle Gäste auf Ausflügen unterwegs sind? Dann will doch sicher niemand Sport machen. Das muss ich ihn unbedingt fragen. Sofort kommt mir unsere Verabredung wieder in den Sinn. Die Weihnachtsgeschichte! In meinem Inneren flattern tausende Kolibris mit heftigem Flügelschlag, so sehr freue ich mich auf diesen Abend. Und wenn er jetzt hier wäre? Nicht meine Familie. Nur er und ich. Ich schließe die Augen und atme tief durch.

Larissa reißt mich aus meinen Gedanken. »So, alles aussteigen! Wir sind da.«

Papa betätigt den Türgriff, und die Schiebetür des kleinen Vans gleitet ruckelnd auf. Der Ort ist eine recht bekannte Attraktion, denn wir befinden uns direkt inmitten einer Menschenmasse. Die Wehranlage ist noch hundert oder zweihundert Meter von uns entfernt und ausschließlich zu Fuß erreichbar. Ich unterdrücke einen Seufzer.

»Ich habe unsere Eintrittskarten, wir können also los!«, ruft Larissa über das Stimmengewirr hinweg.

Bereits jetzt möchte ich in den Van zurück. Die Stille ist viel schöner als diese Menschenmassen. Genau das hat mich an Kreuzfahrten immer abgeschreckt. Eine Menschenmenge wird ausgespuckt, stürmt durch eine Stadt und ist dann wieder weg. Trotzdem folge ich Larissa und meiner Familie den im Zickzack geformten Weg zu dem Steinklotz hinauf.

Ein paar Informationen und Jahreszahlen später hält unsere Reiseleiterin an. »Ihr könnt euch hier alles anschauen. Ich würde sagen, dass wir uns in spätestens einer Stunde wieder hier treffen. Meine Visitenkarte, falls irgendetwas sein sollte. Scheut euch bitte nicht, mich im Notfall anzurufen.«

»Danke schön«, sagt Papa und steckt die Karte ein. »Das war schon unglaublich interessant. Kommt, lasst uns alles ansehen.« Die Begeisterung in seinen Worten ist nicht zu überhören. Auch Lukas' Augen leuchten. Nur Mamas Gesichtsausdruck verrät, dass sie, ebenso wie ich, nicht viel von dem Steinklotz hält.

Dennoch schaue ich mich um. Wir erreichen einen großen Platz recht weit oben auf der Festung. Wenn ich schon hier bin, kann ich auch mitnehmen, was ich kriegen kann. Wahrscheinlich sehe ich diesen Ort kein zweites Mal in meinem Leben.

»Schaut mal, die Kanone ist krass!« Lukas steuert auf das Geschütz zu, dessen Lauf durch zwei Zinnen in Richtung Meer gerichtet ist.

»Der Ausblick ist grandios.« Mama schirmt ihre Augen vor der Sonne ab, die ohne Gnade auf uns und die Festungsanlage brennt.

Ich stütze mich auf die warme Mauer. In der Ferne sind die Wolkenkratzer zu sehen, davor die Kreuzfahrtschiffe. Etwas mehr rechts liegt die historische Altstadt. Leider ist die Festungsanlage nicht so hoch, dass man die Stadt komplett überblicken kann. Auf den Straßen fahren auch hier zu viele Autos, die typischen roten Hopp-On Hopp-Off Busse und etliche Taxen. »Ich gehe mir alles allein ansehen, okay?«, frage ich.

»Na klar! Aber sei bitte pünktlich am Treffpunkt«, antwortet Mama.

»Natürlich.« Erleichtert wende ich mich ab. Ich mag es, wenn ich mich frei bewegen kann und nicht hinter anderen herdackeln muss. Außerdem brauche ich Abstand von Lukas. Zehn Tage mit ihm in der engen Kabine sind eine der größten Herausforderungen meines Lebens. Einfach, weil er da ist. Dafür muss er nicht einmal besonders nervig sein.

Ich atme die frische Seeluft tief ein, die der Wind vom Meer hinüberträgt. An verschiedenen Stellen sind Schilder angebracht, die ich mir mit halber Aufmerksamkeit durchlese. Um jedes Fachwort zu verstehen ist mein Englisch nicht gut genug. Langsam schlendere ich über die Anlage und mache hier und da ein Foto.

Mit einem Seufzer sinke ich auf die Festungsmauer und genieße den Ausblick über die Stadt. Zumindest das, was ich überblicken kann. Meine Gedanken schweifen wieder zu Deonte. Letztes Mal hat er mir die Funktionsweisen der Schleusen im Panamakanal erklärt. Ob er über diese Stadt auch so viel weiß wie Larissa? Mein Herz beginnt, unruhig zu klopfen. Ich schüttle resigniert den Kopf. Warum spukt der Mann in meinen Kopf herum, wenn er nicht in meiner Nähe ist?

KAPITEL ZEHN

Logbuch Tag 5
Datum: 29.12.; 10:50 Uhr
Ort: Kolumbien, Cartagena, Wehranlage San Felipe

Ich sitze schon eine ganze Weile am vereinbarten Treffpunkt, als Larissa und die anderen von ihren Besichtigungen zurückkommen.

»Auf gehts zu unserem nächsten Stopp.« Larissa strahlt. Nicht zu übersehen, aber sie liebt ihren Job. Wahrscheinlich ist es für sie wie Urlaub. Guide auf einem Kreuzfahrtschiff könnte fast ein Traumjob sein. Immer an schönen Orten, viel über die Menschen und die Kultur wissen und das Ganze selbst genießen. Aber manchmal ist es sicher auch ziemlich stressig.

Ich klettere in das Heck des Vans und setze mich neben Lukas. Der hat ein Dauergrinsen aufgesetzt und lässt Larissa nicht aus den Augen. Kurz darauf dürfen wir wieder aussteigen.

»Dies ist der La Popa Convent. Hier lebten früher eine Handvoll Mönche, die dem Augustiner-Orden angehörten. Das Kloster ist heute ein Museum und liegt auf dem höchsten Punkt der Stadt, daher habt ihr den perfekten Ausblick. Wie ihr hier seht, ...«

Meine Gedanken schweifen ab. Religion und Mönche interessieren mich nicht. Ich entferne mich ein Stück von den anderen. Eine Runde den Ausblick genießen kann in jedem Fall nicht schaden, aber in das Innere des Klosters bekommt mich niemand.

»Hey, Leonie!«, ruft Papa mir hinterher. Ich drehe mich zu ihm um. »Dreißig Minuten.« Er deutet auf seine Armbanduhr. Ich nicke. Ja, das kann ich einrichten.

Larissa hat nicht zu viel versprochen. Der Blick über die Stadt ist noch beeindruckender als von der Festungsanlage aus. Auf der einen Seite sieht man von oben auf den immensen Hafen hinab. Etliche Containerschiffe liegen vor Anker und bilden mit den Hochhäusern eine gigantische Skyline. Auf der anderen Seite ist der Flughafen. Im Minutentakt starten und landen die Flieger. Sofort sehne ich mich nach Hause. So unerwartet interessant diese Stadt und so anders die Kreuzfahrt bis zu diesem Zeitpunkt sind, ich vermisse den Schnee und die Weihnachtsstimmung. Rasch schieße ich ein paar Selfies. Dafür ist die Kulisse perfekt. Wie es wohl wäre, mit Deonte im Flieger nach Hause zu sitzen. Wobei, was genau ist für Deonte zu Hause? Hat er mir das schon erzählt?

Ein Geräusch reißt mich aus meinen Gedanken. Verdutzt ziehe ich mein Handy hervor. Eine Nachricht von Emily. Wieso kann ich die auf einmal empfangen? Ein Blick auf die WLAN-Anzeige verrät, dass mein Handy sich automatisch mit dem Netz des Klosters verbunden hat.

Emily: Hey, bist du schon über Bord gegangen oder genießt du den Urlaub inzwischen?

Ich schmunzle. Solche Nachrichten schreibt nur meine beste Freundin.

Ich: Ersteres wäre sehr verlockend. Aber …

Emily antwortet sofort, als habe sie darauf gewartet.

Emily: *Aber was?*

Ich zögere. Soll ich es ihr erzählen? Meine Finger tippen munter drauf los, ehe ich eine bewusste Entscheidung getroffen habe.

Ich: *Ich habe heute Abend ein Date.*

Nun ist es raus und es fühlt sich gut an.

Emily: *WAAAAASS??? Und das sagst du mir erst jetzt? Wer ist es? Wo hast du ihn kennengelernt? Ich will alles wissen!*

Ich: *Es ist kompliziert.*

Emily: *Es ist IMMER kompliziert. Jetzt erzähl!*

Ich: *Wir gehen heute Abend ins Theater. Und er ist Fitnesstrainer auf dem Schiff.*

Ich beiße mir auf die Lippe, um nicht dümmlich zu grinsen.

Emily: *Wenn er Fitnesstrainer ist, dann muss er ja HOT sein!*

Ich: *Und wie!*

Emily: *Aber?*

Ich: *Er ist Fitnesstrainer hier auf dem SCHIFF. Er bleibt hier, wenn ich wieder nach Hause muss.*

Emily: *Genieße einfach den Moment. Alles andere wird so kommen, wie es kommen soll.*

Ich: *Das werde ich. Aber jetzt muss ich erst diese Stadtrundfahrt durch Cartagena mit meinen Eltern zu Ende bringen.*

Und noch ist nicht einmal Mittag, füge ich in Gedanken hinzu.

Emily: *Du rockst das! Hab viel Spaß, schick Fotos und liebe Grüße!*

Langsam lasse ich das Handy sinken und schaue auf die Skyline, ohne wirklich etwas wahrzunehmen. Emily hat recht. Ich werde im Hier und Jetzt leben und mir nicht so viele Sorgen über die Zukunft machen. Einfach nur genießen.

»Ach hier bist du!« Ich schrecke auf. Das ist Mamas Stimme hinter mir.

»Was ist?«

»Wir wollen weiter.« Ihre Stimme ist sanft, während ihr Blick ebenfalls über die Skyline wandert. »Das ist ein Traum.«

Verdutzt kontrolliere ich meine Uhr. Tatsächlich ist die halbe Stunde wie im Flug vergangen. Larissa schießt noch schnell ein paar Familienfotos von uns, bevor der Van uns in die historische Altstadt von Cartagena bringt. Brav schaue ich mir alles mit an, als Larissa uns etwas über die Stadtmauer und neoklassizistischen Gebäude erzählt. Solange ich an der richtigen Stelle nicke, erfährt niemand, dass ich mit meinen Gedanken eigentlich wieder auf dem Schiff bin. Es ist erst wenige Stunden her, dass ich Deonte gesehen habe, und doch fehlt er mir. Kein Ausflug der Welt kann so interessant sein, dass er mich von ihm ablenken würde.

Ich erlebe alles wie in einer Seifenblase. Mittagessen gibt es in einem winzigen Restaurant in einem Hinterhof. Ein Geheimtipp, wie Larissa sagt. Der Fisch ist frisch und schmeckt unglaublich lecker. Doch viel lieber würde ich ihn mit Deonte genießen.

Wir streifen scheinbar wahllos durch die Gassen. Larissa erzählt weiter über die berühmten Personen der Stadt und wo sie gelebt haben. Völlig uninteressant, aber meine Eltern scheinen begeistert.

»Fahren wir jetzt an den Strand?« Lukas hat offensichtlich auch genug vom Sightseeing. Dankbar lächle ich ihm zu. Gegen etwas Zeit am Strand habe ich nichts einzuwenden.

»Das steht als Nächstes auf unserem Programm. Und dann ist unsere Tour leider schon wieder zu Ende«, antwortet Larissa.

Ich atme erleichtert aus. Das ist eine Perspektive. Die Sonne brennt so heiß, dass ich mir sicher trotz intensiven Eincremens einen Sonnenbrand hole.

* * *

Kurz vor fünf Uhr kehren wir zum Schiff zurück. Die Mitarbeiter an der Kontrollschleuse sind zwar freundlich, aber Larissa bekommt einen Rüffel. Am Strand war es so herrlich, dass wir alle die Zeit vergessen haben. Aber wir sind pünktlich, und das Schiff ist nicht ohne uns abgefahren. Dürfen die das? Oder ist der Kapitän verpflichtet zu warten? Falls ich Markus sehe, muss ich ihn das fragen. Auch Deonte wollte ich was gefragt haben, aber es ist mir entfallen. Vielleicht wäre es eine gute Idee, die Fragen in Zukunft aufzuschreiben, damit ich sie nicht sofort wieder vergesse.

»Ich dusche zuerst«, sage ich, als Lukas und ich an unserer Kabine ankommen. Als ich den Schlüssel ins Schloss stecke, fällt mir der Brief auf, der an der Tür unter der Kabinennummer steckt. Mein Name prangt in großen Buchstaben darauf. Ich lasse Lukas eintreten und starre auf das Kuvert. Wer schreibt mir? Es kann nur einer sein. Mein Herz droht zu zerschmelzen bei dieser süßen Geste. Ich drehe den Brief hin und her. Auf dem Umschlag prangt das Logo der Sternenflotte wie auch am ersten Tag, als Deonte mir den Gutschein für die Massagen vorbeigebracht hat. Meine Mundwinkel heben sich zu einem Grinsen. Wie konnte ich ihm nur die Tür vor der Nase zuschlagen? Das war eindeutig der Anfang meines Verderbens. Mit zitternden Händen reiße ich den Umschlag auf.

Hey Leonie,
vergiss unsere Verabredung um 19:45 Uhr nicht. Ich hole
dich an deiner Kabine ab. Zieh dir was Schönes an. Ich freue
mich auf dich und einen tollen Abend!
Deonte

Meine Finger werden schwitzig, als ich die Worte immer und immer wieder lese. Er freut sich auf den Abend! Und auf mich! Meine Gefühle tanzen Tango. Ich weiß nicht, was ich als Nächstes tun soll. Er freut sich! Mein Herz klopft glücklich gegen meine Brust, und ich räuspere mich, um den Kloß in meiner Kehle zu befreien. Es gelingt mir nicht.

»Was ist denn jetzt? Willst du duschen oder kann ich zuerst?«

Immer noch stehe ich mit einem Fuß auf dem Gang vor der Kabine. »Ich komme ja schon«, murmle ich.

Ich wasche mir den Tag, die Sonnencreme und den Staub der Stadt, die eine nahezu untrennbare Symbiose miteinander eingegangen sind, von der Haut. Ich mag es nicht, wenn die Sonnencreme wie ein klebriger Film auf der Haut liegt, aber es ließ sich nicht vermeiden. Scheint die Sonne hier intensiver? Oder bin ich durch den nassen Herbst und den Winter in Deutschland einfach nichts gewöhnt? Soll man vor solchen Urlauben nicht ein oder zweimal ins Solarium gehen, um die Haut vorzubereiten?

Ich rubble mir die Haare trocken und föhne sie. Lukas hat schon geduscht und ist angezogen, als ich mit meinen Haaren fertig bin. Warum geht das bei ihm so viel schneller als bei mir?

»Willst du den Fummel anziehen?« Lukas deutet auf das grüne Kleid auf meinem Bett.

»Dieser Fummel ist ein hübsches Kleid. Hast du was dagegen?«

Er schaut mich skeptisch an. »Du hast noch was vor nach dem Abendessen, oder?«

Ich nicke. Leugnen ist eh zwecklos.

»Hat es etwas mit dem Kerl von heute früh zu tun?«

Wieder nicke ich, schlüpfe in das Kleid und verrenke mich, um den Reißverschluss zu schließen. »Kannst du mir kurz helfen?«

»Klar! Für dich tue ich alles, mein verliebtes Schwesterlein.« Er macht schmatzende, kussähnliche Geräusche, während er den Reißverschluss zuzieht.

Ich muss mich zusammennehmen, um ihm keine gepfefferte Antwort zu geben. Er hat recht. Ich bin verliebt. Aber ich will es nicht laut aussprechen, denn dann wird es zu real. Zum Glück habe ich genug Klamotten mitgenommen. Wie immer bin ich für jeden Fall gerüstet. Man weiß schließlich nie, in was für Situationen einen das Leben bringt. Und wer will dann schlecht gekleidet sein?

»Lukas, bitte …«, seufze ich genervt, was ihn nicht davon abhält, weitere Geräusche von sich zu geben. Ich konzentriere mich auf mein Make-up. Wenn wir ausgehen, will ich ihm gefallen. Denn als nichts anderes sehe ich unser Date an. Unser erstes richtiges Date, wenn man von der privaten Führung auf der Brücke absieht.

»Schöner wird es nicht«, mault Lukas. »Ich habe Hunger. Mama und Papa warten sicher schon mit dem Abendessen auf uns.«

»Jaja. Ich bin gleich fertig«, murmle ich, als ich mir noch eine Haarnadel mit einem winzigen Weihnachtsmann in die Haare stecke. Diesmal habe ich sie nicht streng zusammengebunden, sondern lockerer gelassen und nur den unteren Teil zu einem Zopf geflochten und ihn mir über die rechte Schulter nach vorn gezogen. Ich liebe meine langen Haare. Und egal, wie aufwendig die Pflege manchmal ist, ein kurzer Bob wie bei Mia ist wohl doch nichts für mich. Ein letzter Check für das Make-up und ich bin bereit. »Wir können.«

»Wow!« Jetzt ist es an Lukas, den Mund vor Staunen wieder zu schließen, als ich aus dem Bad heraustrete. »Ich glaube, ich habe die Kabine heute Nacht für mich allein, oder? So verdrehst du ihm garantiert den Kopf.«

»Ist das ein Kompliment?«, frage ich unsicher. Vielleicht habe ich doch übertrieben?

»Du siehst fantastisch aus. Jeder Mann würde dich mit Kusshand nehmen.« Die Worte von Lukas sind ehrlich. Sein Macho-Gehabe ist komplett verschwunden.

Ich fasse neuen Mut. »Gut, dann lassen wir Mama und Papa nicht länger warten!«

* * *

Das Abendessen verläuft entspannter als am Abend zuvor. Der Kellner tischt einen köstlichen Gang nach dem anderen auf, und meine Geschmacksknospen erleben nie dagewesene Höhenflüge. Das Gespräch dreht sich um die Erlebnisse des Tages, während ich an nichts anderes als mein bevorstehendes Date denken kann. Natürlich entgeht meinen Eltern nicht, dass ich mich aufgehübscht habe.

»Noch was vor heute Abend?«, fragt Papa und mustert mein Kleid.

»Ja, Theater. Dort wird die Weihnachtsgeschichte von Dickens aufgeführt.« Hitze schießt mir ins Gesicht, als ich an Deonte denke. Ob er genauso aufgeregt ist?

»Die wollen wir uns auch ansehen«, sagt Mama. »Das wird bestimmt schön.«

Ich spüle meine Unsicherheit mit einem Schluck Wein hinunter. Zum Glück sagen sie nichts, wenn ich ab und an ein Gläschen trinke. Solange ich nicht über die Stränge schlage, ist alles in Ordnung. Ich schiele immer wieder auf meine Uhr.

»Nun geh schon, und lass deine Begleitung nicht warten«, raunt Mama mir zu.

Dankbar lächle ich sie an, weil sie mich so einfach gehen lässt und nicht weiter nachfragt. »Wir sehen uns vielleicht später.« Hastig mache ich mich auf den Weg zur Kabine. Als ich in den Gang einbiege, wartet Deonte bereits. Automatisch stoppen meine Füße.

Er trägt eine schwarze, locker auf den Hüften sitzende Hose und ein graues Hemd, das seine Augen betont.

Mein Herz wummert. Ich wage nicht zu glauben, dass der Mann tatsächlich auf mich wartet. Wohin soll ich bloß mit meinen Händen? Ich kralle mich an meiner Handtasche fest. Leonie an Füße! Bitte weitergehen!

Deonte kommt mir entgegen. Sein Strahlen reicht gefühlt einmal um seinen ganzen Kopf herum.

Meine Hände und Knie zittern, als ich die letzten Schritte auf ihn zu stolpere.

»Du siehst fantastisch aus.« Seine Stimme klingt belegt, er räuspert sich.

»Danke.«

»Komm.« Er bietet mir seinen Arm an, und erleichtert hake ich mich ein.

So ist es besser. Jetzt habe ich nicht mehr bei jedem Schritt das Gefühl, dass der Boden unter mir wegbrechen könnte, auch wenn meine Beine noch immer shaky sind. Sein Tempo ist gemäßigt, und ich schaffe es, nicht erneut zu stolpern. Wieso dachte ich, dass Absätze mit acht Zentimetern auf dem Schiff eine gute Idee sind? Zum Glück liegt es behäbig im Wasser. Man bemerkt die Schiffsmotoren nur, wenn man genau auf das Brummen achtet. An den sanften Vortrieb habe ich mich längst gewöhnt, an die hochhackigen Schuhe nicht. Natürlich gibt es keine Alternative zu diesen Schuhen in Kombination mit diesem Kleid. Der neue Trend, dass die Stars und Sternchen gern Sneakers zu Kleidern und Röcken anziehen, ist mir nicht geheuer. Ich bleibe lieber bei der klassischen Variante.

»War das Abendessen gut?«, fragt er, ohne mich anzusehen. Aha. Auch seine Hände zittern.

»Ja, sehr lecker. Meine Eltern haben heute Silberhochzeit. Der Koch hat sich selbst übertroffen!«

Abrupt hält er an und schlägt sich mit der Hand vor die Stirn. »Das habe ich ja ganz vergessen! Ist es überhaupt in Ordnung, dass du den Abend mit mir verbringst? Oder möchtest du lieber zu deinen Eltern?«

Er sieht verunsichert aus. In seinen Augen blitzt so etwas wie Enttäuschung.

»Völlig okay. Meine Eltern sind heute Abend lieber ohne uns Kinder. Außerdem werden sie sich das Stück auch ansehen. Die haben nur Augen für sich selbst. Also kein Problem.« Ich lächle und unterdrücke den Drang, sein Gesicht zu lange zu mustern.

»Und ich dachte schon, dass du dich für mich so hübsch gemacht hast.« Ein schelmisches Lächeln schleicht sich in sein Gesicht. Er zwinkert mir zu.

»Dachtest du das? Tja!«, gebe ich spitzbübisch zurück.

»Ach, gegen eine Silberhochzeit habe ich halt keine Argumente. Mir reicht es, dass du hier bist. Ob du dabei einen Kartoffelsack anhast oder ein schickes Kleid – who cares?«

Mir gefällt das Leuchten in seinen Augen. Zu gern würde ich mich darin verlieren, doch er geht weiter den Gang entlang, und ich muss mich auf den Weg konzentrieren, um nicht zu straucheln. Deonte steuert auf die Fahrstühle zu. Zum Glück bleiben mir die Treppen erspart. »Auf welches Deck müssen wir?«

»Man kommt von Deck 8 und Deck 9 ins Theater, aber der Haupteingang ist auf Deck 8.«

Die drei Decks haben wir rasch überwunden, und als wir aus dem Fahrstuhl aussteigen, sehe ich etliche Passagiere, alle ausnahmslos gut gekleidet. Also bin ich doch nicht overdressed.

Anscheinend hat Deonte meinen Blick bemerkt. »Auf der Silvesterreise ist das Publikum in der Regel gut gekleidet. Aber auf dem Sonnendeck, wenn alle Bade-sachen anhaben, merkt man das nicht. Erst abends zeigen sie dann, was sie haben«, murmelt er mir ins Ohr und schiebt mich durch die Kunstgalerie, in der abstrakte Bilder ausgestellt sind.

»Warum ist das so?«, flüstere ich zurück. Zum Glück ist mein Mund durch die hohen Schuhe nah an seinem Ohr. Meine Worte erreichen ausschließlich ihn.

»Diese Silvesterreisen gehören zu den teuersten im ganzen Jahr. Dafür gibt es auch besonderes Programm. Die Passagiere bringen oftmals viel Geld mit, und die meisten sieht man jedes Jahr wieder. Da kann ich allerdings nicht mitreden, da ich letztes Silvester noch nicht auf dem Schiff war. Markus weiß dazu bestimmt mehr. Oh, einmal lächeln!«

Ich merke, wie er seinen Rücken strafft, und entdecke den Fotografen, der uns bedeutet, uns in eine Ecke zu stellen.

»Lächeln!«, fordert er ebenfalls. Ich tue ihm den Gefallen und setze mein schönstes Social-Media-Lächeln auf, das ich mir über die letzten Jahre antrainiert habe, sich diesmal aber so echt wie nie zuvor anfühlt.

»Schaut euch an!«

Wir kommen seiner Aufforderung nach und diesmal verliere ich mich ungeniert in Deontes Augen. Sie erscheinen wild wie der Sturm, feurig wie schwarzer Pfeffer und tiefgründig wie die Unendlichkeit.

Er legt seinen Arm um meine Taille und zieht mich zu sich heran. Seine Körperwärme dringt durch mein Kleid, und ich muss aufpassen, dass ich nicht das Luftholen vergesse. Aus Reflex will ich meine Arme um seinen Hals schlingen, doch dann schaffe ich es, mich zurückzuhalten. Ich genieße seine Nähe und atme seinen herben Duft ein.

Ohne seine Hand von meiner Taille zu lösen zieht er mich weiter, weil sich hinter uns ein Stau gebildet hat. Natürlich wollen die anderen Gäste ebenfalls ein Foto.

Der Zugang zum Theater ist von zwei Seiten möglich, denn der Gang verläuft hinter der Galerie bogenförmig weiter und kommt vermutlich am anderen Ende wieder bei den Fahrstühlen und dem Treppenhaus aus. Gleichzeitig ist der Gang das Zuhause der Fotografen. Bilder säumen die Wand und zeugen von zahlreichen Ausflügen, die die Passagiere auf der Reise erlebt haben.

»Das ist ja cool!«, entfährt es mir wenig ladylike.

»Warst du noch nicht hier?«

Ich schüttle den Kopf. »Ich hätte auch nicht gewusst, wo das Theater ist.«

»Du bist schon so etwas wie ein kleiner Kreuzfahrt-Grinch, oder?« Seine Stimme ist sanft und zugleich amüsiert.

»Ich liebe den Film *Der Grinch*«, antworte ich zuckersüß. »Aber ja, das alles war nicht meine Idee, und ich habe meine Eltern verflucht, als sie mich hergeschleppt haben. Aber das habe ich ja schon erzählt.«

»Lass mich raten, es war ein Weihnachtsgeschenk?«

Ich nicke.

»Ist es denn noch immer so schlimm?«

Was soll ich darauf antworten? Der magische Augenblick verpufft. Ich löse mich aus seinem Arm, während ich seine Hand greife. »Ich weiß es nicht«, antworte ich ihm nach kurzem Zögern ehrlich.

»Hast du Heimweh?« Inzwischen sind wir im Theater, und er deutet auf zwei freie Plätze. »Lass uns dort sitzen. Da sieht man am besten.«

Ich klappe die Sitzfläche des typischen Theaterstuhls herunter und schaue mich um. Das gibt mir Zeit, um nach einer passenden Antwort zu suchen. Über uns ist eine zweite Tribüne. Ich kann schlecht schätzen, wie viele Plätze der Saal hat, aber sicherlich über fünfhundert. Meine Eltern entdecke ich nirgends. So wie ich sie kenne, kommen sie auf den letzten Drücker.

Die Bühne ist mit einem Weihnachtsbaum und einem Schreibtisch dekoriert. Aus den Lautsprechern dringt gedämpfte Weihnachtsmusik an meine Ohren. Genüsslich sinke ich in den Sitz.

»Nein, ich habe kein Heimweh«, sage ich dann und seufze. »Aber Weihnachten ist für mich nur echt mit Schnee, Kälte und Punsch. Karibik und dreißig Grad, das passt nicht. Meine Eltern haben mich überrumpelt. Wer schenkt jemand anderem einen Urlaub, der am nächsten Tag losgeht?«

»Das kann ich verstehen. Aber dann wird die Weihnachtsgeschichte dir garantiert ein bisschen Weihnachtsfeeling bringen. Versprochen!« Sein Lächeln spiegelt sich in seinen Augen wider. Nur der Moderator, der durch den Lautsprecher verkündet, dass die Show in einer Minute losgeht, hält mich davon ab, mich an Deonte anzuschmiegen. »Ich bin gespannt.«

Das Licht wird gedimmt, und mit dem schwindenden Licht ebben auch die Stimmen ab. Glöckchen läuten, und schon laufen aus allen Ecken die Darsteller auf die Bühne. Das Stück ist kurzweilig, Sänger und Tänzer wirbeln über die Bühne, springen und hüpfen, bieten den Zuschauern viel mehr, als ich erwartet habe.

Als der letzte Ton verklingt, springe ich auf und klatsche ungestüm in die Hände. Alle tun es mir nach, und eine Welle der Euphorie schwappt durch den Raum. Nie zuvor habe ich diese Geschichte derart intensiv gespürt. Der Abend hat etwas mit mir gemacht. Er hat mich verändert. Mir fehlen Worte. Obwohl ich die Geschichte jedes Jahr schaue, habe ich sie nie richtig verstanden – glaube ich zumindest. Ich bin so berührt, dass ich ein Tränchen nicht zurückhalten vermag. Die Schauspieler haben die Geschichte ganz neu erzählt, unvergesslich schön. Der Applaus will nicht enden, und die Darsteller verschwinden hinter dem Vorhang.

»Zugabe!«

Sofort stimme ich mit ein. »Zugabe! Zugabe!«

Wie auf Kommando hebt sich der Vorhang erneut. Die Schauspieler stimmen *Wonderful Dreams* von Melanie Thornton an. Sofort kullert mir eine weitere Träne über die Wange. Lauthals singe ich mit. Weihnachten erscheint mir gerade so viel näher als an Heiligabend.

»Hey, nicht weinen.« Deonte fängt mit seinem Finger die Tränen auf und reicht mir ein Taschentuch. Inzwischen sind der letzte Ton und der Beifall verklungen. Überall herrscht Aufbruchstimmung.

»Ich weine doch gar nicht«, nuschle ich und schnäuze mich geräuschvoll.

»Gar nicht. Du siehst nur aus wie ein kleiner Panda.«

»So schlimm?«

»Ich führe dich besser durch den Crew-Bereich zu deiner Kabine«, antwortet Deonte, doch als er lacht, ist mir klar, dass er sich nur einen Spaß erlaubt.

Ich boxe ihn gegen seine Schulter. »Du bist doof.«

»Du auch. Komm, ich bringe dich zurück. Nicht, dass du dich verläufst.«

Ich schaue auf meine Uhr. Das Theaterstück hat fast drei Stunden gedauert. Schon elf Uhr. Plötzlich bin ich unendlich müde und gähne herzhaft. »Gute Idee!«

Der Saal hat sich geleert. Erschöpft trotte ich auf meinen High Heels zum Ausgang. Meine Füße brennen trotz des langen Sitzens wie Feuer, von Eleganz keine Spur mehr. Den Weg an den Fotos vorbei und mit dem Fahrstuhl hinab nehme ich wie in Trance wahr. Brennt mir die blöde Schminke in den Augen oder bin ich immer noch von allem überwältigt? Wahrscheinlich ein wenig von beidem. Vor meiner Kabine hält Deonte an.

Es entsteht eine Pause.

Blicke. Schweigen.

Ich kann mich nicht von ihm losreißen. Will ich auch gar nicht. Diese Augen. Im Sturm der Unendlichkeit, gepaart mit dem ihm heute anhaftenden herben Duft. Ich atme tief durch. »Danke für den wundervollen Abend. Das war unglaublich schön«, sage ich und ziehe den Schlüssel aus meiner Handtasche.

»Das freut mich. Mir geht es genauso. Die Geschichte und der Abend mit dir waren herrlich.« Er zieht mich in eine kurze, sanfte Umarmung.

Erneut wird es still zwischen uns. In Filmen küssen sich jetzt die Darsteller zum Abschied. Soll ich? Will ich? Ja! Nein. Besser nicht. Vielleicht mag er mich dann nicht mehr. Der Moment verstreicht und er rührt sich nicht.

»Schlaf gut«, murmle ich.

»Du auch!«

Bevor meine Widerstandskraft bröselt, öffne ich die Tür, winke ihm zu und verschwinde in der Kabine. Das Lächeln auf meinem Gesicht nehme ich mit ins Bett.

Wow. Mehr kann ich zu diesem Abend nicht sagen.

KAPITEL ELF

Logbuch Tag 6
Datum: 30.12.; 08:12 Uhr
Ort: Aruba, Hafen von Oranjestad

Der vorletzte Tag des Jahres ist angebrochen. Langsam habe ich mich mit dem Urlaubsleben auf dem Schiff angefreundet, und es ist nicht mehr komisch, dass draußen immer über zwanzig Grad sind, egal ob bei Tag oder Nacht. Klar, bei den Temperaturen sind die dekorierten Weihnachtsbäume etwas crazy, aber man gewöhnt sich irgendwann an alles. Dickens Weihnachtsgeschichte schwirrt noch immer in meinem Kopf herum und gibt mir ein wohliges Gefühl. Nie hätte ich erwartet, dass an Bord so geniale Musicals aufgeführt werden.

Ja, ich habe mich am Anfang der Reise unmöglich verhalten. Alle bemühen sich, damit wir einen entspannenden Urlaub haben. Meine Einsicht kommt zwar spät, aber besser als nie. Nur Mama und Papa erfahren dies besser nicht. Sonst muss ich mir wieder anhören, dass sie genau das gewusst haben. Nächstes Jahr will ich in den Schnee. Wehe, wenn nicht!

Ich sehe in den Spiegel, bevor ich mir Wasser ins Gesicht schlage und eine Katzenwäsche mache. Die Nacht war kurz, viel zu kurz. Ich habe lange die Decke angestarrt und den Geräuschen auf See gelauscht. Das dumpfe Brummen der Schiffsmotoren, die trappelnden Schritte der Urlauber auf dem Gang. Obwohl ich so müde war, konnte ich nicht einschlafen. Wie die Nadel eines Kompasses suchten meine Gedanken immer nur Deonte. Dieser Abend mit ihm. Allein die Erinnerung daran lässt mein Herz höherschlagen und bringt mein Blut in Wallungen. Jetzt habe ich Augenringe, aber die dunklen Schatten können das Leuchten in meinen Augen nicht löschen.

»Du warst spät zurück«, nuschelt Lukas, als ich aus dem winzigen Badezimmer trete, und zieht sich die Decke weiter bis zum Kinn hoch.

Täusche ich mich, oder riecht es hier komisch? »Das Musical ging länger als gedacht.« Ich nehme meine Sportklamotten aus dem Schrank. Heute steht ein Ausflug auf dem Programm, den ich beinahe vergessen hätte. Wir sind in Aruba, und da das Schiff nicht mehr sanft schaukelt, weiß ich, dass wir längst am Terminal angelegt haben. Grandioser Weise werden wir eine Radtour machen. Ich habe keine Ahnung, ob ich mich freuen oder weinen soll. Ich mag Radfahren. Aber viel lieber würde ich auf der Pluto bleiben, auch weil Deonte arbeitet. Jetzt sind wir den ganzen Tag unterwegs und er nicht in meiner Nähe.

Ich schlüpfe in meine Leggins und das T-Shirt, das ich für diese Tour passend finde. Natürlich ist auf dem Shirt ein Rentier, das jeden Betrachter angrinst und *Ho! Ho! Ho!* ruft. »Willst du nicht langsam aufstehen?«

»Nicht so laut.« Lukas wühlt sich noch tiefer ins Kissen.

»Dein Abend scheint auch gut gewesen zu sein, oder?«

»Ja, ich war im Teens-Club. Mit Emma und Till. Die waren schon oft auf einem Schiff und haben echt coole Sachen erzählt. Und dann ist es einfach passiert. Ich hab was getrunken. Mir ist so schlecht.« Seine Beichte ist stockend und leise. Aber er hätte es eh nicht lange vor mir verbergen können.

Jetzt weiß ich auch, wieso es hier so komisch riecht. Ich schmunzle. Mein kleiner Bruder hat einen Kater. Ich verschwinde ins Bad, wühle in meinem Kulturbeutel, der auch meine Reiseapotheke ist. Ich reiche Lukas ein Glas Wasser mit der Schmerztablette. »Trink das, dann geht es dir bald besser. Ich bin kurz weg. Denk dran, dass wir gleich um zehn zum Ausflug starten.« Ich brauche Bewegung. Egal, wie müde ich bin, die Hummeln in meinem Hintern sind hibbelig. Ich kann nicht länger still herumsitzen.

»Kein Bock.« Lukas stöhnt.

»Ich auch nicht. Aber verrate es keinem, okay?« Ich zwinkere ihm zu, und er bringt ein schiefes Grinsen zustande.

»Geschwistergeheimnis. Ehrenwort.«

Ich verlasse die Kabine und erreiche kurz darauf den Sportbereich, wo ich suchend über die Trainingsfläche sehe. Einige Passagiere toben sich an den Kraftgeräten aus. Melanie unterhält sich mit einer Frau, die mindestens siebzig ist, so weiß schimmern ihre Haare. Sie hat Fältchen im Gesicht, aber ansonsten ist sie außerordentlich durchtrainiert. Wenn ich mal alt bin, möchte ich auch so fit sein, aber dafür müsste ich wahrscheinlich deutlich mehr sporteln und Gewichte stemmen.

»Suchst du mich?«

Als ich seine warme Stimme höre, geht die Sonne in meinem Herzen auf. Ich lächle, drehe mich zu Deonte um und meine Augen finden die seinen. Ich könnte ihn stundenlang anschauen. »Ich wollte mich für den schönen Abend bedanken.« Wow, ich bringe ganze Sätze heraus, ohne zu stottern und zu stammeln! Und das, obwohl sich ein Kloß in meinem Hals gebildet hat.

»Ich fand es auch sehr schön.« Er nestelt am Reißverschluss seiner Sweatjacke.

Was soll ich darauf antworten? Plötzlich komme ich mir fehl am Platz vor, obwohl ich nirgends anders sein möchte. Schweigen umgibt uns, und die Hintergrundmusik wirkt viel lauter als zuvor. Ich mustere die unregelmäßige Maserung des Fußbodens. Himmel, fällt mir wirklich nichts anderes ein? Verlegen trete ich von einem Fuß auf den anderen. Was genau will ich hier? Warum gehen uns immer die Worte aus? Das ist so ätzend. Da fällt mein Blick auf seine Hand. »Wie gehts deinen Fingern?« Ich deute auf den Verband.

»Grün und blau, aber nicht schlimm. Ich kann arbeiten. Du weißt doch, wir Männer sind hart im Nehmen.« Bestätigend bewegt er die Finger, von denen nur die Kuppen zu sehen sind.

Meiner Erfahrung nach sind Männer eher Memmen. Aber das behalte ich besser für mich. »Das ist gut. Ich gehe jetzt mal frühstücken.« Ich nicke in Richtung der kleinen Holzbrücke, die den Fitnessbereich vom anderen Treppenhaus und dem Restaurant trennt. Von dort ist Tellerklappern zu hören. Logisch, für Landtage bin ich spät dran. Einige Ausflüge sind schon gestartet.

»Deonte! Komm mal!«, ruft Melanie vom Infotresen herüber.

»Viel Spaß heute.« Er lächelt und wendet sich ab. Ich sehe noch, wie er zum Telefonhörer greift und aufmerksam zuhört. Ab und an nickt er, als könne der Anrufer ihn durch die Telefonleitung sehen.

»Leonie! Da bist du ja. Reicht dir die Radtour heute nicht? Oder wärmst du dich schon auf?« Mama winkt mir zu. Papa steht neben ihr und zieht eine Schnute. Sie sehen aus, als wären sie in einen Jungbrunnen gefallen. Alles an ihnen wirkt frisch und bereit für den neuen Tag. Wie machen die das nur?

»Das ist doch der Kerl, der dich in Panama bei dem Ausflug angesprochen hat, oder?«, fragt Papa, als ich sie erreiche, und zeigt auf Deonte. »Belästigt er dich schon wieder?«

»Nein.« Ich ziehe die Stirn kraus. Okay, sie haben uns gestern Abend beim Musical nicht gesehen. Bestimmt haben sie auf dem oberen Rang gesessen. Gut so. »Ich … ich habe nur etwas wegen der Kurse gefragt.« Worauf will Papa hinaus? Nur weil ich mit jemandem rede, heißt das noch lange nicht, dass er mich belästigt.

»Achte einfach darauf, mit wem du sprichst, okay? Manchen Umgang sollte man lieber meiden.« Papa schaut mich vielsagend an.

Sein Spruch verwirrt mich völlig. Was soll das?

Während ich noch nach den richtigen Worten suche, wechselt Mama das Thema. »Wo ist Lukas?« Sie schaut sich um.

»Der braucht heute etwas länger zum Wachwerden, kommt aber gleich.«

Wir finden einen Tisch im Restaurant. Ich lange beim Müsli ordentlich zu. Schließlich brauche ich Kraft für den Tag. Nachdem ich meine Bowl leergefuttert habe, kommt Lukas angeschlichen. Man sieht ihm deutlich die Nachwirkungen des gestrigen Abends an, aber er versucht, es zu überspielen.

»Wie fandet ihr das Musical?« Ich schaue Mama an.

»Wunderschön! Wir haben oben gesessen. Von dort hat man einen guten Überblick. Und wie schön die gesungen haben.«

Sofort hallen die Lieder in meinen Gedanken nach, und ich schließe verträumt die Augen. Und dann die Umarmung von Deonte … Fast ist es wie ein Traum, der nicht wahr sein kann. »Stimmt.«

»Hattest du denn auch einen tollen Abend? Mit wem warst du eigentlich dort?«, fragt Mama und beißt in ihr Brötchen.

»Ja, hatte ich.« Soll ich nach Papas komischen Kommentaren überhaupt verraten, wer mein Date war? Ich zögere. Nur ein Gefühl. Aber kein schönes. Nein, es ist noch zu früh, ihnen von Deonte zu erzählen. Erst muss ich mir selbst über das klarwerden, was zwischen uns beiden ist.

»Ihr Lieben, es ist Zeit«, sagt Papa plötzlich und unterbricht damit meine Grübeleien. »Unsere Tour startet gleich, und wir sollten pünktlich sein.«

Seufzend – das habe ich inzwischen perfektioniert – erhebe ich mich und bin dankbar, dass das Gespräch vertagt wird. Ohne nachzudenken gehe ich in den Sportbereich zurück.

»Wir nehmen den kürzeren Weg, okay?«, sagt Papa, und ich weiß, dass er mir kopfschüttelnd hinterherschaut.

Soll er denken, was er will. Ich finde allein zu unserer Kabine zurück. Hinter mir höre ich die leiser werdende

Stimme von Mama. Wahrscheinlich gehen sie schon die Treppen hinab.

Leider entdecke ich Deonte nirgends. Gern hätte ich mich von ihm verabschiedet. Mit hängendem Kopf trotte ich zur Kabine.

Lukas ist längst da und liegt ausgestreckt auf dem Bett. »Wer hat sich diesen Ausflug ausgedacht?«, stöhnt er.

»Keine Ahnung. Ich weiß nur, dass wir uns beeilen sollten.« Ich putze mir rasch die Zähne und schaue ihn auffordernd an. »Komm jetzt!«

* * *

Am Cruise-Terminal, das so groß ist, dass es einem Einkaufszentrum Konkurrenz machen könnte, stehen die Fahrräder für unseren Ausflug. Mountainbikes und normale Cityräder, alle gut in Schuss. Sogar ein paar E-Bikes entdecke ich. Mama und Papa warten in einem Grüppchen, vermutlich bei den Guides, und diskutieren irgendetwas, das ich nicht hören kann. Besonders Papa scheint unzufrieden zu sein. Lukas hat sich seine Sonnenbrille aufgesetzt. Seine Haut leuchtet in der Sonne beinahe kalkweiß.

Eine junge Frau in Jeans und langem Oberteil schiebt mir und Lukas zwei Mountainbikes entgegen. Die Größen scheinen zu passen, nur die Sattelhöhe muss korrigiert werden. Wie hält die Frau es nur bei der Hitze in den langen Klamotten aus? Okay, ich war am Anfang auch nicht besser. »Ihr wollt doch mitfahren, oder? Wartet, damit helfen wir euch gleich«, sagt sie und wuselt wieder von dannen.

Ich schaue mich um. Am Hafenbecken verschwinden Unmengen von Paletten durch die überdimensionierte Laderampe im Bauch der Pluto. Männer rufen sich irgendwas auf Englisch zu. Ein Gabelstapler steht quer im Weg und behindert die weiteren Arbeiten. Wurde in jedem Hafen frische Ware nachgeliefert? Irgendwie logisch. Die ganzen Sachen müssen ja gelagert werden, und so viele hungrige Mäuler wollen tagtäglich gestopft und Festmähler gezaubert werden. Das kann ja gar nicht alles zu Beginn der Reise mitgenommen werden.

»Welch eine Überraschung!«

Die Stimme, die mich aus meinen Gedanken reißt, habe ich am allerwenigsten erwartet. Ich rucke mit meinem Kopf herum und erstarre zu einer Salzsäule. »Du?«, entfährt es mir. Ich spüre Lukas stechende Augen in meinem Rücken.

»Ich wusste gar nicht, dass ihr an diesem Ausflug teilnehmt«, sagt Deonte belustigt und greift lässig nach einem Inbusschlüssel, mit dem er die Schraube am Sattelrohr meines Rades löst.

Warum haben die Räder keine Schnellspanner? Das wäre deutlich einfacher für die Satteleinstellungen. »Und ich wusste nicht, dass du der Guide bist«, entgegne ich perplex.

»Nur, weil der Kollege, der eigentlich eingeteilt war, ein Magen-Darm-Problem hat. Ich kenne die Tour von unserem letzten Stopp.«

Darum der Anruf, den er heute Morgen erhalten hat. Ich nicke, unfähig mehr zu sagen.

»Ich bin übrigens Lukas, der Bruder von Leonie.« Lukas baut sich neben mir auf. Er überragt mich um wenige Zentimeter. Irgendwie ist er schon süß, wenn er sich als Macho aufspielt und meinen Bodyguard mimt. Gebrauchen kann ich es jedoch nicht. Meinen Seitenblick ignoriert er.

»Deonte.« Er nickt Lukas knapp zu und macht einfach weiter. »Probiers jetzt mal.« Er hält mein Rad an Sattel und Lenker fest, während ich aufsteige. Die Muskeln an seinem Oberarm spielen, als er das Rad in Position und damit auch meine Balance hält.

»Passt perfekt«, entgegne ich, doch er schüttelt den Kopf und setzt den Schraubenschlüssel am Lenker an. Als dieser ein Stückchen tiefer ist, probiere ich erneut und tatsächlich fühlt es sich besser an. Beinahe gerate ich durch eine unbedacht abrupte Bewegung aus dem Gleichgewicht. Deonte tritt einen halben Schritt näher und verhindert dadurch, dass ich umkippe. Als sein Bauch kurz meine Hüfte berührt, ziehe ich die Luft scharf ein. Diese Bauchmuskeln, die sowohl fest und gleichzeitig weich sind. Ob ich die jemals zu Gesicht bekomme? Ich könnte ihm einfach das T-Shirt vom Leib reißen …

Einen Lidschlag später ist alles vorbei. Ich traue mich nicht, ihm ins Gesicht zu sehen. Hitze wallt durch meinen Körper, pulsiert in meinem Bauch. Ich möchte ihn anfassen, wieder so nah sein wie am Abend zuvor. Aber er ist heute so anders. Plötzlich ist mir die Situation peinlich, ich steige ab und trete einen Schritt zurück.

Deonte kümmert sich, ohne mit der Wimper zu zucken, um den Sattel von Lukas, der von meiner Unsicherheit nichts mitbekommt. Typisch Jungs.

»Gut, das sollte passen. Schiebt die Räder bitte nach vorn …«, er deutet auf einen Tisch wenige Meter hinter dem Bereich, wo weitere Fahrräder auf ihre Tourpartner warten, »… und holt euch passende Helme. Wenn alle versorgt sind, fahren wir los.«

In seiner Stimme ist keine Spur von Zuneigung zu hören. Er ist ganz der Guide, der sich um seine Schäfchen sorgt. Das gefällt mir, denn er arbeitet ruhig und bedacht, gleichzeitig braucht er nicht die Stimme heben, um von allen gesehen und gehört zu werden. Er ist einfach da, und alle hören auf ihn. Für jeden Gast findet er ein freundliches Wort, für jedes Problem die Lösung. Er ist in seinem Element. Ich beobachte ihn aus den Augenwinkeln, während ich den Helm anprobiere, der nach dem Schweiß des Vorgängers müffelt.

Ich rümpfe die Nase und lege den Helm auf den Tisch zurück. »Der hier stinkt, das kann ich nicht den ganzen Tag am Kopf haben.« Ohne Diskussion reicht mir die Frau, die uns zuvor die Fahrräder gebracht hat, einen neuen. Etwas ungelenk kürze ich die Bänder am Verschluss. Der sitzt und riecht besser. Wenn ich schon einen Deckel auf den Kopf setzen muss, dann bitte mit Stil.

Da Deonte beschäftigt ist, zücke ich mein Handy und mache ein paar Selfies für meine Follower. Um Text und Upload kümmere ich mich später, wenn ich wieder WLAN habe.

»Sag mal, was läuft da zwischen diesem Deonte und dir?«

»Nichts!«

»Klar. Und ich bin der Kaiser von China.« Lukas schaut mich eindringlich an. »Im Ernst. Das sieht ein Blinder mit Krückstock, dass da was zwischen euch läuft. Ich wette um fünfzig Euro, dass du gestern mit ihm bei der Aufführung warst.«

Mir wird heiß, mein Gesicht glüht wie die Abendsonne, die immer orangerot im Meer versinkt. Im Wasser würde ich jetzt auch gern untertauchen. Was soll ich ihm antworten? Er hat ja recht. »Das geht dich nichts an!«

»Also doch. Ich habe schon in Cartagena vor dem Ausflug gemerkt, dass ihr euch nicht nur unterhalten habt.« Lukas grinst.

Ich presse die Lippen zusammen, um nicht noch mehr preiszugeben. Aber mein Schweigen ist Antwort genug. Er grinst zufrieden. Sein Kater scheint vergessen.

»Habt ihr alles?«, fragt Papa und drückt uns eine Trinkflasche in die Hand.

Ich stecke sie in die dafür vorgesehene Halterung am Fahrradrahmen und nicke. Der Rucksack ist auf dem Rücken festgeschnallt, der Helm sitzt. Ich bin bereit. Zumindest halbwegs. Meine Gefühle fahren Karussell, und ich habe keine Ahnung, wo ich die mentale Kraft hernehmen soll, einen Tag lang hinter Deonte herzuradeln und mir vor meinen Eltern nichts anmerken zu lassen.

»Gut, der dunkelhäutige Guide hat gesagt, dass wir dort vorn hinmüssen. Hoffentlich bringt der uns heile durch den Tag. Unfassbar, dass ausgerechnet der heute vertreten muss.« Die letzten Worte murmelt Papa mehr, als dass er sie laut ausspricht. Missmutig schüttelt er den Kopf. Ohne auf uns zu warten, schiebt er sein Rad voran.

Ich folge ihm zögerlich. Der Guide, damit kann er nur Deonte meinen. Ich kapiere es nicht. Was hat er gegen ihn? Dunkelhäutig! Was soll das? So kenne ich Papa nicht. Und plötzlich sind sie wieder da. Meine Zweifel. Wie eine Welle schwappen sie über mich und drohen, mich zu Boden zu reißen. Ja, Deonte ist ein Mann, den ich so schnell nicht vergessen werde. Aber ich darf mir nichts vormachen. In vier Tagen fliegen wir nach Hause, und ich werde Deonte wahrscheinlich nie wiedersehen. Ein unangenehmer Druck breitet sich in meinem Bauch aus. Zu seinem Job gehört sicher, dass er den Gästen jeden Wunsch von den Augen abliest.

Aber gehört es auch zu seinem Job, dich abends auszuführen? Oder dir die Brücke zu zeigen? Dich im Arm zu halten? Die leise Stimme in meinem Hinterkopf ist anhänglich. Was sind das für abstruse Ideen? Natürlich gehört es nicht zu seinen Aufgaben, mich ins Theater zu zerren. Das hat er nur getan, weil er es selbst wollte, und er hat die Zeit mit mir genossen. Schließlich hat er mir gesagt, dass er mich mag, und gestern Abend habe ich es doch gespürt. Aber denkt er überhaupt über die Zukunft nach? Oder lebt er nur im Hier und Jetzt? Ach, ich hab doch auch keine Ahnung … Warum muss dieses scheiß Leben nur so kompliziert sein?

»Alle mal herhören!«, ruft Deonte, inzwischen mit Fahrrad, Rucksack und Helm ausgestattet. »Wir fahren nun los. Bitte fahrt stets zu zweit nebeneinander und achtet auf den Straßenverkehr! Wir werden zunächst durch Oranjestad fahren. Dort gibt es fantastisch bunte Häuser. Ihr könnt viele Details entdecken, wenn ihr genau hinschaut!«

Damit steigt er auf. Nach und nach reihen sich alle hinter ihm ein. Ich halte bewusst Abstand und bilde mit Mama fast das Ende der Gruppe. Hinter uns radelt ein älteres Pärchen, ungefähr fünfzig, schätze ich. Den Abschluss bildet ein zweiter Guide, der auch einen klobigen Rucksack trägt. Was da wohl drin ist?

»Ich bin ganz gespannt auf die Tour«, sagt Mama neben mir. »Mir ist es übrigens vollkommen egal, wer die Tour leitet. Papa hat nur wieder seine komischen fünf Minuten. Was der sich immer denkt …«

Verdutzt schaue ich zu ihr hinüber. Sie scheint mehr zu sich selbst gesprochen zu haben als zu mir. Interessant. Über dem zweiten Frühling meiner Eltern scheinen kleine dunkle Wolken aufzuziehen. Vor uns schlängelt sich die Gruppe wie ein Lindwurm die Straße entlang. Schätzungsweise fünfundzwanzig Radler. Ich bin absolut fasziniert, wie diszipliniert alle Deonte folgen.

»Ich bin auch gespannt.« Aber ehrlich gesagt weiß ich nicht, ob ich lieber wieder ins Bett oder die Radtour mit Deonte allein genießen möchte. Land und Leute sind für mich Nebensache.

Deonte hat nicht übertrieben, was das Städtchen angeht. Oranjestad ist schrill, bunt und vollkommen abgefahren. An verschiedenen Stellen halten wir an, und ich zücke wie alle anderen mein Handy. Die Häuser sind in einem kitschigen Rosa und Babyblau gestrichen, dazu Verzierungen und eine Art Stuck, von dem einem die Augen bluten. Alles schaut wie in einer Bonbon-Blase aus, aber es passt zu diesem verrückten Ort wie der Weihnachtsmann zu Weihnachten. Der niederländische Charme ist klar erkennbar. Ein Stimmengewirr aus Spanisch, Niederländisch, Englisch und irgendwas anderem schallt zu uns hinüber. Leichtigkeit liegt in der Luft. Mein Fuß wippt im Takt der Musik, die aus einem Restaurant ertönt.

»Schau mal, der Bus«, sagt Mama, und mein Blick folgt ihrem ausgestreckten Arm.

Dort steht ein komplett mit Graffiti-Bildern bemalter Bus, der wahrscheinlich in einem Museum am besten aufgehoben wäre. Schnell schieße ich ein Foto, um diese Kuriosität nie wieder zu vergessen. Die Gruppe macht sich auf den Weg zum nächsten Highlight. Ich beeile mich, mein Handy sicher im Rucksack zu verstauen, und schwinge mich in den Sattel.

Wir verlassen die Stadt, und in der Ferne ragt ein Hügel steil aus dem platten Land. Ich ahne, was unser nächstes Ziel ist, und genieße die Fahrt mit dem kühlenden Fahrtwind.

Am Fuß des Hügels angekommen deutet Deonte auf mehrere Fahrradständer. »Lasst eure Fahrräder hier. Es sind ungefähr fünfhundertsechzig Stufen bis zum Gipfel. Wer traut sich und kommt mit mir mit?«

Das lasse ich mir nicht zweimal sagen. Natürlich nehme ich die Challenge an.

Auch Papa ist immer für einen guten Ausblick zu haben. Sein Ärger vom Beginn der Tour scheint verschwunden, denn er grinst voller Tatendrang. »Wer von uns als erster oben ist?«

Lukas geht auf das Angebot ein, und die beiden flitzen die Treppe hoch. Vom Kater ist nicht mehr viel zu spüren. Lukas nimmt immer zwei Stufen auf einmal. Die beiden entfernen sich rasch von uns.

Niemals würde ich diese Treppen hochrennen. Mama und ich folgen ihnen in gemäßigtem Tempo. Steter Tropfen höhlt den Stein, und ich werde auch oben ankommen, nur eben so schnell, wie es für mich passt.

»Männer«, spricht Mama meinen Gedanken aus.

»Denen ist die Radtour wohl nicht anstrengend genug«, antwortet Deonte an meiner Stelle.

Als ich mich umdrehe, sehe ich, dass einige aus der Gruppe bei den Fahrrädern zurückbleiben und sich den Aufstieg sparen.

»Wahrscheinlich«, sagt Mama. »Danke, dass Sie uns zu diesen tollen Plätzen bringen.«

»Das mache ich gern.«

Ich wende mich wieder nach vorn, um mein errötendes Gesicht zu verstecken, als mit klar wird, dass Deonte vermutlich genau auf meinen Hintern glotzt. Ich schwanke zwischen Weitergehen und Anhalten, um ihn vorbeizulassen. Beides fühlt sich richtig und zugleich falsch an. Himmel, was für eine abgefahrene und reizvolle Situation. Und so stapfe ich Stufe für Stufe dem Gipfel entgegen und schwinge meine Hüften von links nach rechts und zurück. Mal sehen, ob ihn das kalt lässt.

Der Weg ist schmal. Immer wieder weiche ich entgegenkommenden Personen aus, die uns mitleidig ansehen. Die haben es gut. Der Abstieg ist sicherlich leichter. Papa und Lukas sind auch langsamer geworden. Über fünfhundert Stufen sind definitiv eine Sporteinheit für sich. Ich habe nicht mitgezählt, als ich stehenbleibe und mir die Wasserflasche von meinem Fahrrad wünsche. Auf den Knien abgestützt ringe ich nach Luft.

»Na, gibst du schon auf?«, fragt Deonte.

Ich funkle ihn an. Natürlich gebe ich nicht auf. Da fällt mir ein, dass ich in meinem Essenspaket für den Mittag zwei Trinkpäckchen habe, und ziehe den Rucksack vom Rücken.

»Es ist aber wirklich verdammt steil«, merkt Mama an. Ihr perlen ebenfalls Schweißtropfen auf der Stirn. Sie pustet sich eine Haarsträhne aus dem Gesicht und dreht sich langsam um die eigene Achse.

»Das erste Drittel haben wir geschafft. Ich verspreche euch, die Aussicht ist fantastisch.« Bei Deontes Lächeln muss man das einfach glauben. Wie schafft er es nur, jeden um den Finger zu wickeln? Mama würde ihm alles abkaufen. Außer Papa vielleicht.

Demonstrativ nuckle ich am Strohhalm und schaue Deonte dabei an. Er ist kaum außer Atem und eindeutig besser im Training als ich.

»Na los, keine Müdigkeit vortäuschen, sonst kommen euch eure Männer wieder entgegen, bevor wir oben sind.« Er klatscht.

Ich setze mit dem Strohhalm im Mund den Weg fort. Mama und Deonte bleiben wieder hinter mir. Aber ich habe ein Ziel. Ich will ihm beweisen, dass ich diesen Hügel bezwingen kann.

KAPITEL ZWÖLF

Logbuch Tag 6
Datum: 30.12.; 11:53 Uhr
Ort: Aruba, Oranjestad, Fahrradtour

Meine Schritte werden mit jeder Stufe schwerer. Schweißtropfen rinnen kitzelnd die Wirbelsäule hinab. Am liebsten würde ich abbrechen. Aber das kommt nicht infrage. Ich muss Deonte beweisen, dass ich den Berg bezwingen kann. Egal, wie groß der Muskelkater ist, der mich morgen zur Belohnung erwartet.

Lukas und Papa warten am Gipfel und feuern uns an. Ihre Worte werden vom Wind davongetragen, trotzdem hilft es.

Das Trinkpäckchen ist inzwischen leer, und ich entsorge es in einen Mülleimer am Treppenrand. Die Bank daneben ignoriere ich getrost. Ausruhen ist nicht dran. Noch nicht. Es bleiben höchstens fünfzig Stufen. Ich beiße die Zähne zusammen und kämpfe mich voran. Schritt für Schritt und Stufe für Stufe. Die Oberschenkel brennen und mein Herz wummert so stark, als hätte es nie zuvor solche Anstrengungen aushalten müssen.

Als ich endlich oben ankomme, klatsche ich mit Papa und Lukas ab. Auf die Knie gestützt sinke ich an Ort und Stelle ächzend zu Boden. Mir ist so egal, wie ich aussehe. Ich bin verschwitzt und zerzaust, sodass es keinen Unterschied macht, ob ein wenig Dreck hinzukommt.

Um mich herum stehen Kakteen und dazwischen wuchert dornenähnliches Gestrüpp. Pflanzen, die vom Wind schräg gewachsen sind und mit viel Trockenheit auskommen. Außerdem ist es staubig. So staubig, dass eine kräftige Brise mir kleine Partikel wie ein Peeling ins Gesicht pustet. Igitt!

Deonte begleitet Mama, die hinter mir zurückgeblieben ist. Die anderen aus der Gruppe genießen bereits den Ausblick, auch wenn der Wind uns ordentlich durchpustet und mir unter meinem durchschwitzen T-Shirt ein Frösteln auf die Haut malt. Ich entdecke einen kleinen Salamander auf einem Stein. Oder ist es eine Eidechse? Ich habe keine Ahnung, welche Tiere hier leben und wie genau dieses Exemplar heißt. Aber mir gefällt es.

»Komm schon! Du musst dir die Aussicht ansehen.« Lukas hält mir die Hand hin.

Mit seiner Hilfe schaffe ich es zurück auf die zittrigen Beine. Erst jetzt, nachdem ich wieder zu Atem gekommen bin, kann ich mich auf den Ausblick konzentrieren. Er ist fantastisch. Ich sehe sogar die Pluto, das einzige Kreuzfahrtschiff im Hafen.

»Wir werden gleich noch dorthin fahren und dann zum Strand.«

Deontes Arm neben mir deutet in eine Richtung, aber ich kann nicht exakt erkennen, was er meint, nicke dennoch. Er ist so nah bei mir, dass ich sein Aftershave rieche. Tief atme ich ein und nehme seinen Geruch in mir auf, um ihn möglichst lange zu konservieren. So darf es weitergehen. Nur wir beide.

Als ich nicht antworte, wendet er sich viel zu schnell von mir ab und erklärt den anderen etwas über die Insel.

Ich höre nur mit halbem Ohr zu. Warum bin ich so sprachlos? Dann wäre er ein bisschen länger bei mir geblieben. Aber natürlich muss er sich als Gruppenleiter auch um die anderen kümmern.

»Gut!«, ruft er wenig später. »Lasst uns den Abstieg wagen. Geht langsam und achtet darauf, wo ihr hintretet!«

Er zählt kurz durch und seine Lippen bewegen sich stumm. Ich lächle, als sich unsere Blicke treffen. Für eine Sekunde bringt es ihn aus dem Konzept, doch dann zählt er unbeirrt weiter, seinen Mundbewegungen nach zu urteilen, auf Englisch. Diese Lippen. Ob er mich hier oben geküsst hätte, wenn wir allein wären? In meinem Bauch flattern wild die Kolibris.

Ich warte mit Absicht, bis alle anderen unterwegs sind. Lukas und Papa liefern sich trotz Deontes Warnung erneut ein Kopf-an-Kopf-Rennen und hasten die Stufen in wahnwitziger Geschwindigkeit hinab. Ein falscher Tritt und das Drama wäre perfekt.

»Du bist ein Multitalent«, starte ich ein Gespräch, während Deonte und ich als Letzte die Aussichtsplattform verlassen.

»Wie meinst du das?«

»Na, Fitnesstrainer, Kursleitung, Fahrrad-Guide, Tanzlehrer … Habe ich was vergessen? Ach ja! Mit Menschen, egal ob jung oder alt, kannst du auch gut umgehen.«

»Danke für das Kompliment. So genau habe ich das noch gar nicht bedacht.« Deontes Stirn liegt in Falten, als denke er tiefgründig nach. Nur das Zwitschern der Vögel, unsere Schritte und der entfernte Lärm der Stadt sind zu hören.

Monoton trete ich eine Stufe nach der anderen hinab, nur unterbrochen von den Stellen, wo die Treppe einen Absatz hat und ich gezwungen bin, zwei, drei Schritte geradeaus zu gehen. Wie Deonte prophezeit hat, muss ich höllisch aufpassen, wo ich hintrete. Die unebenen Stufen habe ich beim Hochgehen nicht wahrgenommen. Jetzt könnte bei jedem Schritt der Knöchel umknicken.

»Hab ich dich eigentlich schon gefragt, wie alt du bist?«, fällt mir spontan ein.

»Keine Ahnung. Ich werde das öfter gefragt, warum auch immer. Ich bin zwanzig.«

»Ich weiß jetzt gerade nicht, ob ich das jung oder alt finden soll.« Ich lache auf, da mir die Aussage peinlich ist. Hitze schießt mir mal wieder ins Gesicht. Überhaupt muss mein Gesicht aus einer Kombination von Schweiß und Dreck bestehen, sodass meine erröteten Wangen vielleicht nicht auffallen.

»Hmm … Ich hab auch keine Ahnung, ob ich mich jung oder alt fühlen soll. Was hättest du denn erwartet, wie alt ich bin?«

Gute Frage. Was habe ich vermutet? »Puh! Ich weiß es nicht. Aber zwanzig passt schon«, sage ich und versuche, die Situation zu retten. Zu meinem Glück plappert er munter weiter.

»Ja, ich habe mit sechzehn meine Ausbildung angefangen und bin jetzt seit fast einem halben Jahr auf dem Schiff. Es ist verrückt, aber die Reederei hat mich tatsächlich ohne große Berufserfahrung genommen.« Sein Blick wandert ins Leere.

»Wie läuft so ein Vorstellungsgespräch eigentlich ab? Man kann doch schlecht dafür in die Karibik fliegen.«

Deonte lacht. »Ja, das habe ich mir auch erst gedacht,

aber dann lag die Jupiter, ein anderes Schiff der Flotte, in Warnemünde. An dem Tag war Passagierwechsel und man hat mich mit ungefähr fünfzig anderen Leuten aus vielen verschiedenen Fachbereichen zu einem sogenannten Assessment-Center eingeladen. Wir mussten einen schriftlichen Test machen, in dem Wissen über die Reederei abgefragt wurde, und auch einen Englischtest. Da hatte ich keine Probleme mit.«

Er macht eine kurze Pause. Klar hat er mit Englisch keinen Stress, wenn sein Vater aus den USA kommt.

»Dann gab es noch ein richtiges Vorstellungsgespräch und eine Führung über das Schiff. Damals war ich das erste Mal auf der Brücke. Die haben sich echt viel Zeit für uns genommen. Ja, und dann hat es am Ende gepasst. Wahrscheinlich hat denen imponiert, dass ich, seit ich denken kann, Tanzlehrer bin.« Deonte zuckt mit den Schultern, als ob dies das Normalste der Welt wäre.

»Das hört sich ziemlich cool an.« Ich könnte ihm stundenlang zuhören. Anscheinend hatte er schon als Jugendlicher ein Ziel und eine Vision durch das Tanzen. Ich hingegen habe keinen Plan, wie es nach dem Abitur weitergeht. Wie unterschiedlich wir sind. Mir entwischt ein leiser Seufzer.

Die Treppen hinabzusteigen fordert viel zu viel Aufmerksamkeit, und meine Beine ermüden erneut. Aber anders als beim Aufstieg. Diesmal ist es muskulär und nicht, weil zu wenig Sauerstoff aus meinen Lungen in den Blutkreislauf wandert.

»Was kannst du denn alles tanzen?«, frage ich, neugierig, mehr über ihn zu erfahren.

»Ich habe damals mit Hip-Hop angefangen. Das war cool und alle Kids in meinem Dunstkreis haben mitgemacht. Wir haben auf der Straße getanzt und unsere eigenen Schritte erfunden, uns duelliert und Spaß gehabt.«

»So wie bei Street Dance und den anderen Tanzfilmen?«

»Ja, so ähnlich.« Er schaut sich kurz um. Alle Teilnehmer des Ausflugs sind ein paar Meter vor uns und unterhalten sich während des Abstiegs ebenso wie wir. »Ich hatte so großen Spaß daran, dass ich mit ungefähr neun in eine Tanzschule gegangen bin. Dort habe ich irgendwann alles getanzt. Ich bin Jugendmeister im Tangotanzen geworden und habe selbst unterrichtet. Mein damaliger Tanzlehrer hat mich ermutigt. Erst die Kleinsten, dann Jugendgruppen, dann auch Kids auf der Straße … Eigentlich war ich immer am Tanzen.«

»Du hast dich durchs Leben getanzt.«

»Irgendwie schon, und dann habe ich eine Tanzlehrerausbildung, meinen Schulabschluss und die Ausbildung im Fitnessstudio gemacht. Und voilà, hier bin ich.«

Ich weiß nicht, was ich sagen soll. So viel Engagement, so viel Menschenkenntnis und so viel Disziplin ist für mich unvorstellbar. Es ist verrückt, was er schon alles geschafft hat. Wenn ich nur ansatzweise so zielstrebig wäre oder etwas hätte, was ich richtig gut kann und was mich begeistert. Aber das gibt es in meinem Leben nicht.

»Kannst du …« Gerade, als Deonte zu einer Frage ansetzt, knickt vor uns eine Frau mit dem Knöchel um und landet unsanft auf dem Poppes. Ein spitzer Schrei ertönt. Ich zucke zusammen.

Sofort ist Deonte bei ihr. »Alles okay?«, fragt er.

»Ja, es ist nur der Schock«, antwortet die Frau und ihre Hände zittern so stark, dass ich Sorge habe, sie könnte ohnmächtig werden. Aber sie fängt sich wieder. Ich atme erleichtert aus.

»Lass mich deinen Knöchel mal sehen.«

Ich mag Deontes Art, wie er nahezu jeden duzt und sofort einen guten Draht hat, egal wer die Person ist. Das kann ich von mir nicht behaupten. Wieder ein Unterschied zwischen uns.

Er zieht der Frau den Schuh aus und betastet vorsichtig den Knöchel. »Es scheint alles in Ordnung. Vielleicht eine Bänderdehnung. Was denkst du, willst du probieren aufzustehen oder soll ich dir einen Krankenwagen rufen?«

»Ach, es geht schon. Bloß nicht hier in einem fremden Land ins Krankenhaus. Wir schaffen es bestimmt bis zum Schiff, dann kann der Schiffsarzt draufschauen, falls es nicht besser wird. Aber die Radtour lasse ich mir nicht entgehen.«

Deonte hilft ihr wieder auf die Füße. Sie zuckt zusammen, als sie auftritt, schnürt sich den Schuh fest zu und macht sich humpelnd und vorsichtiger als zuvor an den Abstieg. Deonte hat sich an ihre Seite gesellt und beobachtet sie genauso eindringlich wie der Mann, der an ihrer anderen Seite geht. Wahrscheinlich ihr Ehemann.

Ich trotte verloren hinter ihnen her. So habe ich keine Chance, mein Gespräch mit Deonte fortzuführen. Zu gern hätte ich noch tausend Dinge gefragt. Aber eigentlich habe ich ihn schon zu lange beschlagnahmt.

Kurze Zeit später erreichen wir den Fuß des Hügels und den wartenden Rest der Gruppe.

»So, wir fahren jetzt zur Casibari-Felsformation. Dort machen wir Mittagspause.«

Auf Deontes Kommando greift jeder sein Fahrrad, und schon sind wir abfahrbereit. Ich reihe mich wieder neben Mama ein, die etwas müde wirkt.

»Das war eine schöne Aussicht. Der Aufstieg hat sich definitiv gelohnt«, sagt sie und tritt in die Pedale.

»Stimmt.«

»Ich habe gesehen, dass du mit diesem Guide geplaudert hast. Ihr wirkt vertraut.«

Mist! Es ist Mama aufgefallen. Hat sie Augen im Rücken, oder was?

»Er ist ein netter Kerl und hat mir erzählt, wie er zu dem Job auf dem Schiff gekommen ist.« Hoffentlich forscht Mama nicht weiter nach. Ob sie insgeheim eine Ahnung hat? Der sechste Sinn einer Mutter? Wenn ja, lässt sie es sich nicht anmerken.

»Das ist bestimmt eine tolle Arbeit. Immer an den schönsten Plätzen der Welt sein.«

Das Leuchten in ihren Augen erzählt seine eigene Geschichte, und ich habe kurz das Gefühl, dass sie verpasste Gelegenheiten in ihrem Leben bereut. »Mama, auch die Fitnesstrainer müssen hier ganz schön viel arbeiten.«

»Wahrscheinlich hast du recht, aber lass mir doch die Illusion.«

Zum Glück hakt sie nicht näher nach, und wir radeln schweigend weiter. Als wir bei der ungewöhnlichen Felsenformation ankommen, bin ich froh, endlich eine Pause zu haben. Der Felsen gleicht dem Panzer einer überdimensionalen Schildkröte, die sich zur ewigen Ruhe gelegt hat. Garantiert ist diese Formation nicht auf natürlichem Weg entstanden, sondern von Menschen erbaut. Trotzdem ist es beeindruckend.

Ich stelle mein Fahrrad ab. Mama lotst mich zu einer Picknickbank, wo Papa und Lukas schon ihr Lunchpaket auspacken. Die Besichtigung muss also warten.

»Ich habe einen Bärenhunger«, sagt Lukas und leckt sich über die Lippen. Von seinem Kater ist nichts mehr zu merken. Wahrscheinlich hat der Treppenwettlauf die letzten Reste des Alkohols aus dem Körper vertrieben.

»Wer ist bei euren Wettläufen eigentlich erster geworden?«, fragt Mama, die meine Gedanken wohl gelesen hat.

»Hoch habe ich gewonnen! Da war Papa viel zu langsam. Ist eben schon ein alter Mann«, sagt Lukas und lacht schallend. »Und runter habe ich ihn gewinnen lassen.«

»Hey, ich war ehrlich schneller als du.« Papa stemmt entrüstet die Fäuste in die Seiten.

»Ich habe mich nicht wahnsinnig beeilt, deshalb warst du schneller.«

»Wie dem auch sei, es ist ein Unentschieden. Wie küren wir jetzt einen endgültigen Sieger?«, fragt Mama.

»Wir könnten heute Abend Billard spielen«, sagt Papa und beißt in sein mit Käse belegtes Brötchen.

»Vielleicht lieber eine Runde FIFA zocken«, antwortet Lukas und hebt spöttisch die Augenbraue. Natürlich rechnet er sich dort die besseren Chancen aus. Ganz schön clever, mein Bruder.

»Da prallen die Generationen aufeinander.« Mama lacht, und wir stimmen mit ein.

Ich habe zu dem Thema keine Meinung, daher kaue ich entspannt mein Brötchen und beobachte den Rest der Gruppe. Deonte kümmert sich wieder um die Frau, die sich den Knöchel verknackst hat. Scheinbar geht es ihr gut genug, dass sie den Weg bis zum Ende mitradeln kann, auch wenn sie den Schuh ausgezogen hat.

»Leonie, sag doch auch mal was dazu.«

»Wozu?« Verdammt, was hat Papa gefragt?

»Na, dazu, dass Außerirdische diese Felsenformation gelegt haben.« Er schaut mich fragend an.

Ich bin mir nicht sicher, ob er das ernst meint. »Keine Ahnung?«

»Leonie hat doch nur Augen für ihren Lover.« Lukas grinst, und Papa versteift sich.

»Lover? Wovon redest du?«, fragt er und schaut erst Lukas und dann mich eindringlich an.

Mein Herz setzt für einen Schlag aus. Ich starre Lukas mit offenem Mund an. Warum macht er das? Schweigen. Mir fehlen die Worte.

Nur mein kleiner Bruder ist sich keiner Schuld bewusst. »Ja, der Kerl dort hinten.« Er deutet auf Deonte. »Sieht doch ein Blinder, dass die was am Laufen haben.« Sein Grinsen wird breiter.

»Ist das wahr?«, fragt Papa mit gehobenen Brauen.

Gut, nun ist die Katze aus dem Sack. Ich streiche mir fahrig eine Strähne aus dem Gesicht und atme tief durch. »Er ist nicht mein Lover. Wir verstehen uns nur gut und haben nette Gespräche. Mehr nicht.« Das entspricht zwar nur der halben Wahrheit, aber über das Gefühlschaos in meinem Inneren wage ich nicht zu reden.

»Ich habe ja vorhin schon gesagt, dass ihr euch gut unterhalten habt«, sagt Mama und lächelt mich an. Mein Mundwinkel zuckt nur kurz nach oben.

Papas Miene hingegen wird zunehmend finsterer. »Warum ausgerechnet der Kerl?« Er presst die Lippen aufeinander.

Ich schlucke, denn mit so deutlicher Ablehnung habe ich nicht gerechnet. Klar, er war zuvor schon nicht von Deonte begeistert, aber was er gegen ihn hat, ist mir noch immer schleierhaft. »Was … was genau meinst du?«

Papa platzt der Kragen. »Leonie, hast du mal nachgedacht, dass sich wahrscheinlich mehrere Frauen an den Mann ranmachen? Du bist nur eine nette Abwechslung während der zehn Tage! Der hat dich vergessen, sobald du vom Schiff gehst. Mach dir bloß keine Hoffnungen und heul nicht, wenn es genauso kommt. Wieso ausgerechnet ein Mitarbeiter?« Er fährt sich durch das hochrote, vor Ärger verzogene Gesicht und schnappt nach Luft.

Mir schießen Tränen in die Augen. Ich kann kaum etwas sehen und der Kloß in meinem Hals verhindert jede Antwort. Geräuschvoll ziehe ich meine Nase hoch. Natürlich ist mir der Fakt bewusst. Schließlich kreisen meine Gedanken seit Tagen um kaum etwas anderes.

»Rainer, sei nicht so hart!« Mama hebt beschwichtigend die Hände, doch Papa kommt gerade erst in Fahrt.

»Verdammt, er ist dunkelhäutig. Diesen Farbigen traue ich nicht. Besonders nicht, wenn es um meine Tochter geht! Sind doch alles Verbrecher.«

Da liegt also das Problem. Mein Vater hat Vorurteile. Entgeistert starre ich ihn an. Das kann er nicht ernst meinen. Auch Mama und Lukas sitzen stocksteif neben uns.

»Ich ... du ... du kennst ihn doch gar nicht!«, platzt es aus mir heraus. Mir fällt partout keine andere Antwort ein. Meine Gedanken spielen Pingpong, während mein Puls rast. Ich verstehe, was Papa meint, aber ich teile seine Meinung nicht. Er will nur das Beste für mich, so viel ist klar. Ich bin überfordert.

Hilfesuchend schaue ich zu Mama. Deren Mund öffnet und schließt sich, ohne dass ihr ein Ton über die Lippen kommt. Das passiert nicht oft. Als niemand etwas sagt, wird die Stimmung drückend. Du musst hier raus! Die Stimme in meinem Kopf ist so drängend, dass ich ohne ein weiteres Wort aufstehe und in Richtung der Felsenformation laufe. Keine Sekunde länger hätte ich es ausgehalten. Tränen verschleiern meine Sicht. Nur vage finde ich den Weg zum Hügel.

Ich schluchze noch immer, als ich mich auf die Brüstung der Besucherplattform setze. Die anderen Ausflügler wenden sich zu mir um, doch ich schenke ihnen keine Beachtung. Verdammt, warum konnte Lukas nicht einfach seine Klappe halten? Und warum kann Papa sich nicht einmal für mich freuen?

»Hey, was ist los?«

Deonte setzt sich neben mich und legt mir eine Hand auf den Rücken. Automatisch rutsche ich ein Stück von ihm weg.

»Lass mich!«, zische ich. Das fehlt mir gerade noch. Prompt verschwindet die Hand. Sie hinterlässt ein Kribbeln, und sofort wünsche ich sie mir zurück.

»Whoa, okay! Ich wollte dir nicht zu nahetreten.«

Ich schweige und schluchze weiter vor mich hin, vergrabe das Gesicht in meinen Händen. Deonte berührt mich zwar nicht mehr, bleibt aber neben mir sitzen.

Obwohl alles in mir nach Einsamkeit schreit – ein blödes Bedürfnis mitten in einer Touristenattraktion – bin ich dankbar für seine Nähe. Ob er unseren Streit mitbekommen hat?

»Manchmal ist das Leben nicht so einfach«, sagt er dann, und es wirkt, als wenn er mehr zu sich selbst spricht als zu mir. »Besonders dann, wenn unterschiedliche Meinungen und Werte aufeinanderprallen.«

Natürlich hat er es mitbekommen. Er ist so aufmerksam. Ob er gehört hat, dass es dabei um ihn ging? Wenn ja, lässt er sich nichts anmerken.

Ohne eine Reaktion von mir abzuwarten, spricht er weiter. »Einer meiner Mentoren hat mal zu mir gesagt: Du bist in einer Phase deines Lebens, in der du erwachsen wirst und lernen musst, allein Entscheidungen zu treffen. Diese bestimmen, wie dein Leben weitergeht, denn das hast nur du allein in der Hand. Deine Entscheidungen und Reaktionen brauchen dabei nicht jedem gefallen. Wichtig ist, dass du hinter ihnen stehst, denn daraus lernen wir alle. Mir hat das sehr geholfen, daher sind mir die Worte in Erinnerung geblieben. Auch ich habe nicht immer sofort den richtigen Weg oder die richtigen Worte gefunden. Ich habe Menschen getroffen, die mir gutgetan haben, und andere, denen ich eher aus dem Weg gegangen bin. Aber inzwischen weiß ich, dass das Leben immer weitergeht, man muss nur den Mut haben, den nächsten Schritt zu gehen.«

Seine Stimme ist sanft. Ich werde ruhiger. Er hat genau die Worte getroffen, die mir guttun und die ich brauche. Deonte! Er hält mir ein Taschentuch hin, und ich ergreife es zögerlich. *Mut*, hallt es in meinem Kopf.

Mutig war bisher kein Wort, das ich mit mir verbunden habe. Aber er hat recht. Ich muss meinen Weg gehen und zu meinen Entscheidungen stehen.

»Danke«, nuschle ich. Geräuschvoll schnäuze ich meine Nase und trockne die Tränen.

»Komm mal her.« Er rutscht wieder näher an mich heran und deutet eine Umarmung an. »Darf ich?«

Ich schaue mich um, doch meine Eltern und Lukas sehe ich nicht. Papa würde ausflippen. In meinen Gedanken tauchen Bilder auf, wie Mama ihn zu beruhigen versucht, während Lukas noch immer nicht checkt, was gerade passiert ist. Aber diese Bombe wäre so oder so irgendwann geplatzt. Vielleicht ist es einfach Schicksal, dass heute der Tag ist. Ich nicke, und er schlingt seine Arme um mich. Erneut treten mir Tränen in die Augen. Sein Herzschlag und die Wärme seines Körpers dringen zu mir durch. Es tut so gut.

Stundenlang könnte ich von ihm gehalten werden, doch er löst sich viel zu schnell. Egal, was Papa sagt, meine Gefühle kann er damit nicht einfach abstellen.

»Wieder besser?«

Ich nicke unsicher. Ist es wieder besser? In meinem Bauch ist eine Wut, die sich dort wie eine Bowlingkugel mit dem soeben verspeisten Brötchen duelliert. Nein, es ist noch nicht gut. In mir braut sich etwas zusammen. Eine Entscheidung, zu der ich stehen muss. Und nicht nur eine Entscheidung, sondern ein Mensch, zu dem ich stehen will.

»Bin gleich zurück.« Entschlossen schieße ich hoch und spüre seine Hand an meinem Unterarm.

»Überstürz nichts, Leonie! Möchtest du vielleicht erst drüber reden?«

»Danke für die Warnung. Aber ich muss das tun.« Mein Entschluss ist gefasst. Nichts und niemand kann mich jetzt aufhalten. Ich kann diese Diskussion nicht so enden lassen und stapfe zurück zur Picknickbank, an der meine Familie in ein Wortgefecht vertieft ist. Die Szene beschäftigt also nicht nur mich.

»Leonie …«, beginnt Mama.

Ich bringe sie mit einer Geste zum Schweigen. »Ich will eine Sache klarstellen.« Meine Stimme zittert. »Ja, ich verstehe mich gut mit Deonte. Und ganz ehrlich, ich habe keine Ahnung, wohin das führt. Aber ich bin alt genug und muss meine eigenen Erfahrungen machen. Wenn er mich verarscht, dann ist das so. Ich werde deshalb nicht sterben. Aber wir haben eine schöne Zeit. Dadurch kann ich diesem Urlaub vielleicht doch noch etwas Gutes abgewinnen. Wenn mehr daraus wird, werde ich nicht Nein sagen. Und Papa … Ja, er hat eine andere Hautfarbe. Aber er ist ein Mensch wie du und ich! Er ist nicht weniger wert. Und ganz sicher sind nicht alle Menschen, die nicht in dein Weltbild passen, kriminell! Schieb dir deine Vorurteile sonst wohin! Vergrab sie! Ich will sie nicht hören!« Ich hole Luft. Das tut gut. Jeden meiner Sätze meine ich ernst. Ich sehe von einem zum anderen. Es kostet mich Kraft, Papa in die Augen zu schauen. Ich meine ein winziges Fünkchen an Verständnis darin zu lesen, das er sofort wieder im Keim erstickt.

»Du weißt nicht, wovon du redest! Ich will dir nur Kummer ersparen, schließlich habe ich viel mehr Lebenserfahrung als du.« Sein Blick gleicht einem verletzten Wolf, der noch immer das Oberhaupt des Rudels ist.

Mit zusammengepressten Lippen wende ich mich von ihm ab, beiße in eine andere Richtung. »Und Lukas! Von dir hätte ich etwas anderes erwartet. Jetzt kannst du beichten. Deine Eskalation gestern Abend! Er hat nämlich gesoffen. Deshalb will er die Sonnenbrille nicht abnehmen.« Das war notwendig. Auch wenn es Lukas gegenüber nicht fair ist. Aber das hat er sich selbst eingebrockt.

»Leonie …«, beginnt Mama erneut.

»Leonie! Leonie!«, äffe ich sie nach. »Ich will eure Meinung nicht hören, denn sie ist mir egal.«

Das stimmt zwar nicht, aber es ist mir schneller herausgerutscht, als ich die Worte stoppen kann. Ich drehe mich um und stapfe wieder den Hügel hinauf. Ich brauche Abstand, und das geht am besten, wenn ich in Deontes Nähe bin.

KAPITEL DREIZEHN

Logbuch Tag 6
Datum: 30.12.; 17:42 Uhr
Ort: Aruba, Hafen von Oranjestad, zurück an Bord der
Pluto.

Ich falle erschöpft aufs Bett. Meine Haare sind wirr und
nass vom Duschen. Ich bin so unendlich müde, dass ich
mich kurz ausruhen muss, bevor ich mich an das Chaos
auf meinem Kopf begebe. Meine Gedanken schweifen
sofort zurück zu unserem ereignisreichen Ausflug. Es
hätte so schön sein können, musste aber damit enden,
dass ich allein vor mich hin pedaliert bin und jegliche
Lust auf Gesellschaft verloren habe.

Herzlichen Glückwunsch. Immer wieder mache ich
alles kaputt. Aber heute habe ich mich das erste Mal in
meinem Leben gegenüber meinen Eltern behauptet. Es
fühlt sich nach einem Sieg mit einem hohen Preis an,
sodass ich mir nicht sicher bin, ob es das ist, was ich
wirklich beabsichtigt habe.

Deontes Worte hallen durch meinen Kopf. Wieder
einmal hat er genau den richtigen Ton getroffen. Aber
Papas Reaktion hängt mir noch nach. Vielleicht war
auch meine Antwort zu heftig. Doch die kann ich jetzt
nicht mehr ändern. Woher kommen Papas Vorurteile?
Ich hoffe, dass die Stimmung jetzt nicht für den Rest des
Urlaubs nahe dem Gefrierpunkt bleibt.

Von weit entfernt dringt ein Hämmern an meine Ohren. Ich stöhne missmutig und rolle mich auf die andere Seite. Der Krach hört jedoch nicht auf.

Verschlafen räkle ich die Arme in die Luft und reibe mir die Augen. Ich muss eingenickt sein. Wie spät ist es? 20:12 Uhr.

Mit einem Ruck fahre ich hoch. Meine Haare kleben wild am Kopf, halb getrocknet und an den Stellen feucht, die zwischen Kopf und Kissen eingeklemmt waren. Ich gleiche einer Vogelscheuche und habe nicht mehr als den Bademantel an. Meine Füße sind eiskalt.

»Leonie! Mach auf!« Wieder hämmert es an die Tür.

Ich kann die Stimme kurz nicht zuordnen. Zu wirr sind die Gedanken in meinem Kopf, noch halb träumend. Lukas hat doch einen Schlüssel. Dann fällt es mir wie Schuppen von den Augen. Deonte! Warum macht der so einen Aufstand? Mit wackeligen Schritten gehe ich zur Tür und öffne sie einen winzigen Spalt. »Was ist?«

»Was los ist? Ich mache mir Sorgen! Gehts dir gut?«

»Ja klar. Ich bin eingeschlafen und sehe aus wie eine Vogelscheuche, aber sonst ist alles gut!« Was hat er nur? Habe ich eine Verabredung verpasst? Nervös umklammere ich die Türklinke.

»Puh, dann bin ich erleichtert.« Ich kann beinahe hören, wie ihm ein Stein vom Herzen fällt.

»Was ist denn los?« Ich verstehe die Welt noch immer nicht.

»Ich habe deine Eltern gesehen, als sie zum Abendessen gingen. Sie haben sich gestritten. Und die haben mich keines Blickes gewürdigt, obwohl ich freundlich gegrüßt habe.«

»Nun, du hast das Drama heute Nachmittag ja mitbekommen.« Was soll ich anderes sagen? Die Erklärung konnte er sich selbst geben. Oder bekam er doch weniger mit, als ich dachte?

»Kannst du die Tür ein bisschen weiter aufmachen? Ich will wissen, ob wirklich alles in Ordnung ist.« Seine Stimme ist sanft. Die Bitte mag ich ihm nicht abschlagen.

»Aber nicht lachen.«

Er lacht nicht, sondern mustert mich schlicht. »Du bist wunderhübsch.«

Es ist sein voller Ernst. Das sehe ich an seinen Augen. Noch nie hat jemand so etwas zu mir gesagt. Auch Leon damals nicht. Ich weiß nichts zu antworten und schaue ihn einfach an. Er tritt von einem Bein auf das andere.

»Du …«, beginnt er und stockt. »Ich habe eine Überraschung für dich.«

»Was für eine?«

»Wenn ich es sage, wäre es keine Überraschung mehr.« Er lächelt schüchtern. »Wie lange brauchst du, um dir was anzuziehen?«

Ich schaue entsetzt an mir hinunter. »Das restliche Jahrhundert?«

»Können wir das eventuell beschleunigen?« Er klimpert mit seinen Wimpern und macht mit diesem Dackelblick jedem Hund Konkurrenz.

Ich seufze. »Halbe Stunde?«

»Fünfzehn Minuten! Dann bin ich wieder hier und nehme dich so mit, wie du bist. Ich empfehle dir, bis dahin etwas angezogen zu haben.« Damit dreht er sich um und ich bleibe allein zurück.

Verdutzt ziehe ich die Tür ganz auf und sehe ihm den Gang entlang hinterher. Was war das? Meint er das ernst? Wobei … Die Vorstellung, dass er mich im Bademantel über seine Schulter geworfen durch das Schiff trägt, hat was. Aber darauf anlegen muss ich es nicht. Bestimmt würde Papa ihn dann sofort über Bord schmeißen.

Ich trete einen Schritt zurück, und die Tür fällt ins Schloss. Der Blick auf die Uhr verrät, dass von seinem Ultimatum vierzehn Minuten übrigbleiben. Alles in mir kribbelt. Jetzt aber schnell.

Wahllos rupfe ich Jeans und Shirts aus dem Schrank. Ich schlüpfe in meine Lieblingsunterwäsche. Die, die Mama mir letztes Jahr zu Weihnachten geschenkt hat. Der kühle Seidenstoff mit Spitzenmuster schmiegt sich angenehm an meine Haut, und das Blau gefällt mir jedes Mal aufs Neue. Ich zwänge meine Beine in eine hauteng sitzende Jeans und ziehe die Weihnachtssöckchen mit dem Weihnachtsmann darauf an.

Jetzt sind die Haare an der Reihe. Ich vergeude wertvolle Zeit damit, die Knoten herauszubürsten. Wieder einmal verfluche ich die langen Zotteln. Vielleicht sollte ich sie doch endlich abschneiden! Kurzentschlossen nehme ich mein Haargummi und binde den unfrisierten Wust zu einem halbwegs gelungenen Dutt. Used Look! Nennt man das nicht so? Wurscht! Auf vernünftiges Make-up muss ich verzichten, aber etwas Wimperntusche ist Pflicht.

Wieder klopft es an der Tür. Vor Schreck verschmiere ich die Mascara. »Mist!«

»Mach auf!«

»Jaja!«, rufe ich, drücke die Klinke herunter und verschwinde in der winzigen Nasszelle. Ich höre, wie er die Tür hinter sich schließt, und wünsche mir, dass die

Kabine nicht so ein Chaos wäre. Aber die Zeit ist zu knapp. Das schafft niemand! Hastig wische ich mir die Wimperntusche aus dem Augenwinkel, verschmiere dadurch jedoch alles nur noch mehr.

»Du siehst aus wie ein Panda.« Deonte hat sich von hinten angeschlichen und beobachtet mich, wie ich die schwarze Schmiere entferne. Im Spiegel sehe ich, dass er eine dunkle Jeans trägt. Dazu ein dunkelgrünes Hemd. Er hat eindeutig einen guten Klamottengeschmack. So gefällt er mir beinahe noch besser als in Sportkleidung.

»Danke schön. Du siehst auch hervorragend aus.« Eigentlich soll meine Bemerkung sarkastisch klingen, doch es ist die pure Wahrheit. Ein paar Handgriffe später, und dem Einsatz von Make-up-Entferner sei Dank, habe ich mein Gesicht in ein halbwegs vorzeigbares Etwas verwandelt. Erst jetzt fällt mir auf, dass ich nur einen BH trage, und schlinge die Arme um meinen Körper.

Verdammt!

Ich stehe hier halb nackt, und er hat tatsächlich nur in meine Augen geschaut? Eher nicht, oder? Meine Unterlippe zittert. Entgeistert starre ich ihn an. Ich wende mich rasch ab und spüre, wie ich knallrot werde. Entschlossen drängle ich mich an ihm vorbei, ziehe das nächstbeste Kleidungsstück aus dem Schrank und ziehe es mir über. Es ist der Weihnachtspulli mit Rentieren drauf. Ein bisschen kitschig, aber was solls. Er kennt das inzwischen von mir.

»Du brauchst dich vor mir nicht zu verstecken«, sagt er, und seine Stimme klingt rau.

Soll mich das beruhigen oder ängstigen? Ich erschaudere unter seinem Blick. Halb versteinert weiß ich kaum den kleinen Finger zu bewegen und kurz schießt mir das Bild vor Augen, dass er mir den Pullover wieder vom Leib reißt und mich zum Bett drängt. Doch nichts dergleichen geschieht.

»Darf ich dich jetzt entführen?«, fragt er, sichtlich um Contenance bemüht.

Ich beiße mir auf die Zunge und schmunzle, was zu meinem puterroten Gesicht garantiert unglaublich ladylike aussieht … nicht! »Wenn du mich so mitnimmst, wäre ich bereit«, antworte ich und bin mir nicht sicher, was ich von der Aktion halten soll. Aber was habe ich zu verlieren?

Ich lasse das Chaos aus verteilten Klamotten Chaos sein und folge ihm auf den Gang. Diesmal greift er, ohne zu zögern, meine Hand und zieht mich in Richtung Treppenhaus. Den Weg, der nach oben in den Sportbereich führt. Was hat er vor? Hastig schaue ich mich um, doch von meinen Eltern ist nichts zu sehen.

Aus Gewohnheit will ich die Treppe aufwärts nutzen. Nach unten bringt uns der Weg zu weiteren Kabinen, dem Schiffsarzt und dem Ausgang, wo wir sicherlich nicht hinwollen, da wir längst wieder auf hoher See sind.

»Warte, wir müssen nach unten.« Er zieht mich von der ersten Stufe hinab.

Verdutzt schaue ich ihn an. »Vertrau mir«, raunt er, und mit einem Mal ist er so nah, dass sich unsere Nasenspitzen beinahe berühren. Die Zeit hält an, es gibt nur uns beide. Knistern umhüllt uns. Ich halte die Luft an. Sein warmer Atem streift meine Wange. Wenn ich jetzt die Augen schließe, dann …

»Hey Deonte!«

Der Moment ist schneller vorbei, als er überhaupt angefangen hat. Ich breche meinen Gedanken ab, und sofort ist Distanz zwischen uns. Das wäre der eine Augenblick gewesen, in dem sich unsere Lippen berührt hätten.

»Hey Selma«, grüßt er die Frau, die ich weder Crew noch Passagieren zuordnen kann. »Komm«, raunt er mir zu, als Selma ihren Weg fortsetzt. Natürlich nicht, ohne mich vorher ausgiebig zu mustern.

Himmel hilf! Wahrscheinlich bin ich längst das Gesprächsthema der Crew. Ich sehe schon die Schlagzeile vor mir: Naives Mädchen angelt sich Fitnesstrainer im Urlaub und ist enttäuscht, als sie ohne ihn nach Hause fahren muss, weil er sich längst die Nächste gekrallt hat. Nein, so blöd bin ich nicht. Ich werde einfach meine Zeit genießen. Und was dann kommt, weiß eh niemand.

Deonte zieht mich die Treppe hinab auf Deck 3. Vor mir liegen die Krankenstation und der Ausgang. Fragend sehe ich ihn an, doch er läuft weiter zu einer Tür, auf der *Crew only* steht.

»Bist du sicher, dass …?«

»Ja, bin ich. Vertrau mir.«

Zögernd folge ich ihm in einen schlichten weißen Gang. Rechts aus einer Tür ertönt Tellerklappern, und verdutzt sehe ich in ein vollkommen leeres Restaurant. Das habe ich hier unten nicht erwartet.

»Das ist die Crew-Messe. Hier essen wir«, erklärt Deonte.

Ich habe zuvor keinen Gedanken daran verschwendet, wie die Crew lebt. Dabei muss es viele Bereiche des Schiffes geben, zu denen kein Passagier Zutritt hat. Ob seine Kabine ebenfalls hier unten ist? Will er mich dort mit hinnehmen? »Ich glaube, ich sollte nicht hier sein«, sage ich und verlangsame meinen Schritt. Es fühlt sich falsch an. Alles in mir zieht mich zurück nach oben. Dorthin, wo die anderen Passagiere sind. Siedend heiß durchfährt mich ein Gedanke: Was, wenn Papa doch recht hat?

Deonte dreht sich zu mir. Er legt seine Hand an meine Wange. Ich schmiege mich daran.

Ich bin abhängig von seinen Berührungen, genieße jede Sekunde davon. Er ist wie eine Droge für mich, und ich weiß, dass Drogen gefährlich sind.

»Hattest du bisher das Gefühl, mir nicht vertrauen zu können?«

Ich schüttle den Kopf, da ich meiner Stimme nicht traue. Wie schafft er es, mich binnen einer Sekunde zu überzeugen? Erst fühlt sich alles falsch an, und nun will ich, dass er seine Hand nicht mehr wegnimmt. Ich schlucke den Kloß in meinem Hals hinunter, doch es gelingt mir nicht. Ein Lächeln umspielt seine Lippen. Wieder stelle ich mir vor, wie meine die seinen berühren. Ich bin süchtig nach ihm. Verzehre mich mit jeder Faser nach einem Kuss von ihm.

»Dann komm. Wir sind sofort da.« Er zieht mich weiter, öffnet eine unscheinbare Tür auf der linken Seite.

Im Raum herrscht Dunkelheit, und meine Augen müssen sich erst an die veränderten Lichtverhältnisse gewöhnen. Regale, in denen Lebensmittel und andere Dinge lagern, stehen an der Wand und im Innenraum. Ich sehe Konserven und weitere Kochutensilien, die wahrscheinlich in der Küche der Crew zum Einsatz kommen.

Der Kloß aus meinem Hals ist weiter nach unten gerutscht. Leichte Bauchschmerzen deuten sich an. Was wollen wir hier?

»Zieh das an«, sagt Deonte entspannt und hält mir eine dicke Winterjacke, Mütze, Schal und Handschuhe hin. »Ich hoffe, dass es passt, aber ich musste etwas improvisieren und die Sachen leihen.« Er zuckt entschuldigend mit den Schultern und zieht sich ähnliche Sachen an.

Meine Mundwinkel wandern von allein nach oben, obwohl mein Bauch weiterhin Warnsignale ausstößt. Was zum Teufel soll ich hier mit einer Winterjacke? »Was hast du vor?«

»Warte es ab.« Er sieht so dick eingemummelt völlig verändert und fehl am Platz aus, wendet sich einer massiv wirkenden Tür zu und zieht sie mit einem kräftigen Schwung auf.

Dunst quillt daraus hervor und legt sich wie kalter Nebel um meine Füße. Ein Kühlraum! Nun gut, wofür braucht man sonst in der Karibik eine dicke Jacke und Handschuhe?

»Mach die Augen zu«, befiehlt er mir.

Unsicher schaue ich ihn und das dunkle Loch hinter dem Nebel an. Ich atme tief durch und folge seiner Anweisung, spüre, wie sich seine Hände sanft an meine Oberarme legen und mich dirigieren. Mein Herz wummert unkontrolliert, meine Nerven sind gespannt wie Gitarrensaiten.

»Geh ein paar Schritte vorwärts. Und einmal neunzig Grad nach rechts … und stop!« Seine Hände lösen sich von meinen Armen. Ich rücke die Mütze zurecht. »Du kannst die Augen aufmachen.«

Die Kälte klebt meine Augenlider zusammen. Ich blinzle, bis ich meinen Sinnen wieder vollkommen traue – und schlage die Hand vor den Mund. »Das ist …! Das ist …!«

Ich kann keinen klaren Satz zusammenstellen und gebe es auf. Fassungslos schüttle ich den Kopf. Vor mir ist ein Winterwunderland im Miniaturformat aufgebaut. Ein kleiner geschmückter Tannenbaum mit Kunstschnee und Geschenken, zwei Stühle, die nicht so recht ins Bild passen. Ich entdecke ein paar meiner Sachen, die die übereifrige Hausdame Tage zuvor eingesammelt hat.

Mir fehlen die Worte. Begeistert und gerührt drehe ich mich zu Deonte und falle ihm um den Hals. Er hat mir zugehört und verstanden, was ich am meisten vermisse und mir hier in der Karibik ein Stück Zuhause beschert.

»Sachte«, sagt er, entzieht sich meinem Ansturm jedoch nicht.

Ich schlinge meine Arme so fest um ihn, dass es beinahe wehtut. Wie kann ich ihm sonst zeigen, wie dankbar ich bin?

»Setz dich«, raunt er in mein Ohr.

Sofort läuft mir ein wohliger Schauder den Rücken hinab, und bevor ich Deonte aufhalten kann, löst er sich von mir und verschwindet in Richtung Tür.

Langsam gehe ich auf die Sitzecke zu. Ich kann nicht glauben, dass er das nur für mich arrangiert hat. Das ist so unwirklich und so charmant. Wer kann von sich behaupten, in der Karibik auf einem Kreuzfahrtschiff in einer Kühlkammer neben Weihnachtsbaum und Geschenken gesessen zu haben?

»Hier, damit wir nicht festfrieren, habe ich Glühwein für uns. Ich hoffe, du magst den. Muss eine der letzten übriggebliebenen Flaschen von Weihnachten sein.«

Ich nehme die dampfende Tasse in Empfang, aus der es nach Nelken, Orangen und Zimt duftet. Mit den dicken Handschuhen erweist sich die Übergabe als schwierig, trotzdem gelingt es mir, nichts zu verschütten.

Die Lichterkette am Weihnachtsbaum taucht den Raum in dämmriges Licht. Eine weitere Lichtquelle leuchtet aus einer Ecke hinter den Regalen.

»Wie hast du das hinbekommen?«, frage ich und nippe von dem Glühwein. Er schmeckt genauso, wie er riecht – einfach fantastisch.

»Mit viel Überredungskunst. Und ich schulde einigen Leuten mindestens einen Gefallen.« Er zuckt mit den Schultern. »Der Rest bleibt mein Geheimnis.« Ein spitzbübischer Ausdruck tritt auf sein Gesicht.

»Du bist unglaublich.«

»Danke! Aber das kann ich nur zurückgeben.«

Die Hitze steigt mir erneut in die Wangen, ob von dem Glühwein oder dem Kompliment kann ich nicht beantworten. Schnell nehme ich einen weiteren Schluck. »Erzähl mir mehr über dich«, fordere ich ihn auf und warte gespannt, was er bereit ist preiszugeben. Wobei ich schon einiges über ihn weiß.

»Puh, was willst du wissen?«

»Alles?«

Er lacht auf. »Na gut. Meinen beruflichen Werdegang kennst du ja. Ich bin in Miami geboren und aufgewachsen. Meine Eltern haben sich kennengelernt, als meine Mom mehrere Wochen in Amerika unterwegs war, und sie sind sich dort über den Weg gelaufen. Es war echt so ein Klassiker mit dem aneinander rempeln, wie es in den schnulzigen Filmen vorkommt.«

Er lacht leise, und ich wundere mich, dass er kitschige Filme kennt. Das hätte ich nicht erwartet.

»Jedenfalls ist meine Mom Deutsche und mein Dad Amerikaner. Die Gene für die dunkle Hautfarbe habe ich eindeutig von Dad geerbt. Von meiner Mom kommt das Talent, mit Menschen umzugehen. Bis zu meinem fünften Lebensjahr haben wir in Miami gelebt, dann haben sich meine Eltern getrennt. Ist eine lange und verrückte Geschichte.« Er fährt sich durch die Haare und über die Augen.

»Die ich gern höre«, werfe ich ein. »Was ist danach passiert?«

»Okay.« Er lächelt. »Danach ist Mom mit mir zurück nach Deutschland gegangen, und ich bin dort zur Schule. Die Umstellung fiel mir schwer. Dad habe ich nur selten gesehen. Vor zwei Jahren ist er bei einem Autounfall ums Leben gekommen. Seitdem habe ich mich nur noch mit dem Tanzen, meinem Schulabschluss und meiner Ausbildung beschäftigt.«

Er stockt, und ich nehme seine Hand. Mit so einer Offenbarung habe ich nicht gerechnet. Was sagt man darauf? Ich will ihn trösten, habe jedoch keine Ahnung, ob er das überhaupt will. »Das tut mir leid mit deinem Vater«, sage ich und hoffe, den richtigen Ton getroffen zu haben.

Ich kann mir nicht vorstellen, wie es ist, wenn man seinen Vater nicht mehr sehen kann oder er früh verstirbt. Auch wenn ich mich mit meinen Eltern ab und an streite, möchte ich sie um nichts in der Welt missen.

Dafür habe ich sie zu gern. Trotz Streitereien und Meinungsverschiedenheiten.

»Das ist das Leben«, sagt Deonte tonlos. »Naja, in Deutschland habe ich mit Mom in Frankfurt gewohnt, habe erst meinen Realschulabschluss gemacht, dann die Ausbildung und parallel das Abitur. Keine Ahnung, wie ich das damals zeitgleich gemeistert habe. Es war wohl pure Ablenkung oder einfach eine Art Flucht. Und jetzt bin ich hier. Ich liebe das Reisen und möchte viel von der Welt sehen.«

Ich lausche seiner Stimme, die wieder ihren normalen warmen Ton angenommen hat, nicke ab und zu zur Bestätigung. Sein Leben hört sich unglaublich aufregend an. »Es ist bestimmt nicht leicht, wenn die Eltern auf zwei unterschiedlichen Kontinenten leben, oder?«

»Nein, das war es nicht. Mit meiner Hautfarbe und einer hellhäutigen Mutter wird man oft komisch angeschaut. Das passt nicht ins Bild der Menschen.« Er klingt verbittert, und gleich fallen mir die Vorurteile meines Vaters ein.

»Die Welt ist schon komisch. Menschen denken zu oft in Schubladen. Jeder, der ansatzweise nicht in die Norm passt, wird schräg angeschaut. Wobei, was ist die Norm? Und wer legt die Schublade dafür fest? Ich glaube, dass das die Realität ist, so bitter sie eben auch ist. Da ist es egal, ob derjenige im Rollstuhl sitzt, eine andere Hautfarbe hat oder in einer Burka durch Deutschland läuft. Es ist leicht aufzufallen. Unter dem Radar zu schwimmen ist dagegen deutlich schwerer«, sage ich gedankenverloren. Die Worte strömen aus mir, als wenn sie nur darauf gewartet hätten, endlich losgelassen zu werden. Wie ein Echo hallen sie in der Stille nach.

Endlich räuspert Deonte sich. Seine Stimme ist rau. »Ja, da hast du wohl recht. So habe ich es noch gar nicht betrachtet.« Er wechselt abrupt das Thema. »Und was gibt es über Leonie zu erzählen?«

Verdutzt schaue ich ihn an. Stimmt, er weiß von mir deutlich weniger als ich über ihn.

»Ja, ich bin Leonie, siebzehn Jahre alt, lebe bei meinen Eltern, bin Schülerin und mache in ein paar Monaten Abitur. Ich liebe Weihnachten und sonst gibt es nicht viel von mir zu erzählen. Ich bin eben Leonie-Normalverbraucher, kann weder besonders gut tanzen noch habe ich eine andere Begabung.«

»Das stimmt nicht«, erwidert er. »Du bist alles andere als das. Du bist hübsch, intelligent und bringst mich immer wieder zum Lachen. Wo du hinkommst, geht die Sonne auf, auch und gerade, wenn du grummelig bist. Also lass dir niemals einreden, dass du langweilig bist. Nicht alle müssen große Taten vollbringen. Ich genieße jede Minute mit dir.« In seiner Stimme liegt so viel Wärme, dass der Glühwein sich hintenanstellen kann.

»Naja, ich bin wohl in Sachen Social-Media ganz gut. Auf Insta habe ich einen Account.«

»Den musst du mir zeigen.« Er rutscht mit seinem Stuhl näher zu mir, und ich zücke mein Handy. Rasch scrolle ich durch die Fotos und halte sie ihm hin.

»Da hast du doch dein Talent! Die Bilder sind unglaublich schön. Vielleicht solltest du Fotografin werden. Dafür hast du auf jeden Fall den richtigen Blick.«

Hinter mir ertönt das Geräusch der sich öffnenden Tür und Deonte springt auf.

»Ihr müsst hier verschwinden«, raunt eine Stimme.

Durch den dunstigen Nebel der Kühlkammer kann ich nicht erkennen, wer dort ist.

»Danke! Komm!«, sagt Deonte und klappt seinen Stuhl zusammen, schmeißt eine am Boden liegende Decke über den Tannenbaum und die Geschenke und zieht mich zum Ausgang. Schnell streifen wir die Jacken, Handschuhe, Mütze und Schal ab.

Auf den letzten, bereits abgekühlten Schluck Glühwein will ich jedoch nicht verzichten und stürze ihn hinunter, bevor ich die Tasse auf einem Regal abstelle. Kurz dreht sich alles um mich, doch ich fange mich rasch. »Was ist los?«, frage ich im Gehen.

»Ach, ich habe zwar Rückendeckung von etlichen Leuten, aber natürlich ist es nicht erlaubt, dass wir uns in der Kühlkammer aufhalten. Komm, bevor dich jemand hier entdeckt!« Sein spitzbübisches Lächeln lässt mich kichern.

Wir rennen einen Gang entlang, der weiß getüncht ist und jedem anderen Gang im Crewbereich gleicht.

»Deonte!«, tönt es hinter uns. »Bleibt stehen ihr zwei! Das hat ein Nachspiel.«

Schritte trommeln über den Boden, doch wir sind schneller.

»Weglaufen bringt nichts, denn ich hab euch gesehen. Deonte, wir sprechen uns später!« Die Stimme hallt uns hinterher, klingt inzwischen weiter entfernt, doch wir rennen weiter.

Nach ein paar Abbiegungen und Treppen habe ich keinerlei Orientierung mehr. Ich hätte nie gedacht, dass es hier so viele Gänge gibt. Ohne Deonte wäre ich verloren. »Wo sind wir?«, japse ich, als er endlich etwas langsamer wird.

»Keine Sorge, wir nehmen die Abkürzung.«

Das sicherlich nicht. Eher den längsten Umweg, den es auf diesem Schiff gibt. Ein Kichern entgleitet mir. So ein aufregendes Abenteuer habe ich lange nicht mehr erlebt. Wenig später zieht er mich in ein schmuckloses Treppenhaus. Zwei Decks weiter oben öffnet er eine Tür. Tatsächlich sind wir nicht weit von meiner und Lukas Kabine entfernt. Am anderen Ende des Ganges sehe ich meine Eltern, die ebenfalls zurückkehren. Rasch ziehe ich Deonte zurück in das Treppenhaus. Auf eine weitere Eskalation kann ich heute verzichten. Mit dem Finger verschließe ich seine Lippen, bedeute ihm, keinen Mucks von sich zu geben. Ich lausche den Geräuschen vor der Tür. Erst, als ich mir sicher bin, dass meine Eltern in ihrer Kabine sind, rücke ich ein Stück von Deonte ab. »Danke für die tolle Überraschung.«

»Sehr gern«, antwortet er mit einem schüchternen Lächeln.

»Bekommst du jetzt Ärger?«

»Keine Ahnung, aber für deine leuchtenden Augen war es mir das wert. Und jetzt ab mit dir, bevor du auch noch Ärger bekommst.«

Nachdenklich und glücklich begebe ich mich in die Kabine zurück. Lukas liegt im Bett und daddelt auf dem Handy, ohne mich eines Blickes zu würdigen. Das von mir zurückgelassene Chaos hat er auf mein Bett geschmissen. Ich mache mich seufzend ans Aufräumen. Das Lächeln verschwindet trotzdem nicht aus meinem Gesicht.

KAPITEL VIERZEHN

Logbuch Tag 7
Datum: 31.12.; 09:47 Uhr
Ort: Auf dem Meer zwischen Aruba und Venezuela.

Heute habe ich ausgeschlafen. Das gestrige Nickerchen hat nicht gereicht, um mich vom Ausflug zu erholen. Die Radtour, der Streit, Deontes Überraschung ... Wahnsinn, was an diesem einen Tag alles geschehen ist. Ob Deonte noch Ärger bekommen hat? Wahrscheinlich. Immerhin sind wir erkannt worden. Ich kichere. So was Verrücktes habe ich noch nie gemacht. Das war jeden Rüffel wert. Ich bin frisch und munter – bereit für Silvester. Lukas ist längst weg, wahrscheinlich bei diesem E-Sports-Contest, von dem er sprach.

Es ist Seetag, also hetzt niemand und es gibt keine Termine – abgesehen von einem: Die Silvestershow werde ich mir natürlich ansehen. Aber bis dahin ist ausreichend Zeit. Der Abend wird garantiert lang. Haben Markus und Deonte nicht gesagt, dass der Silvesterabend auf dem Schiff etwas Besonderes ist?

Leise summend ziehe ich mich an und mache mich auf den Weg zum Sonnendeck. Auf das Frühstück verzichte ich ausnahmsweise. Diesen einen Tag will ich nutzen, um faul in der Sonne zu liegen und ein bisschen Farbe auf meinen Körper zu bekommen. Nicht, dass ich dazu neige, sofort übermäßig braun zu werden, aber ein

Hauch von Urlaub darf sich auf mir verewigen. Außerdem ist es heute nicht ganz so heiß laut Pluto-TV. Das muss ich nutzen.

Ich fahre mit dem Lift auf Deck 11 und laufe zu dem Platz weit vorn auf dem Schiff über der Brücke, wo ich Deonte und Justine wenige Tage zuvor Arm in Arm beobachtet habe. Ein Stich zieht durch meine Brust, doch ich schlucke die Gedanken hinunter. Die Sache ist geklärt, Justine längst zu Hause und Deonte hat mir gestern einen unglaublich schönen Abend bereitet. Wieso sollte er das tun, wenn er es nicht wirklich ernst mit mir meint? Genug darüber nachgedacht!

Ich finde eine freie Liege und mache es mir zwischen braungebrannten Senioren bequem. Die scheinen sich wie Brathähnchen in der Sonne zu wenden. Anders kann ich mir ihre gut gebräunten Rücken nicht erklären. Ich setze meine Sonnenbrille auf, ziehe mir den Sonnenhut tief ins Gesicht und atme die frische Seeluft ein.

Herrlich!

Warum ist es mir so schwergefallen, diesen Luxus – anders kann man es nicht nennen – ab Tag eins zu genießen? Rasch zücke ich mein Handy und öffne den Chat mit Emily. Tatsächlich habe ich hier oben besseren WLAN-Empfang als in unserer Kabine.

Ich: Sonne, Liegestuhl und Meer!

Anbei schicke ich ein Bild von meinem Ausblick. Die Antwort kommt sofort.

Emily: Neid! Kannst du es jetzt etwas mehr genießen? Was ist mit diesem Kerl? Gibts was Neues?

Ich berichte ihr in kurzen Sätzen vom gestrigen Tag und Deontes Überraschung.

Emily: Mega! Gönn dir! Und wehe, er ist nicht nett zu dir. Dann komme ich vorbei. Kannst du ihm sagen.

Ich grinse und setze an, um eine Antwort zu tippen.

»Liebe Gäste!«, ertönt es durch die Lautsprecher. Na toll! Nicht einmal hier draußen hat man seine Ruhe. Ich erkenne die Stimme von Markus, dem Kapitän, auch wenn sie arg verzerrt ist.

»Hier auf der Pluto haben wir eine Tradition. Da auf unserem Schiff Menschen von überall auf der Welt arbeiten und wir unsere Internationalität lieben, möchte ich den Kollegen von den Philippinen ein wunderschönes neues Jahr wünschen. Hier bei uns ist es zwar erst zwölf Uhr mittags …« Ich schaue entsetzt auf meine Uhr. Wie sind die zwei Stunden so schnell vergangen?

»… aber in eurer Heimat ist es Mitternacht. Daher – Happy new year to all our colleagues from the Philippines!«

Jubel brandet auf, und ich stimme in das Klatschen ein. Das ist eine coole Tradition. Ich bin gespannt, was heute noch alles an ungewöhnlichen Dingen und Bräuchen folgt.

* * *

Am Abend sitze ich mit Mama, Papa und Lukas bei einem opulenten Dinner, das von einem Sternekoch zubereitet wird, der extra für dieses Silvesterdinner auf dem Schiff ist.

»Hattest du gestern besseres zu tun, als mit uns zu Abend zu essen?«, knurrt Papa mich an.

»Bin eingeschlafen«, gebe ich zerknirscht zurück.

Mit der Erklärung gibt Papa sich zufrieden, jedoch treffen mich immer wieder prüfende, eiskalte Seitenblicke.

Als Vorspeise gibt es ein Carpaccio, dann Salat mit einem fruchtigen Himbeerdressing. Mein Magen knurrt und verlangt nach mehr. Der Hauptgang ist butterzartes Kalbfleisch mit Knödeln und Rotkohl. Das ist zwar nicht wirklich ausgefallen, aber irgendeine Zutat ist darin, die ich so noch nie geschmeckt habe. Ich komme nur nicht drauf, was es ist.

Das Essen ist eindeutig besser als unsere frostige Stimmung, eine Auswirkung des gestrigen Tages. Zu viel Unausgesprochenes steht zwischen uns wie eine Mauer, die uns drohend immer weiter einengt. Seit der Radtour haben wir kein Wort miteinander gesprochen. Auch jetzt kommt ein Gespräch nur schwer in Gang. Mama versucht krampfhaft, ein Thema zu finden, während Papa seine zusammengepressten Lippen nur voneinander löst, um sich Essen in den Mund zu schieben. Meinem Blick weicht er komplett aus, ignoriert mich, als wenn ich nicht einmal im gleichen Raum wäre. Die Stimmung liegt wie ein Eisklotz in meinem Magen, der mich frösteln lässt. Der Einzige, der munter vor sich hinplappert, ist Lukas.

»Boah! Das ist mega gewesen.« Er lehnt sich im Stuhl zurück und hält sich den Bauch.

»Hey, bei dem leckeren Essen kannst du auch mal ein bisschen Manieren zeigen«, tadelt Mama ihn.

Inzwischen ist es halb neun. Die Vorfreude auf einen unvergesslichen Abend elektrisiert die Luft. Alle um uns herum haben gute Laune und sind in Partystimmung.

Ich nur bedingt. Da ist zwar die nervöse Vorfreude auf den Jahreswechsel und ein Wiedersehen mit Deonte, doch der Eisklotz in meinem Bauch neutralisiert das Kribbeln sofort. Jetzt ruht Papas stechender Blick auf mir und traktiert mich wie das Stück Fleisch auf seinem Teller. Ich kann dem nicht standhalten, schaue weg und atme tief durch.

Um sieben Uhr hat Markus allen deutschen Gästen zum neuen Jahr gratuliert. Zu Deutschland sind es fünf Stunden Zeitverschiebung. Natürlich habe ich Emily einen Gruß in die Heimat geschickt. Es fühlt sich komisch an, den Jahreswechsel nicht miteinander zu verbringen, so wie wir es sonst jedes Jahr machen.

Deonte habe ich seit dem Nachmittag nicht gesehen. Er arbeitet, wie immer an Seetagen. Die sind für alle Mitarbeiter an Bord die anstrengendsten, hat er mir verraten, nur um zu seiner nächsten Personal-Training-Stunde zu hetzen. Besonders, seitdem Justine nicht mehr im Team ist, müssen ihre Aufgaben zusätzlich aufgefangen werden. Ersatz für sie kommt wohl erst, wenn in der Dominikanischen Republik Passagierwechsel ist.

»In anderen Ländern darf man rülpsen, wenn es einem geschmeckt hat«, meint Lukas.

»Ja, aber wir sind nicht in einem solchen Land. Du kannst dich beim Kellner artig bedanken. Das ist hier angemessen«, antwortet Mama.

»Was möchtet ihr heute Abend machen?«, fragt Papa kühl.

»Ich gehe in den Teens-Club. Wir wollen noch zocken. Schließlich ist ja E-Sports-Contest, und ich liege ziemlich weit vorn.«

Papa sieht zu mir.

Diesmal ist der Blick ein wenig weicher, löst jedoch weiter ein mulmiges Rumoren in meinem Inneren aus. Immerhin ignoriert er mich nicht mehr, auch wenn ich deutlich spüre, dass das letzte Wort unserer Auseinandersetzung noch nicht gesprochen ist. »Ich gehe an Deck. Da ist Programm.« Ich habe kein Interesse, meine Eltern als Wachhunde an den Fersen kleben zu haben. Daher behalte ich meine wahre Intention für mich.

Deonte gibt einen Tanzkurs. Das habe ich im Pluto-TV gesehen, und er weiß noch nicht, dass ich dort auftauchen werde. Natürlich hoffe ich, dass er mit mir tanzt und mich nicht stehen lässt oder gar einem Greis als Tanzpartnerin anvertraut. Gedankenverloren trinke ich einen Schluck Wein. Der Kellner unterbricht uns mit dem Nachtisch. Eis und frische Früchte.

»Das sieht himmlisch aus«, entfährt es mir, und alle murmeln zustimmend. »Woach hat ihr n foar?«, frage ich mit Eis im Mund, bemüht, nicht wieder als Miesepeter dazustehen.

»Was wir vorhaben?« Mama schaut mich an.

Ich nicke und schiebe das Eis mit der Zunge durch meinen Mund.

»Wahrscheinlich werden wir gleich an die Bar gehen und etwas Zeit zu zweit genießen«, antwortet Mama.

Ich kann den Blick, den sie Papa zuwirft, nicht deuten. Wobei, eigentlich will ich ihn nicht deuten. Manche Dinge muss man als Tochter nicht wissen.

»Um kurz vor Mitternacht treffen wir uns oben an Deck«, sagt Papa. Das ist keine Frage, eher eine Anweisung.

Wir nicken gleichzeitig. Aber ob ich das einhalten kann, weiß ich nicht. Durch die Auseinandersetzung bin ich unschlüssig. Insgesamt genieße ich nun den Urlaub, habe aber wenig Lust, Zeit in Papas Nähe zu verbringen, so lange er so schlecht über Deonte denkt.

Nach dem Essen drückt Papa dem Kellner ein Trinkgeld in die Hand.

Ich eile zurück zu unserer Kabine. Der Tanzkurs fängt um halb zehn an. Bis dahin bleiben ungefähr dreißig Minuten, die ich brauche, um mich schick zu machen.

Natürlich war ich zum Essen gut angezogen, aber für den Jahreswechsel habe ich mein besonderes Kleid vorgesehen. Das muss ich heute tragen. Da führt kein Weg dran vorbei. Auch, wenn ich es zuvor bis zum Ende der Reise in die hinterste Ecke des Schrankes bugsiert habe.

Rasch überprüfe ich mein Make-up, lege etwas Rouge und Lipgloss nach und schlüpfe in das flieder-farbene Kleid, das meine grünen Augen zum Leuchten bringt und mit den langen blonden Haaren harmoniert. Zum Glück habe ich die Knoten mit Geduld und tonnenweise Haarspülung entwirrt. Ich stecke mir die Strähnen an der rechten Kopfhälfte kunstvoll hoch, der Großteil hängt offen in Locken über meiner Schulter. Noch ein Spritzer meines Lieblingsparfüms. Fertig.

Mir gefällt, was ich im Spiegel sehe. Das Kleid reicht bis Mitte der Oberschenkel, ist an meiner rechten Taille offen und zieht sich mit einem Träger über die rechte Schulter. Ich sehe heiß aus, anders kann man es nicht betiteln. Sexy, verführerisch und atemberaubend. Na-türlich, denn es ist das teuerste Kleid, das ich besitze! Wenn Deonte dabei nicht der Mund offen bleibt, zweifle ich an seinem Verstand. Oder ich bedeute ihm rein gar nichts, obwohl ich mir das nach der Überraschung gestern nicht vorstellen kann.

Ich nehme die Schuhe mit den fünf Zentimeter hohen Absätzen aus dem Schrank. Die sind perfekt für einen Tanzabend und stehen ganz oben auf meiner Liste für das Outfit zum Abschlussball. Der erwartet mich in wenigen Monaten. Die heutige Tanzstunde ist die Gelegenheit, um meine Tanzkenntnisse auszuprobieren und zu verfeinern. Zum Glück haben meine Eltern darauf bestanden, den Tanzkurs zu buchen, der von der Schule regelmäßig angeboten wird.

Als letztes Accessoire hänge ich mir die kleine schwarze Handtasche mit dem schmalen Träger um. Sie passt zum Kleid und stört mich nicht beim Tanzen. Nur noch zehn Minuten, aber ich bin lieber früher dran.

Nervöse Vorfreude kribbelt in meinem Bauch und hat den Eisblock letztendlich doch zum Schmelzen gebracht. Bald ist das Jahr zu Ende. Eigentlich wollte ich den Jahreswechsel im Schnee verbringen, doch nun bin ich auf einem Kreuzfahrtschiff in der Karibik und trage ein heißes Kleid. Vollkommen anders als erwartet und doch genau richtig.

Als ich die Kabine verlasse, klimpern die Ohrringe bei jedem Schritt. Es sind die silbernen, die bei näherem Hinsehen einen Tannenbaum darstellen und wunderbar zu dem Kleid und der Handtasche passen. Genauso wie meine Armbanduhr. Ich sehe mich zwar nicht als eine Prinzessin – dafür sollte ich nach meinem Dafürhalten ein bodenlanges Kleid tragen – aber es geht in die richtige Richtung.

Ich fahre mit dem Aufzug bis zu Deck 11. Der Spa-Bereich hat längst geschlossen. Die Schiebetür öffnet sich wie von Geisterhand. Ich trete nach draußen, wo der warme Wind meine Haare durcheinanderwirbelt. Das ist der Nachteil auf dem Schiff. Die Frisur wird gnadenlos zerstört, sobald man das geschützte Innere verlässt. Aber bislang hält das Haarspray, und ich hoffe, dass das so bleibt.

Vom Pooldeck tönt Musik zu mir hinauf. Ein Lied, das in den Charts rauf und runter läuft und dessen Titel mir nicht einfallen will. Noch immer kreischen Kinder im Pool. Das Volleyball- und Basketballfeld liegt verlassen unter mir. Das Netz ist abgebaut, denn dort wird gleich der Tanzkurs stattfinden. Noch ist niemand da.

Langsam gehe ich die Laufbahn entlang. Ich muss mich bewegen, um nicht jede Sekunde die Uhr zu checken. Mein Herz pocht heftig und meine Hände sind nur deshalb nicht schweißnass, weil der Wind sie sofort wieder trocknet. Als ich auf der anderen Seite des Schiffes ankomme, sehe ich ihn.

Er lehnt an der Poolbar und unterhält sich mit dem Barkeeper, der Sektgläser bereitstellt. Noch hat Deonte mich nicht gesehen. Er ist schick angezogen, und ich mustere ihn ungeniert. Der Anzug mit dem weißen Hemd sieht fantastisch an ihm aus. Dabei hat er die obersten zwei Knöpfe vom Kragen geöffnet und trägt weder Krawatte noch Fliege. In mir sehnt sich alles, ihm hier und jetzt zuzurufen, dass ich auf dem Weg bin. Erst da fällt mir auf, dass das Schiff auch auf dieser Seite zwischen Deck 11 und Deck 10 am Poolbereich nirgends eine Treppe hat, die ich würdevoll hinunterschreiten könnte. Das hatte ich nicht bedacht.

Die ersten Pärchen treten aus dem Schiffsinneren nach draußen, und Deonte geht auf sie zu. Soll ich auch hingehen? Wenn nicht jetzt, wann dann? Wenn die Stunde angefangen hat, würde es stören. Also fasse ich mir ein Herz und gehe zurück zum Spa-Bereich. Diesmal warte ich nicht auf den Aufzug, sondern nehme die Treppe. Im Inneren ist es im Gegensatz zu draußen kühl. Kurz fröstelt es mich.

Mit lediglich einem leichten Straucheln komme ich auf Deck 10 an, atme tief durch und trete durch die Schiebetür. Dort warten inzwischen fünf Pärchen, denen der Kellner Getränke anbietet.

Überall laufen Vorbereitungen für die Silvesterparty. Deonte unterhält sich mit einem der Pärchen. Ich stelle mich etwas abseits. Was habe ich mir dabei gedacht? Wahrscheinlich hat er eine Tanzpartnerin, und ich bin nur lästig. So ist das doch immer, nicht wahr? Ich knibble an meinen Fingernägeln und weiß nicht, ob ich stehenbleiben oder weitergehen soll. Ich bin eindeutig ein Angsthase, der in solchen Situationen lieber weghoppelt und sich in seinem Bau verschanzt, statt selbstbewusst auf eine Gruppe zugeht. Bestimmt schauen mich alle an, als hätte ich einen riesengroßen Furunkel auf der Nase.

Das Stimmengewirr verebbt. Die leise Hintergrundmusik erscheint mir plötzlich viel lauter als zuvor. Zaghaft blicke ich auf. Mir rutscht das Herz in die nicht vorhandene Hose. Deonte schlendert lässig auf mich zu. Die Pärchen schauen ihm nach. Nein, sie schauen wie befürchtet auf mich! Ich schlucke. Jetzt sind meine Hände wirklich schweißnass.

»Hey, Leonie.« Seine Stimme gleicht dem Schnurren einer Katze. Oder rauscht der Wind zu sehr in meinen Ohren?

»Hey.«

»Was machst du hier?«

»Dir beim Tanzkurs zusehen?« Kurzerhand schmeiße ich alle meine Pläne über Bord. Natürlich kann ich nicht mit ihm tanzen. Es war vermessen, das zu glauben. Aber zuschauen. Das geht. Zumindest in meiner Vorstellung.

»Nichts da. Wenn du schon hier bist, kannst du auch mittanzen.«

Mein Blick huscht umher. Zum Glück sind die anderen Pärchen wieder in ihre Gespräche vertieft. Nur eine Frau schielt ab und an zu uns hinüber.

»Ich weiß nicht. Mir fehlt ein Tanzpartner.« Mein letzter Trumpf.

»Habe ich dir schon gesagt, dass du bezaubernd aussiehst?«, antwortet er ausweichend, und ich werde mal wieder rot.

Die Hitze wallt durch meinen Körper. Hoffentlich bekomme ich keine Schweißflecken unter den Armen. Ich ergreife seine angebotene Hand, er zieht mich näher zu sich und urplötzlich in eine Pirouette. Soeben kann ich mich auf den Beinen halten und drehe mich halbwegs elegant vor ihm. Nachdem ich die Runde beendet habe, komme ich vor ihm zum Stehen.

»Der fehlende Tanzpartner ist wohl mein Glück. Darf ich bitten?« Er deutet eine leichte Verbeugung an. Ihm fällt es sichtlich schwer, seine Professionalität zu wahren.

Was soll ich dazu sagen? Ich deute ein Nicken an, und seine Augen leuchten.

»Gut, bleib ganz entspannt. Wir machen einfache Schritte. Ich will viel lieber mit dir tanzen als mit einer von den anderen Tanten«, raunt er mir ins Ohr, bevor er sich zur Gruppe umdreht. Ich beobachte ihn, wie er das Mikro an den Ohren befestigt, sodass es vor seinem Mund ist. Den Sender klemmt er an seine Hosentasche. Es sieht so lässig aus, als hätte er nie etwas anderes gemacht. »Herzlich willkommen zum Tanzkurs! Ich bin Deonte und zeige euch heute ein paar Tricks und Kniffe, wie ihr auf jeder Party sicher zusammen tanzen könnt und garantiert ein Hingucker seid. Und mit denen ihr nachher natürlich auch die Silvesterparty rockt. Dazu habe ich euch zunächst einen Walzer mitgebracht. Später wird es etwas peppiger mit dem Discofox. Hat jeder von euch einen Tanzpartner oder eine Tanzpartnerin?«

Tatsächlich sind ausschließlich Paare anwesend, alle mindestens vierzig Jahre alt. Ich kann ihn gut verstehen, dass er mich als Tanzpartnerin bevorzugt. Hoffentlich blamiere ich mich nicht bis auf die Knochen!

»Gut. Kennt irgendwer die Grundschritte des Walzers nicht?« Ein Pärchen schüttelt zögerlich die Köpfe.

Gott sei Dank sind mir die Schritte bekannt. Sogar die Herrenschritte, weil ich einmal den männlichen Part beim Tanzen mit Emily übernommen habe, die mit rhythmischen Bewegungen gern auf dem Kriegsfuß steht – oder damals auf meinem. Außerhalb des Tanzkurses habe ich den Walzer zwar noch nie getanzt, aber irgendwann ist immer das erste Mal.

»Dann schmeißen wir mal die Musik an!« Er hebt den Daumen in Richtung des Poolhäuschens. Von dort aus beschallt der DJ normalerweise die Bade- und Sonnengäste. Sofort erklingen die typischen Walzerklänge.

Deonte erklärt den Anwesenden die Schritte, und ich bin dankbar, dass es so entspannt losgeht.

»Verteilt euch bitte, wo Platz ist, achtet aufeinander und fangt einfach an, euch ein wenig warm zu tanzen. Falls jemand Unterstützung braucht, meldet euch bitte!« Er sieht zu dem Pärchen, das zuvor den Kopf geschüttelt hat, nun aber bereits die Tanzpose eingenommen hat. Deonte hält mir die Hand hin und führt mich in die Mitte des Basketballfeldes.

»Bereit?«, fragt er und korrigiert meine Armhaltung. Er hat das Mikro ausgestellt, sodass die Umstehenden uns nicht oder kaum mehr hören. Zumindest nicht über die Lautsprecher. Ich schlucke und nicke. Jetzt ist die Stunde der Wahrheit.

Schnell finde ich mich in den Rhythmus ein und werde lockerer. Deonte tanzt hervorragend und seine Bewegungen sind so eindeutig, dass ich mich mühelos fallen lasse und seiner Führung vertraue. Das hier ist vollkommen anders als jeder Tanz zuvor. Ich vergesse alles und jeden um mich herum; bin mit meiner Aufmerksamkeit ausschließlich bei ihm. Fast fühlt es sich an, als würden wir über die Tanzfläche schweben.

Nur am Rande nehme ich wahr, wie die anderen Tanzpaare sich mit im Kreis drehen. Wenn die Zeit doch stehen bliebe und wir zwei bis zum Morgengrauen tanzen und tanzen und tanzen würden. Nur Deonte und ich unter den Sternen. Es fühlt sich herrlich einfach an, als hätten sich zwei Menschen gefunden, die sich lange gesucht haben. Wie Yin und Yang. Das eine kann nicht ohne das andere existieren. Seine Führung ist bestimmt und doch ist der Kontakt zwischen uns sanft wie eine Feder. Intuitiv weiß ich, wohin der nächste Schritt uns führt – weiter auf Wolke sieben. Ich bin verloren in seinem Blick, der Unendlichkeit des Bernsteins, der mich in andere Sphären entführt, weit entfernt von dieser Welt.

Viel zu schnell ist das Lied vorbei, und Deonte beendet den Tanz.

»Wow«, flüstert er in mein Ohr. Mir läuft ein Schauder über den Rücken. Auch die Härchen auf meinen Unterarmen stehen Spalier und mein Selbstbewusstsein klatscht Beifall. Ich atme schnell, bin aber voller Energie. Glückshormone pulsieren durch meinen Körper und zaubern ein Lächeln auf meine Lippen.

»Das lief sehr gut für die erste Runde. Jetzt gibt es ein kleines Experiment, das ich gern in meinen Tanzstunden mache. Frau und Mann tauschen die Rollen. Der Mann übernimmt den Part der Frau und andersrum. Ja, dabei übernimmt die Frau die Führung! Auch wenn es ungewohnt ist, unterstützt euch gegenseitig bei den Schritten, geht sie ruhig noch einmal trocken durch. Los gehts!«

»Ich verstehe nicht so richtig, wie das gehen soll.« Ein älterer Mann hebt die Hand. Er wirkt ratlos.

»Kannst du das?«, raunt Deonte mir mit zugehaltenem Mikro zu. Als ich nicke, ist er sichtlich erleichtert. »Wir machen es euch kurz vor, und dann probiert ihr es aus, okay? Es ist nicht schlimm, wenn es nicht sofort klappt. Seht es dann einfach als Koordinationsübung an«, sagt er und wendet sich mir zu.

Ich schließe die Augen, gehe die Schritte im Kopf durch und nehme die Tanzhaltung ein. Prickeln durchzuckt meine Finger, als ich seine Hände berühre. Deonte gibt mir Zeit und wartet ab. Jetzt habe ich die

Führung. Mit dem ersten Impuls tanzen wir los, während er nebenbei für die Kursteilnehmer kommentiert.

»Danke, Leonie«, sagt er wenig später, obwohl die Musik noch nicht geendet hat.

Erleichtert lasse ich die Arme sinken. Mein Kleid klebt an mir. Ich bin nicht gewohnt, dass alle Augen auf mich gerichtet sind und mir kein Fehler unterlaufen sollte.

»Jetzt seid ihr dran. Ich zeige euch kurz zur Erinnerung die Grundschritte, und dann gehts los!« Sofort tummeln sich alle um ihn herum und schauen auf seine Füße, obwohl die Schritte beim Walzer kein Hexenwerk sind.

Ich sinke auf einen Stuhl und atme tief durch.

»Wasser?« Der Barkeeper hält mir, galant die andere Hand auf dem Rücken, ein Tablett hin, auf dem ein einzelnes Wasserglas steht. Dankbar nehme ich es. »Ihr zwei habt fantastisch getanzt. Endlich gibt es jemanden, der es mit unserem Deonte aufzunehmen weiß.«

Er grinst mich an, und ich zucke ratlos die Schultern.

»Naja, viele Frauen schmeißen sich an ihn ran, aber ich glaube, dass bei ihm nur diejenige eine Chance hat, die mit ihm tanzen kann. Und da bist du die Erste, die es perfekt aussehen lässt.«

»D… Danke!«, stammle ich. Ich bin überfordert mit den Informationen und nippe am Wasser. Zum Glück zieht der Barkeeper sich wieder zurück. Wahrscheinlich ist er es gewöhnt, dass die Leute, die zu ihm kommen, gern plaudern, doch ich schaue lieber Deonte und den Tanzpaaren zu, wie die sich mit der Übung quälen.

Unglaublich, wie oft sie sich auf die Füße treten und der Tanz einem Kampf gleicht. Bevor die Frustration zu groß wird, lässt Deonte den Walzer normal tanzen, und die Mundwinkel der Beteiligten heben sich deutlich. Ich bin mir sicher, dass sie den Sinn der Übung nicht verstanden haben.

»Der Discofox ist dir bekannt?«, fragt Deonte, als er auf mich zukommt. Ich stelle das Glas ab und erhebe mich.

»Ja, die Grundschritte allemal und ein paar Drehungen. Aber ich bin nicht hundertprozentig sattelfest.« Ich wundere mich, woher auf einmal mein Selbstbewusstsein kommt, doch es fühlt sich gut an.

»Das bekommen wir hin. Die anderen hier können auch nicht mehr.«

Ich ergreife seine Hand, und Deonte zieht mich zu sich. Er gibt die entsprechenden Anweisungen, demonstriert mit mir zusammen die Schritte und bald sind alle im Takt. Es folgen verschiedene Elemente, die mir unbekannt sind, mit seiner Führung aber leichtfallen. Wieder gebe ich die Kontrolle ab und lasse mich mitreißen. Kein einziges Mal geraten wir aus dem Takt.

Wir sind weit entfernt, nicht mehr auf dem Schiff, nur er und ich. Zwei Herzen, die im Einklang tanzen, verbunden auf magische Art und Weise.

Inzwischen haben sich etliche Passagiere an Deck eingefunden und beobachten uns. Es macht mir nichts mehr aus, denn ich habe nur Augen für Deonte. So viel Spaß habe ich beim Tanzen mit den verklemmten Jungs aus dem Tanzkurs nie verspürt.

Die Musik verklingt, und um uns herum brandet Beifall auf.

»Herzlichen Dank, dass ihr alle da gewesen seid! In ein paar Minuten geht es mit dem Programm von unserem Showensemble weiter. Ich wünsche euch einen guten Rutsch ins neue Jahr. Wir sehen uns hoffentlich später auf der Tanzfläche!«

Erneut brandet Applaus auf, und ich grinse vor Glück, weil Deonte die ganze Zeit meine Hand festhält. Ihm perlen inzwischen ebenfalls Schweißtropfen auf der Stirn.

Schnell schaltet er das Miro aus und entledigt sich der Technik. Wieder ist der Barkeeper zur Stelle, diesmal in Manier eines Poolboys und hält uns Handtücher und Drinks entgegen. Zum Glück sind es nur die und keine zusätzlichen Kommentare. Wir stürzen zeitgleich jeder ein Glas Wasser hinunter.

»Wo hast du tanzen gelernt?«

»In der Tanzschule für den Abiball.« Ich zucke mit den Schultern. »Nur hat es sich dort deutlich bescheidener angefühlt.«

»Wahrscheinlich, weil dein Tanzpartner nicht führen konnte.«

»Kann sein.«

Er schaut mich aus seinen bernsteinfarbenen Augen an. »Ich habe jetzt Feierabend. Möchtest du den Rest des Abends mit mir verbringen?«

Anstelle von Worten nicke ich, bemüht, meine plötzlich wieder wie ausgetrocknete Kehle zu ignorieren. Mein Herzschlag pulsiert an meinem Hals. Natürlich will ich das! Im Augenwinkel sehe ich meinen Vater auf uns zukommen. Sein Schritt ist resolut, seine Miene versteinert.

»Leonie!« Papa zieht mich ein Stück zur Seite.

Deonte gibt uns den Freiraum und tritt einen Schritt zurück.

Sein irritierter Blick entgeht mir jedoch nicht, ebenso wie der eisige Seitenblick, den mein Vater ihm zuwirft. »Was ist?«, frage ich, als Papas Finger an meinem Arm fester als nötig zudrücken.

»Warum triffst du dich noch immer mit diesem Kerl? Denk an meine Worte. Ich will dich nicht hinterher heulend im Flieger oder zu Hause sitzen haben!«

Meine Kiefermuskeln verkrampfen sich. Die Furche auf Papas Stirn gleicht dem Grand Canyon. »Bist du sicher, dass es dir darum geht? Oder kannst du ihn nicht leiden, weil er nicht in dein Schubladendenken passt? Mir zuliebe könntest du ihn vielleicht kennenlernen«, zische ich zurück.

»Den werde ich sicher nicht kennenlernen.«

Ich verstehe Papa nicht. Ja, vielleicht mag er Angst um sein kleines Mädchen haben, aber ich bin keine zwölf mehr. »Was ist eigentlich los mit dir? Gönnst du mir keinen schönen Abend? Geh doch zu Mama und mach mit der, was immer du willst. Oder nerv Lukas. Aber ich werde diesen Abend genießen! Und zwar ohne dich. Egal, was du davon hältst!«

KAPITEL FÜNFZEHN

Logbuch Tag 7
Datum: 31.12.; 22:37 Uhr
Ort: Auf dem Meer zwischen Aruba und Venezuela.

Mit den Worten winde ich mich aus Papas Griff und gehe zu Deonte zurück. Nicht nur meine Knie zittern, auch meine Finger gleichen Drumsticks, die zu schnell trommeln.

»Was wollte er von dir?« Deonte fährt sich mit den Händen über die kurzen Haare.

»Mir den Abend vermiesen«, seufze ich und wische eine Träne aus dem Augenwinkel.

»Ich hoffe, es hat nichts mit mir oder dem Tanzkurs zu tun?« Er legt den Finger unter mein Kinn und hebt es leicht an, als ich den Blick senken will. Langsam schnallt er, was für ein Drama in mir tobt.

»Doch, aber ich will jetzt nicht darüber reden. Das ist was zwischen mir und meinem Vater. Wo ist der beste Platz für das Spektakel?« Ich setze ein künstlich heiteres Gesicht auf, und Deonte ist so einfühlsam und bohrt nicht weiter nach.

Ein letzter abschätzender Blick scannt mich, dann nickt er. Ohne Kommentar nimmt er meinen Arm, hakt mich bei sich unter und führt mich erst zum DJ, dem er das Mikro zurückgibt, und dann ein Deck höher. »Hier ist es gut«, sagt er.

Ich recke meine Nase in den Wind, der alle Sorgen wie die Nadeln einer trockenen Karibik-Pinie von mir wegpustet. Die negativen Vibes sollen bleiben, wo der Pfeffer wächst. Ich atme tief ein und aus; sehe die Sterne über unseren Köpfen glitzern und die Bahn, die das Mondlicht aufs Wasser wirft. Deonte zieht mich in seinen Arm, hält mich einfach fest und streicht mir über den Rücken. Trotz der späten Stunde ist es über zwanzig Grad warm, doch seine Körperwärme bewirkt so viel mehr in mir. Sie gibt mir Kraft und Zuversicht, bringt mir Entspannung und Gelassenheit, sodass sich mein Herzschlag beruhigt. Ich lege mein Ohr an seine Brust und höre sein Herz regelmäßig und kräftig schlagen.

»Besser?«

»Danke, ja.«

»Wofür?«

»Dafür.«

Vorsichtig löse ich mich aus seinem Arm, als sich unten im Poolbereich etwas tut.

»Es ist elf Uhr. Jetzt geht das Showprogramm los.« Gemeinsam lehnen wir uns an die Reling, die uns einen ungehinderten Blick auf das Pooldeck bietet, wo wir zuvor getanzt haben. Erste Reihe.

Die Profis tanzen und singen sich die Seele aus dem Leib, als wenn es das Letzte wäre, was sie in diesem Jahr tun. Und es ist wahr. Bald ist Mitternacht.

»Ich hole uns was zu trinken, okay?«, fragt Deonte, und ich nicke.

Tanz und Gesang wechseln sich mit Elementen einer Lasershow ab. Aus allen Ecken tauchen Passagiere auf, die sich auf dem Pooldeck drängeln. Einige haben die Köpfe zusammengesteckt oder schauen sich das Spektakel an. Wo bleibt Deonte? Die Zeit rennt. Wenn er sich nicht beeilt, schafft er es nicht bis zum Feuerwerk. Beinahe Mitternacht. Geisterstunde! Ob es sowas wie einen Schiffsgeist gibt?

»Hier. Sorry, war etwas voll an der Bar.« Deonte streckt mir ein Sektglas entgegen. »Gleich kommt Markus mit der Schiffsglocke. Er hat mir mal erzählt, dass das sein liebster Moment im ganzen Jahr ist.«

»Okay. Was heißt das?«, frage ich, da ich mir nichts darunter vorstellen kann.

»Warte es ab.« Er lächelt verschmitzt.

Inzwischen hat sich das Showensemble zurückgezogen. Einige Männer – der Uniform nach alles Offiziere – tragen ein Gestell mit einer Glocke auf das Pooldeck. Fasziniert schaue ich ihnen zu.

Markus ergreift das Mikrofon. »Liebe Gäste!«, beginnt er. »Wieder einmal geht ein Jahr zu Ende, und wie immer verbringe ich den Jahreswechsel überaus gern mit Ihnen. Diesmal jedoch nicht nur mit Ihnen, sondern auch mit meiner Familie. Meine Frau und mein Kind sind gestern spontan angekommen und haben mich überrascht.« Markus Stimme klingt belegt, dennoch strahlen seine Augen.

Jubel brandet auf, und ich schaue Deonte ungläubig an.

»Davon wusste ich auch nichts.«

»Ich möchte Ihnen allen danken. Für unvergessliche Momente auf hoher See, für Ihre Treue und für Ihr Vertrauen. Auch diesmal werden wir das neue Jahr nach alter Tradition mit der Schiffsglocke einläuten und so das vergangene Jahr verabschieden. Genießen Sie das Feuerwerk und den Sekt, der selbstverständlich kosten-

los ist! Ich wünsche Ihnen ein gesegnetes neues Jahr!«
Markus legt das Mikro beiseite und geht zur Schiffsglocke.

Um mich herum wird es still. Niemand sagt ein Wort, kein Kind schreit. Nur der Wind bläst sein einsames Lied. Die Spannung ist beinahe greifbar. Markus zieht an dem kurzen Strick, der unten aus der Glocke baumelt. Hell erklingt der Ton über das ganze Schiff.

»Zehn!«, ruft die Menge.

»Neun!«, ich stimme beim zweiten Glockenschlag mit ein.

»Acht!«

»Sieben!« Ich sehe zu Deonte, der ebenfalls auf die Glocke starrt.

»Sechs!« Unten am Basketballfeld entdecke ich meine Eltern. Mama schaut ebenso wie Lukas gebannt zur Glocke.

»Fünf!« Papa winkt hektisch und bedeutet mir mit grimmiger Miene, dass ich zu ihnen kommen soll. Ich ignoriere ihn, denn ich bin an der Seite des Mannes, mit dem ich das neue Jahr beginnen will.

»Vier!« Die Glockenschläge kommen immer schneller.

»Drei!«

»Zwei!« Rings um das Schiff herum ist nichts als gähnende Dunkelheit. Kein Land und auch kein Leuchtturm in Sicht. Wir sind allein. Allein unter vielen.

»Eins!«

Um uns herum bricht ein Höllenlärm aus, als alle sich um den Hals fallen, gute Wünsche aussprechen und über uns das Feuerwerk explodiert. Ich kann meinen Blick nicht abwenden, so surreal ist das alles.

»Happy new year!« Deonte zieht mich in seinen Arm, auch wenn mein Blick sich nicht sofort vom Feuerwerk lösen will.

Stürmisch erwidere ich die Umarmung. »Frohes neues Jahr«, antworte ich, und er hält mich umso fester. Ich schaue ihm in die Augen, nehme die bunten Feuerwerkskörper nur im Augenwinkel wahr und bin gefangen von seinem Blick. Verliere mich tief in dem funkelnden Bernstein. Es gibt nur uns beide, Yin und Yang, wie vorhin beim Tanzen. Die Welt steht still. Vielleicht dreht sie sich aber auch nur für uns beide weiter. Unsere Gesichter bewegen sich aufeinander zu wie zwei Magneten, die zueinander gehören. Meine Finger gleiten über seinen Arm, immer höher und legen sich auf seine Schulter. Er hält eine Sekunde still, als wenn er um Erlaubnis bittet. Sein Atem streift mich. Dann überwinde ich die letzten Millimeter. Ganz sanft berühren sich unsere Lippen, so wie ich es mir unzählige Male vorgestellt habe. Seine sind unendlich weich. Ich schlinge die Arme um seinen Nacken, sorgsam darauf bedacht, den Sekt nicht zu verschütten.

Sanft tippt seine Zunge an meine Lippen, und ich vertiefe den Kuss. Wie beim Tanzen harmonieren wir perfekt. Erst zögerlich, dann fordernder.

Meine Zunge umspielt die seine, und seine Hand vergräbt sich in meinen Haaren. Ich stöhne leise auf, recke mich auf die Zehenspitzen, um ihm noch näher zu sein. Tief in mir regt sich ein Gefühl, das ich nie zuvor gespürt habe. Echtes Begehren. Ich begehre Deonte wie keinen Mann zuvor. Alles in mir kribbelt, jede Nervenfaser fordert mehr. Mehr von ihm. Ich schmecke ihn, ich rieche ihn, ich fühle ihn. Diesen Moment muss ich für die Ewigkeit abspeichern. Das Feeling werde ich so oder so nie wieder los.

Der Kuss endet viel zu früh. Außer Atem schaue ich ihm in die Augen und hauche einen Kuss auf seine Lippen, die nach mir schmecken.

Er lächelt und streicht mit einem Finger über meine Wange. Die Berührung hinterlässt eine prickelnde Spur auf meiner Haut. »Wie lange habe ich mich zurückgehalten. Ich hoffe, du verzeihst mir den Überfall.«

Als Antwort drücke ich ihm einen weiteren Kuss auf die Lippen und dränge mich ihm entgegen.

Sofort geht er darauf ein, intensiviert den Kuss und seiner Kehle entfährt ein lustvolles Stöhnen. »Was machst du nur mit mir?« Er beugt den Kopf und vergräbt das Gesicht an meinem Hals.

Sein Atem kitzelt auf meiner Haut. Unsere Herzen klopfen synchron. Es gibt keine Worte für das, was ich empfinde. Mir ist heiß und kalt zugleich, mein Kopf ist leer. Aber ich halte ihn in meinem Arm. Allein das bedeutet die Welt für mich.

Wir stehen eng beieinander, so lange, bis das Feuerwerk längst erloschen ist und wir endlich die Kraft haben, uns voneinander zu lösen. Musik lädt zum Tanzen ein, doch ich habe nur Augen für Deonte.

»Cheers!« Er hält mir sein Sektglas entgegen, und wir stoßen an.

Der Alkohol schafft Ordnung in meinem Körper, mein Gehirn gewinnt langsam die Oberhand über das Gefühlschaos zurück. Wow! So habe ich mir dieses Silvester nicht vorgestellt. Schweigend beobachten wir den Trubel unter uns, sein Arm um meine Schultern. Viele sind bereits gegangen, einige feiern Party. Ich lehne mich an Deonte, meine Finger mit seinen verwoben und nippe an meinem Sekt.

»Tanzen?«, fragt er unverhofft und zieht mich, ohne auf die Antwort zu warten, mit sich. Discofox. Den haben wir vorhin erst geübt. Doch der Tanzkurs kommt mir vor wie aus einer fernen Vergangenheit. Nun, tatsächlich hat er letztes Jahr stattgefunden.

Ich schmunzle. Letztes Jahr wollte ich Schnee zu Silvester. Jetzt bin ich mit dem Karibikfeeling mehr als zufrieden.

Wir wirbeln wie eine Einheit übers Parkett. Drehungen und Figuren, ein Schritt reiht sich an den anderen. So könnte die Nacht ewig weitergehen. Als sich erste Lichtspuren in rosa, orange und violett am Himmel zeigen, kündigt der DJ das letzte Lied an.

Meine Haare sind ein totales Durcheinander, meine Füße schmerzen, aber um nichts in der Welt möchte ich diesen letzten Tanz verpassen.

KAPITEL SECHZEHN

Logbuch Tag 8
Datum: 01.01.; 11:27 Uhr
Ort: Venezuela, Hafen von El Guamache auf der Isla Margarita

Als ich am nächsten Tag aufwache, ist Lukas' Bett leer. Es ist fast halb zwölf. Gähnend räkle ich mich, doch die Müdigkeit lässt sich nur schwer abschütteln. Ich berühre meine Lippen, auf denen immer noch Deontes Küsse nachhallen. Die Erinnerung lässt mein Herz stürmischer schlagen.

Was für eine Nacht!

Bevor ich die Gedanken sortieren kann, klopft es an der Tür. Ich ignoriere es, bis mir einfällt, dass möglicherweise die Putzfrau den Raum betreten könnte. Hastig springe ich aus dem Bett und reiße die Tür auf.

»Guten Morgen.« Seine Stimme klingt rau und unheimlich sexy. Keine Spur von Müdigkeit, wohingegen ich mich wie ein Zombie fühle, der gerade aus einem Grab geklettert ist.

»Morgen«, murmle ich perplex und starre in seine Augen, die wie Sterne funkeln. Verlegen trete ich von einem Fuß auf den anderen, unsicher, wie ich mich ihm gegenüber verhalten soll. Habe ich das alles geträumt? Oder ist es wirklich geschehen? Nur mein Herz weiß längst Bescheid und tanzt wieder Walzer.

Ihm scheint es ebenso zu gehen. Warum nestelt er sonst an der Kordel seiner Sweatjacke herum? »Wenn du Lust hast, ich hätte in einer halben Stunde eine verlängerte Mittagspause und würde gern mit dir nach draußen gehen.«

»Nach draußen?« Ich starrte Deonte verwirrt an.

»Ja, wir liegen im Hafen der Insel Isla Margarita. Gehört zu Venezuela, um genau zu sein.«

»Ah!«, mache ich, ohne ihm eine konkrete Antwort zu geben.

»Das werte ich als ein Ja?«

Ich deute ein Nicken an, und sein Lächeln ruft ein Flattern in meinem Bauch hervor.

Er klatscht in die Hände. »Dann sei in einer halben Stunde fertig und nimm Badesachen mit.«

Wie bei unserer ersten Begegnung fällt mir vor Schreck die Tür aus der Hand, bevor ich mich von ihm verabschiedet habe. Badesachen? Strand?

Nervöse Vorfreude lässt mich schnell munter werden. Hastig packe ich den kleinen Rucksack, ziehe einen Bikini drunter und eine kurze Hose und ein T-Shirt darüber. Jedes andere Kleidungsstück ist sicher vollkommen überflüssig in diesen Breitengraden. An Make-up muss ein bisschen Kajal und Wimperntusche reichen, denn für mehr ist keine Zeit. Ehe ich mich versehe, klopft es erneut, und ich öffne Deonte die Tür. »Moment noch.«

»Bist du jemals spontan?«, fragt er und schaut sich in der unordentlichen Kabine um, während ich hektisch umherlaufe und wahllos Klamotten von einem Platz auf den anderen lege, ohne dass dadurch nennenswert bessere Ordnung entsteht.

»Wahrscheinlich nicht.«

Als seine Hand meinen Oberarm berührt, halte ich inne. Langsam richte ich den Oberkörper auf und drehe mich zu ihm. Ein Kloß im Hals lässt mich schlucken, doch es hilft nichts.

Behutsam streifen meine Fingerspitzen über seine Sweatjacke, während er mir eine Hand auf den Rücken legt, genau zwischen die Schulterblätter, und mich enger zu sich heranzieht. Ich sehe von meiner Hand zu seinem Mund. Schnell leckt er sich über die Lippen, und ich stelle mich auf die Zehenspitzen. Mein Mund streift hauchzart über seine Wange. Ein leises Seufzen entfährt mir, während ich seine Lippen finde. Sie sind unendlich weich und er erwidert den Kuss sofort. Erst behutsam, dann fordernder. Es hat zusammengefunden, was zusammengehört. Ich dränge ihm entgegen, blende alles um uns herum aus. Entführe ihn in eine Parallelwelt, in der die Zeit langsamer läuft. In der es nur uns gibt. Er küsst gut, seine starken Arme beschützen mich vor allem, was stören könnte. Ich lege die Hände um seinen Nacken. Sein Atem wird schneller. Ermutigt von seiner Reaktion vertiefe ich den Kuss, lasse unsere Zungen tanzen und entlocke ihm ein Seufzen.

»Stop, Leonie!«, sagt Deonte, als er sich von mir löst und die Wange an meiner Halsbeuge vergräbt. »Warum bringst du mich so um den Verstand?«

Wie eine Ertrinkende klammere ich mich an ihn, unfähig, ihn jemals wieder loszulassen. Auf seine Frage habe ich keine Antwort. Ich kann nicht beschreiben, was er in mir auslöst.

Meine Lippen sehnen sich nach diesem Mund, mein Körper möchte in seiner Nähe sein. Mein Verstand ermahnt mich, dass ich das Weite suchen müsste, doch mein Herz hat ihn längst zu einem unverzichtbaren Bestandteil meines Lebens erklärt. Ich brauche ihn wie die Luft zum Atmen.

»Wir sollten gehen, sonst kann ich für nichts garantieren.« Seine Stimme ist tiefer als gewöhnlich.

Ein neuer Schwarm Schmetterlinge flattert auf. Ich brauche ein paar Sekunden, um zu verstehen. Als der Groschen endlich fällt, wallt die Hitze aus dem Körper in meine Wangen. »Okay«, murmle ich und nehme meinen Rucksack. »Ich wäre bereit!« Betont lässig schaue ich ihn an. Krampfhaft versuche ich den Sturm, der in meinem Inneren tobt, zu verbergen, denn tief in meinem Bauch pulsiert das Verlangen, doch ich ignoriere es.

»Komm!« Hand in Hand schlendern wir zum Ausgang.

Mir ist sehr recht, dass niemand von meiner Familie aufkreuzt. Garantiert lungert Lukas im Teens-Club herum und unsere Eltern beim Bingo. Oder haben sie auch das Schiff verlassen? Es sieht ihnen nicht ähnlich, nicht Bescheid zu geben. Ob ich eine Nachricht hinterlassen sollte? Ach, zur Not habe ich das Handy dabei.

Als wir aus dem klimatisierten Schiff in die Sonne treten, komme ich mir vor, als wäre ich in einer Dampfsauna gelandet. Es ist deutlich wärmer als erwartet. Die Luftfeuchtigkeit ist so hoch, dass ich sofort zu schwitzen anfange. Ich puste mir eine Strähne aus dem Gesicht.

»Es wird gleich besser«, raunt er mir geheimnisvoll ins Ohr und zieht mich am Pier entlang.

Ich habe keine Ahnung, wohin sein Weg uns führt, daher sauge ich alle Eindrücke aus der Umgebung in mir auf. Im Hintergrund entdecke ich Palmen und kleine Berge, während der Hafen nur nach Fisch stinkt. Rechts von uns liegt ein anderes Kreuzfahrtschiff, das mir die Sicht auf das Meer versperrt. Kleinere Boote dümpeln im Wasser. Die teuer aussehenden Yachten liegen in einem separaten Hafenareal.

»Et voilà!« Deonte deutet auf ein Boot. Ein Mann mit Stoffhose und hochgekrempelten Hemdsärmeln winkt uns lächelnd an Bord. Scheinbar der Besitzer. Die Ausstattung wirkt edel. Überall blitzt und blinkt es sauber. Beinahe ehrfürchtig setze ich langsam einen Fuß hinauf.

Deonte nickt dem Mann zu und schiebt mich nach vorn in Richtung Bug, ohne mir Zeit zu geben, das Boot noch genauer zu betrachten. »Setz dich, wir fahren los«, raunt er und aus dem Augenwinkel sehe ich, wie er dem Besitzer mit hochgestrecktem Daumen signalisiert, dass wir abfahrbereit sind.

Ein paar Befehle auf Spanisch ertönen. Ich entdecke zwei weitere Männer an Bord, die verschiedene Leinen hin und her ziehen. Der Motor startet, und wir fahren aus dem Hafen heraus. Mein Blick fällt auf die untypische Bauweise des Schiffes, da ich zwischen meinen Füßen hindurch in das Wasser schauen kann.

»Das ist ein Katamaran«, antwortet Deonte auf meine ungestellte Frage, als wenn dadurch alles erklärt ist.

»Okay! Und wo fahren wir hin?« Ich rücke näher an ihn, als wir auf das offene Wasser hinausfahren und die Wellen höher werden. Der Katamaran fegt darüber hinweg, als wäre er ein Sportauto auf der Autobahn.

»Zur Isla Coche. Ich möchte ein bisschen Zeit mit dir am Strand verbringen.«

Und dafür hat er extra ein Boot organisiert? Und so ein luxuriöses dazu? Ich bin sprachlos und nicke, während er seinen Arm um meine Schultern legt. Sanft schmiege ich mich an ihn.

Der Motor verstummt. Ich höre die Männer rufen. Verdutzt schaue ich mich um, doch Deonte beobachtet gelassen das Meer. Ein Ruck geht durch das Schiff, als das Segel von einer Böe aufgeblasen wird. Kurz darauf bringt der Wind uns genauso rasch voran wie zuvor der Motor. Es ist ein fantastisches Gefühl, wenn der Wind einem so um die Nase weht.

»Schau!«, sagt Deonte.

Ich folge mit meinen Augen dem ausgestreckten Arm. Zunächst sehe ich nichts, dann entdecke ich einen dunklen Schatten unter der Wasseroberfläche. Er verschwindet wieder, nur um kurz danach durch das Wasser zu brechen. Ich erkenne die typische Rückenflosse des Meeresbewohners. »Ein Delphin!« Aufgeregt rutsche ich an den Rand des Bootes. Wieder und wieder taucht der Delphin auf und begleitet uns. Die Lebensfreude des Tieres ist beinahe greifbar. Elegant und mühelos gleitet er durchs Wasser, genauso schnell wie das Boot, obwohl sich seine Flosse eher langsam bewegt.

Deonte hockt sich neben mich. »Fantastisch, oder?«

»Es ist atemberaubend! Danke!« Ich drücke ihm einen Kuss auf die Wange und sehe, dass er errötet. Man muss genau hinschauen, aber es ist eindeutig.

»Schau, da ist noch einer!«

Wir beobachten die Delphinschule, denn immer mehr Tiere begleiten uns. So anmutig und schnell, wie sie durch das Wasser schwimmen. Unglaublich! Am liebsten würde ich ihnen den ganzen Tag zusehen. Irgendwann driften sie ab. Der Kapitän, der uns hierhergebracht hat, bedeutet uns mit Händen und Füßen, dass wir in ein winziges Boot umsteigen müssen. Er will nicht mit dem Katamaran bis ganz an die kleine Insel heranfahren.

Minuten später habe ich mich meiner Schuhe und Socken entledigt und bohre meine Füße in den weichen warmen Sand. Die Palmen, der Strand und das türkisblaue Wasser. Ich atme tief durch, sauge die leicht salzige Luft und die ganze Atmosphäre auf. »Das ist ein Traum«, flüstere ich, während die Wellen sanft an Land schwappen. Mit den Zehen pflüge ich durch den Sand und jauchze, als würde ich zum ersten Mal in meinem Leben an einem Strand entlanglaufen. Ich bin gefangen in der karibischen Illusion einer perfekten Welt.

»Autsch!« Ich quietsche auf, als Deonte mir ohne Vorwarnung in den Oberarm zwickt.

»Kein Traum.« Er wehrt meinen scherzhaften Boxhieb gekonnt ab. »Gefällt es dir?«

»Wie gesagt: ein Traum!« Mir fällt kein anderes Wort ein. Kokosnüsse hängen an den Palmen. Irgendwo weit entfernt schreien Kinder. In unserer Nähe sind nur eine Handvoll Menschen, die durch den tiefen Sand stapfen oder im Wasser baden. Alles in allem fühle ich mich trotzdem wie in einem anderen Universum. Oder einem anderen Leben.

»Der Hauptstrand ist auf der anderen Seite der Insel. Dort gibt es Liegen und Strandverkäufer und sowas. Die Touristen tummeln sich alle auf dem kleinen Fleck und hier ist es recht ruhig. Lass uns einen geeigneten Platz suchen und ins Wasser gehen«, beantwortet er mal wieder meine unausgesprochene Frage. Langsam hat er es drauf, meine Gedanken zu lesen.

Ich nicke. »Wieso kennst du dich eigentlich in jedem Hafen so gut aus?«

»Ich bin seit mehreren Wochen auf dem Schiff, und wir fahren unsere jetzige Runde immer wieder nacheinander. Irgendwann hat man jeden Hafen gesehen. Das hier und das Boot waren allerdings ein Geheimtipp von Markus.« Das erklärt einiges. Ein Kapitän, der weiß, womit man Frauen begeistern kann.

Wir suchen uns einen Platz im Schatten einer Palme, und Deonte breitet die mitgebrachte Decke aus. Gut, dass ich nicht die ganze Zeit in der Sonne sitzen muss. Das wäre mir auf Dauer dann doch zu heiß.

»Wer zuerst im Wasser ist?« Seine Stimme ist auffordernd, und ehe ich es mich versehe, streift er sein T-Shirt und die Hose ab. Nur mit einer locker auf den Hüften sitzenden Badehose bekleidet, rennt er auf die Wellen zu, und ich komme vor Staunen kaum dazu, mir die Kleidung vom Körper abzustreifen.

Mein Blick klebt auf seinem Rücken, dessen Muskeln spielen, als er durch den Sand läuft. Mein Herz schlägt schneller, ich knabbere auf meiner Unterlippe herum. Mir ist heiß, eindeutig nicht, weil es im Schatten zu warm ist. Wieso hält sich der extrem gutaussehende Kerl so gern in meiner Nähe auf? Jeder Muskel ist für meinen Geschmack mustergültig definiert und sein Körperfettanteil ist deutlich unter dem des Durchschnittsbürgers. Wenig, aber nicht zu niedrig. Einfach perfekt. Und ja, das Aussehen eines Mannes ist wichtig. Bei Deonte stimmt eben das Gesamtpaket.

»Was ist jetzt?«, ruft er an der Wasserkante stehend.

Es fällt mir schwer wegzusehen. Immerhin bin ich schlank, nur nicht durchtrainiert. Rasch überprüfe ich, ob mein roter Bikini mit den schwarzen Highlights sitzt, atme durch und stehe auf. Langsam gehe ich auf ihn zu, mit Wackelpudding in den Knien, der mir den Marsch durch den tiefen Sand nicht unbedingt erleichtert. Deonte greift mir blitzgeschwind in den Rücken und unter die Knie. Ich kreische auf. Ohne, dass ich reagieren kann, hat er mich hochgehoben, und ich lege den Arm um seinen Nacken. Er ignoriert mein Gequietsche. Ich drifte in ein kindliches Kichern über. »Du … Du …!«

»Wasserscheu?«, fragt er und watet mit mir ins Meer hinein, während seine Augen meine fixieren.

Was würde ich dafür geben, wenn er sich zu mir beugt und mich küsst. Allein der Gedanke löst ein Ziehen in meinem Unterleib aus, das ich kaum ignorieren kann. Er ist heiß, und ich will ihn.

»Ich glaube, du brauchst Abkühlung!« Er lässt sich ins Wasser sinken und zieht mich mit sich.

Ich schnappe erschrocken nach Luft, bevor das Nass über mir zusammenschlägt. Pustend und mir das Salzwasser aus den Augen wischend tauche ich wieder auf. »Du Blödmann!«, jammere ich. Wahrscheinlich sehe ich aus wie ein Panda. Wofür habe ich mich noch gleich geschminkt?

»Keine Sorge, du siehst gut aus«, antwortet er, doch ich glaube ihm nicht. Seine Hände liegen auf meiner Taille, er zieht mich zu sich ran.

Ohne zu zögern schlinge ich die Hände um seinen Nacken und dränge ihm entgegen. Doch seine Hände stoppen mich, kurz bevor sich unsere Körper berühren, und ruhen auf meinen Hüften. Deontes Kopf senkt sich quälend langsam zu mir hinab. Er wird meinen Herzschlag in unserem Kuss spüren. Alles in mir vibriert. Ich könnte das Wasser um uns herum zum Kochen bringen und ziehe ihn weiter zu mir hinunter, verlange mit der Zunge Einlass an seinen Lippen. Er schmeckt so gut. Leicht salzig nach Meer, nach Zärtlichkeit und Geborgenheit.

»Mmmmh«, mache ich.

Seine Hände wandern zu meinem Rücken. Endlich ist der Körperkontakt da, und ich spüre sein Verlangen. Doch so rasch, wie er mich zu sich herangezogen hat, stößt er mich von sich weg. »Was zum Teufel machst du mit mir?«, murmelt er heiser und fixiert meine Augen.

»Ich glaube, jetzt bist du es, der eine Abkühlung braucht«, hauche ich verschmitzt. Verdammt, nicht nur er hat eine eiskalte Dusche nötig, und dafür ist das Meer nicht kühl genug. Einen tiefen Atemzug nehmend tauche ich unter. Deonte will mehr. Aber bin ich dafür bereit? Verdammt, ich begehre ihn, jedoch …

Ich tauche auf, sehe, wie er mich anstrahlt. Das hat wie erwartet keine Abkühlung gebracht. Trotzdem suche ich die Nähe und streife mit meinen Fingern sanft über seine Bauchmuskeln. Er stößt einen zischenden Laut aus, seine Muskeln zucken. Ich vergrabe die Zehen im weichen Sand des Meeresgrundes und sehe verstohlen Richtung Strand, der gute fünfzehn Meter, vielleicht etwas mehr, von uns entfernt ist.

Dort spazieren Pärchen entlang, die mit sich selbst beschäftigt sind und uns nicht bemerken. Gleichwohl habe ich den Eindruck, dass alle zu mir sehen. Aber was unter Wasser geschieht, bleibt unter Wasser und geht niemand anderen etwas an.

Als meine Finger den Bund seiner Badehose erreichen, stoppt er mich. »Nicht«, murmelt Deonte, zieht meine Hand aus dem Wasser und haucht mir einen Kuss auf die Fingerkuppen. »Du machst mich wahnsinnig, und ich würde dich am liebsten hier und jetzt vernaschen. Aber es ist zu früh. Lassen wir es langsam angehen, okay?«

Ich schlucke den Frosch im Hals hinunter und nicke schwerfällig. Warum ist er so vernünftig? Ja, natürlich hat er recht, es ist zu früh, auch wenn mein Körper nicht warten möchte. Jede Faser verzehrt sich nach ihm, will Körperkontakt ohne störenden Stoff dazwischen. Ich muss ihn spüren, muss überall von ihm berührt werden. Es ist wie eine Sucht und er ist meine Droge.

Ich ahne, dass es für ihn eine riesengroße Portion Selbstbeherrschung bedarf. Gleichzeitig hallt Papas Stimme in meinem Kopf, die mich warnt, dass ich nur eine von vielen für Deonte bin. Der Gedanke kühlt mich schneller wieder ab, als mir lieb ist. Nein. Papa hat unrecht. Ich bin nicht eine von vielen, denn dann würde er sich nicht zurückhalten. »Lass uns schwimmen«, schlage ich vor, und Deonte wirkt erleichtert.

Das Wasser ist kälter, je weiter wir uns vom Strand entfernen. Zug um Zug bewege ich mich vorwärts, drehe mich auf den Rücken und beobachte die Möwen, die am Himmel entlangfliegen. Zumindest die findet man zuverlässig am Wasser, egal, wo man auf der Welt ist.

Wir schwimmen am Strand entlang, ohne, dass einer von uns etwas sagt. Deonte taucht unter und kommt ein paar Meter vor mir wieder an die Oberfläche, nur um in den Kraulstil zu wechseln und flink wie ein Fisch davonzupreschen. Ich schmunzle und schwimme ihm gemütlich hinterher.

An einer Stelle, an der das Wasser wieder so flach ist, dass er stehen kann, wartet er auf mich, und ich greife seine Hand, um gemeinsam aus dem Meer zu waten. Seine Augen finden meine. Mit einem Ruck zieht er mich wieder zu sich heran, küsst mich intensiv, fordernd und kurz. Die Sonne brennt gnadenlos auf unsere Körper, was meine innere Hitze nicht lindert.

»Ich muss mich eincremen«, murmle ich und prompt tritt ein verschmitzter Ausdruck auf sein Gesicht.

»Da bin ich gern behilflich«, antwortet er und jagt mir damit eine neue Welle der Erregung durch den Körper.

»Das bezweifle ich nicht.«

Wenig später sitzen wir auf der mitgebrachten Decke. Tatsächlich träufelt er viel Sonnencreme auf die Hände, um extra lange meinen Rücken zu massieren.

Ich protestiere nicht, auch wenn ich mich wie eine geölte Sardine fühle. »Soll ich dich auch eincremen?«

Er schüttelt den Kopf. »So schnell bekomme ich keinen Sonnenbrand.«

»Das hat eindeutig Vorteile«, gehe ich auf seine Vorlage ein, obwohl ich ahne, dass der wahre Hintergrund ein anderer ist. Seine Augen, die lustvoll über meinen Körper wandern, entgehen mir nicht. Ich genieße es, wenn er mich so anschaut.

»Was zu trinken?«, fragt er.

Ich nicke. Ja, ein Getränk ist perfekt, um auf andere Gedanken zu kommen. Aus seinem Rucksack zaubert Deonte eine Flasche ohne Etikett, die mit einer orangenen Flüssigkeit gefüllt ist.

»Ich hoffe, du magst einen Cocktail?«, fragte er.

»Ich liebe Cocktails.«

»Ist mit ein bisschen Alkohol. Hoffentlich merkt das nachher niemand bei der Arbeit«, gluckst Deonte. Er sieht mich an und ruft mir damit wieder ins Gedächtnis, dass der Ausflug lediglich eine kurze Flucht aus der Realität ist.

Die Realität, dass ich in zwei Tagen nach Hause fliege und ihn in der Karibik zurücklasse. Eine Realität, die ich nicht akzeptieren will. Eine Realität, die ich nicht ändern kann. Ich schiebe den Gedanken so weit wie möglich von mir weg. So lange ich nicht an diese Tatsache denke, existiert sie nicht. Das muss ich mir nur lange genug einreden.

Wir stoßen mit zwei Gläsern, die Deonte auch mitgenommen hat, an.

»Cheers!«

»Cheers!«

»Mhm, der ist hervorragend. Wer hat den gemacht?«

»Der Barkeeper vom Pooldeck.«

»Du kennst auch alle auf dem Schiff, oder?« Belustigt hebe ich die Augenbraue.

»Nein, tatsächlich nicht. Viele habe ich höchstens mal im Vorbeigehen gesehen.«

»Und wie hast du den Cocktail so kühl gehalten?«

»Kühlakkus!« Er deutet auf seinen Rucksack, in dem ich besagte Kühlelemente entdecke.

Ich nicke, schaue ohne Ziel auf das Meer und wechsle das Thema. »Wie ergeht es dir mit den vielen Passagieren auf dem Schiff?«

Verdutzt über den Themenwechsel schaut er mich an. Es entsteht eine kurze Pause.

»Puh, unterschiedlich. Es gibt immer solche und solche. Manche sind sehr nett und kommen gern zum

Training, andere beschweren sich über alles. Das ist normal in meinem Job.«

Ich beobachte eine Möwe, die über dem Wasser zirkelt, als würde sie auf etwas warten. In der Ferne tauchen Boote auf, die wieder Richtung Hafen und zu den Kreuzfahrtschiffen zurückkehren. »Bin ich für dich auch nur ein Job?« Mir ist die Frage herausgerutscht, bevor ich darüber nachdenken kann. Erschrocken zucke ich zusammen.

»Was meinst du damit?«

»Ich habe mich gefragt, ob es zu deinem Job gehört, mit Frauen zu flirten?« Die Leichtigkeit der vergangenen Minuten ist futsch. Dafür legt sich eine drückende Schwere auf mich.

»Bist du eifersüchtig?« Das ist keine Antwort auf meine Frage, dennoch nicke ich.

Er verzieht den Mund. »Flirten gehört zu meinem Job dazu, und es bleibt nicht aus, dass mir öfters Avancen gemacht werden.«

Ich wage es nicht, ihn anzuschauen.

»Aber Leonie, eines kann ich dir versprechen.« Er stockt und wartet, bis ich ihn dann doch ansehe. »Ich habe noch nie eine Frau auf dem Schiff ins Theater ausgeführt. Ich habe noch nie einen Passagier mit auf die Brücke oder in den Kühlraum genommen. Und ich habe erst recht noch nie eine Frau an Silvester unter dem Sternenhimmel der Karibik geküsst.«

Sein Blick und seine Stimme sind ehrlich. Ich habe keinen Grund, an ihm zu zweifeln. Doch mein Verstand will es nicht begreifen. Nur mein Herz tanzt mal wieder.

»Und was ist, wenn ich übermorgen wieder nach Hause fliege?«, flüstere ich. Der Gedanke lässt mich nicht los, egal wie sehr ich ihn verdränge. Ich brauche Gewissheit, auch wenn es die wahrscheinlich nie gibt.

Deonte seufzt und nimmt meine Hand. Sanft streicht er mir über die Finger. »Ganz ehrlich? Darüber habe ich mir bisher keine Gedanken gemacht. Ich genieße einfach jede Sekunde mit dir, ohne einen Gedanken daran zu verschwenden, dass du nicht ewig auf dem Schiff bist. Du hast mich von Anfang an in einen Bann gezogen. Verzeih, dass ich so egoistisch war.«

Ich nicke. »Mir geht es ähnlich, auch wenn mein Verstand dich ständig zum Teufel schicken will. Da wollte ich erst nicht in diesen dämlichen Urlaub und jetzt will ich nicht mehr nach Hause.« Erst, nachdem ich es ausgesprochen habe, realisiere ich das Gesagte, und es stimmt hundertpro. Ich kann mir nicht vorstellen, ohne ihn in den Alltag aus Schule und lernen zurückzukehren.

Deonte drückt meine Hand und streicht mir eine verirrte Haarsträhne aus dem Gesicht. »Ich will auch nicht, dass du wieder fährst. Aber wollen wir die Zeit bis dahin nicht einfach genießen? Die Zukunft liegt eh nicht in unserer Hand. Zwei Tage sind noch viel Zeit.«

»Vielleicht ist das eine gute Idee«, antworte ich, auch wenn ich skeptisch bin, aber jetzt ist nicht der richtige Zeitpunkt, um sich über diese Dinge Gedanken zu machen. Wobei … Gibt es dafür einen richtigen Zeitpunkt?

Deonte rutscht ein Stückchen näher zu mir und zieht mich in einen tiefen Kuss. »Weißt du, dass du mich verzaubert hast?«

»Du bist der Zauberer.« Ich will meine Finger nicht zurückhalten und erkunde aufs Neue seinen Körper.

Er bleibt starr und bewegt sich nicht. »Ich glaube, ich brauche dringend eine Abkühlung.« Mit einem Satz springt er auf und rennt in Richtung Wasser.

Ich falle rücklings auf die Decke und atme tief durch. Mein Herz wummert wie ein Schlagzeug in der Brust. Ich bewege mich auf dünnem Eis. Wenn ich es drauf anlege, kann er sich nicht mehr beherrschen. Gleichzeitig gefällt mir, dass er sich zurückhält und darauf bedacht ist, dass ich mich wohlfühle.

Als Deonte aus dem Wasser zurückkommt, spritzt er mir kleine Tropfen ins Gesicht.

Abwehrend hebe ich die Hände. »Iih!«

»Wir müssen uns langsam anziehen. Gleich fahren wir zurück.« Seine Stimme klingt nüchtern, als wäre er gedanklich bereits bei der Arbeit.

»Okay«, murmle ich und streife mir T-Shirt und Shorts wieder über. Zum Glück ist der Bikini getrocknet. »Alles gut?« Ich halte inne, als er mir in die Augen schaut.

»Nichts ist okay, weil du mich vollkommen um den Verstand bringst«, sagt er und faltet mit versteinerter Miene und zusammengepresstem Kiefer die Decke zusammen.

In mir tobt ein Sturm an Gefühlen. Ich habe keinen Zweifel, dass er es genauso meint, wie er es sagt. Und mein Körper ist wie ein Echo, er reflektiert alle Empfindungen und lässt mein Herz bis zum Hals schlagen.

Die Rückfahrt zum Schiff verläuft schweigend. Jeder hängt seinen Gedanken nach, während die Delphine, die ich um ihre Eleganz beneide, uns wieder begleiten. Für mich zählen sie zu den faszinierendsten Geschöpfen des Meeres.

»Danke für den Ausflug«, flüstere ich, als wir uns zum Abschied drücken. »Sehen wir uns nachher?«

Er schüttelt den Kopf. »Ich muss leider bis spät abends die Saunanacht leiten.« Er drückt mir einen Kuss auf den Scheitel und löst sich von mir. Beinahe hat es den Eindruck, als ob er flüchtet, um den Absprung zu schaffen.

Noch ganz angereichert mit Eindrücken und wirren Gefühlen schlendere ich in die Kabine zurück, jede seiner Berührungen auf meiner Haut nachhallend.

KAPITEL SIEBZEHN

Logbuch Tag 9
Datum: 02.01.; 09:55 Uhr
Ort: Auf dem Meer zwischen Venezuela und der Dominikanischen Republik

Am nächsten Morgen, als ich mit meinen Eltern und Lukas am Frühstückstisch sitze, ist die Stimmung der anderen ausgelassen. Die Konfliktpunkte scheinen vergessen, es werden Pläne für den letzten Tag auf See geschmiedet. Ich habe allerdings keine Ahnung, wie ich mit Papa reden soll. Für mich ist das Thema noch längst nicht vom Tisch. In mir tobt ein Gefühlschaos zwischen tanzenden Schmetterlingen in meinem Bauch und der Gewissheit, dass morgen unser Urlaub endet – und ich will nicht, dass er endet. Ich wünsche mir, dass Papa und ich endlich ein klärendes Gespräch führen, finde jedoch weder den passenden Einstieg noch den nötigen Mut. Vielleicht ist es auch Angst vor seiner Reaktion, denn die wird wohl kaum anders ausfallen als bei der Fahrradtour in Aruba.

Ich erkenne Papa nicht wieder. Nie zuvor ist mir aufgefallen, dass er solche rassistischen Kommentare abgegeben hat. Okay, in seiner Firma gibt es keine Diversität oder Internationalität, dort arbeiten ausschließlich deutschstämmige Mitarbeiter. Darüber habe ich mir noch nie Gedanken gemacht. Dennoch ist es mir ein Rätsel, wie er auf der einen Seite so abweisend gegenüber Deonte sein kann und jetzt fröhlich den Tag plant, während ich mir auf der anderen Seite den Kopf über meine Zukunft zerbreche. Sieht er denn gar nicht, wie sehr mich das belastet? Oder will er es einfach nicht sehen?

»Heute will ich noch mal zocken«, sagt Lukas. »Ich habe eine Revanche zu gewinnen!« Er strahlt und wirkt so entspannt wie lange nicht mehr. Verrückt, was Gaming während einer Reise zu bewirken vermag.

»Ja, dann bricht jetzt wohl unser letzter Tag auf dem Schiff an«, sagt Papa und seufzt wehmütig. »Habt ihr die Reise denn genossen?«

»Schatz, das war das allerbeste Geschenk, das wir uns zu unserem Hochzeitstag machen konnten«, antwortet Mama und greift über den Tisch hinweg seine Hand.

Ich beiße in mein Marmeladenbrötchen und verkneife mir einen Kommentar. Was soll ich dazu sagen? Ja, die Reise war besser als befürchtet. Allerdings nur wegen Deonte. Ohne ihn wäre der Urlaub ein komplettes Desaster geworden, und doch ist der Stress nur seinetwegen entstanden. Hätte ich mich nicht in ihn verguckt, müsste ich jetzt nicht überlegen, wie ich mein Seelenheil wieder geraderücken kann.

Den Nachmittag am Strand auf Isla Coche werde ich sicher nicht vergessen. Niemals hätte ich gedacht, dass ich Delphine in freier Wildbahn sehen würde. Es war wie eine Illusion und doch vollkommen real. Deonte hat mich mit seiner aufmerksamen Art von Anfang an verzaubert. Und dieser Traumtyp ist verrückt nach dir, kommentiert mein Unterbewusstsein.

»Woran denkst du schon wieder, Leonie?«, fragt Papa. »Doch nicht etwa an diesen Schwarzen?«

Okay. Unsere Konfliktpunkte sind nicht vergessen. Ich funkle ihn an und erröte. Verdammt, warum kann ich nicht einmal ein Pokerface aufsetzen oder einfach gar keine Regung zeigen? Die Lippen zusammengepresst schweige ich. Mir ist die Lust auf ein Gespräch endgültig vergangen.

»Leonie, dir ist klar, dass du ihn nach unserer Abreise nie wiedersehen wirst, oder?«, setzt Papa noch einen drauf. »Und egal, was du planst oder zu tun gedenkst, ich verbiete dir jeglichen Umgang mit solchen Kriminellen!«

Tränen treten mir in die Augen. Ruhig, Leonie. Jetzt nur nicht ausrasten. Meine Finger vibrieren und in mir will jede Zelle eine gepfefferte Antwort raushauen. Ich beiße mir auf die Zunge. Nicht jetzt. Außerdem habe ich meinen Standpunkt auf der Radtour in Aruba deutlich gemacht und nicht vor, diesen zu verlassen. Papas Meinung steht ebenso fest. Ein denkbar ungünstiger Zeitpunkt, um ein Gespräch zu führen.

»Der passt eh nicht zu dir«, hakt Lukas mit ein. Die Stimmung zwischen uns ist noch immer unterkühlt, sodass wir zuletzt kaum ein Wort miteinander gewechselt haben. Ich werfe ihm einen warnenden Blick zu, den er ignoriert.

»Nun lasst Leonie doch. Immerhin fliegen wir morgen zurück. Dann geht der Alltag wieder los, und bis dahin sollten wir alle ein wenig entspannen.«

Ich bin Mama dankbar und schenke ihr ein knappes Nicken. Zum Glück ist das Thema damit vorerst vom Tisch. Wobei, langsam weiß ich nicht mehr, was ich mir mehr wünsche: Dass wir endlich alles klären und Papa Deonte akzeptiert oder dass ich achtzehn werde und Papa mir nichts mehr vorschreiben kann? Denn eines ist klar: Ich werde Deonte nicht aufgeben. Ich will eine gemeinsame Zukunft, wie auch immer die aussieht.

Meine Laune ist im Keller. Ich stehe auf. Die Stimmung ist zu schneidend, als dass ich genug Luft zum Atmen hätte. Auseinandersetzungen sind nicht meine Stärke. Überhaupt bin ich nicht gut darin, meine Meinung zu vertreten. Aber Rassismus ist keine Meinung, sondern ein ernstzunehmendes Problem. Wenn Deonte und ich eine Zukunft haben wollen, muss das geklärt werden. Wenn ich nur wüsste, wie!

Ich gehe eine Runde um das Büfett. Hier gibt es alles, was das Herz begehrt. Brot und Brötchen in unzähligen Varianten und mit nahezu jeder Marmeladensorte, die ich kenne. Natürlich fehlen weder Nuss-Nougat-Creme noch Erdnussbutter. Daneben locken Müslivariationen, Eier, Obst, Salat, Fisch, Aufschnitt und vieles mehr. Ich habe es nicht einmal ansatzweise geschafft, mich durch die Palette durchzuprobieren, egal, wie sehr ich es versucht habe. Erst jetzt sehe ich, dass es sogar Suppe gibt. Wer bitte isst Suppe zum Frühstück?

»Psst, Leonie!«

Ich schaue mich um. Deonte winkt mir vom Eingang des Restaurants zu. Er zaubert ein schmales Lächeln auf meine Lippen. Sind wir unbeobachtet? Verstohlen sehe ich zu meinen Eltern, die in ein Gespräch vertieft sind. Außerdem sitzt Papa mit dem Rücken zum Eingang. Gut so.

Rasch gehe ich zu Deonte und drücke ihm einen flüchtigen Kuss auf den Mund.

Er lässt es geschehen, hält mich jedoch davon ab, den Kuss zu vertiefen. »Ich habe um 13 Uhr einen Yoga-Kurs und danach Mittagspause. Hast du Lust?«

Ohne zu zögern nicke ich. »Ich habe zwar noch nie Yoga gemacht, aber was solls.« Meine Fröhlichkeit klingt leicht aufgesetzt, doch ihm scheint es nicht aufzufallen. Wieso auch? Wahrscheinlich hat er noch immer nicht mitbekommen, wie weit der Konflikt zwischen Papa und mir mittlerweile geht. Ich würde ihn am liebsten in eine Umarmung schließen, aber ich respektiere seinen Wunsch. Während seiner Arbeitszeit wird professionelle Distanz gewahrt. Die angekündigte Mittagspause hingegen macht mir Hoffnung. Hoffnung auf eine kleine Flucht in trauter Zweisamkeit.

»Gut, bis später.« Er hebt die Hand zum Gruß.

Ich schaue ihm nach, wie er im Treppenhaus verschwindet, obwohl er viel einfacher über die kleine Brücke in den Fitnessbereich gelangen würde. Vielleicht hat er etwas anderes zu erledigen? Seufzend wende ich mich ab und gehe zum Büfett zurück. Mein Teller, auf den ich bereits die ein oder andere Leckerei gelegt habe, ist verschwunden. Die eifrige Bedienung hat wohl den herrenlosen Teller abgeräumt. Gerade, als ich mir einen neuen schnappe, höre ich wieder meinen Namen.

»Leonie! Gut, dass ich dich hier sehe. So kann ich es dir persönlich sagen.« Markus steuert auf mich zu. Im Restaurant wird es still, denn er ist in seiner Uniform ein Hingucker und erregt Aufmerksamkeit. Seine natürliche Autorität lässt niemanden kalt.

Auch ich ertappe mich, wie ich mich aufrechter hinstelle. Auf seinem Gesicht liegt ein leicht gehetzter Ausdruck und seine Augen huschen suchend hin und her. »Hey, Markus! Was gibt es denn?«, frage ich und achte darauf, dass der Teller nicht wieder stehen bleibt.

»Sind deine Eltern auch hier?«, fragt er in einem geschäftsmäßigen Ton.

»Ja«, antworte ich und deute zu unserem Tisch.

»Lass uns zu ihnen gehen. So brauche ich es nicht zweimal zu erzählen.« Nun schenkt er mir ein erstes Lächeln, doch der fahrige Blick verschwindet nicht. Natürlich ist er ein vielbeschäftigter Mann, aber bisher habe ich ihn nur besonnen und ruhig erlebt. Was ist los? Eine kalte Hand umklammert mein Herz.

Ich führe ihn zu meinen Eltern. Mama sieht uns und hält inne. Eigentlich wollte sie vom Brötchen abbeißen und bedeutet Papa, sich umzudrehen.

Seine Augen mustern zuerst mich und dann Markus.

»Was hast du jetzt schon wieder angestellt?«, fragt Papa und fixiert Markus. Erst nach einigen Sekunden fällt der Groschen bei ihm, und er springt auf. »Bitte entschuldigen Sie, Herr Kapitän!« Er deutet eine linkische Verbeugung an.

Mir ist dieses Getue unangenehm. Immerhin hat der Lärm im Restaurant wieder zugenommen. Die anderen Passagiere haben gemerkt, dass sie nichts zu befürchten haben oder – was viel wahrscheinlicher ist – enttäuscht festgestellt, dass er sich nicht zu ihnen an den Tisch für ein privates Kapitänsdinner setzen wird.

»Was kann ich für Sie tun?«

»Bitte entschuldigen Sie, Herr Herrmann. Frau Herrmann.« Markus nickt meiner Mutter zu. »Ich bin Markus Heppkendorf, der Kapitän der Pluto. Ich hatte bereits das Vergnügen, Ihre Tochter bei einer Führung auf der Brücke kennenzulernen.«

»Du warst auf der Brücke?« Lukas unterbricht Markus ungeniert, sodass der verdutzt zu ihm schaut, als hätte er ihn jetzt erst bemerkt.

»Ja, Lukas, ich bin auf der Brücke gewesen. Markus, das ist mein Bruder Lukas«, sage ich und verdrehe die Augen.

»Sehr erfreut, Lukas. Wenn du möchtest, bekommst du auch eine private Führung, so wie vor wenigen Tagen deine Schwester und Deonte.«

Lukas strahlt und nickt heftig. Garantiert ist die Revanche beim Zocken jetzt Nebensache.

»Ausgerechnet mit dem Schwatten warst du dort? Verdammt Leonie! Das hatten wir doch gerade. Warum widersetzt du dich permanent? Ich werde diesem Bengel die Leviten lesen müssen!«, fährt Papa mich an. Seine Augen sind zu Schlitzen verengt.

Mir bleibt der Mund offenstehen. Ich brauche eine schlagfertige Antwort, und zwar schnell! Oberpeinlich, wie Papa sich verhält! Und das vor Markus!

»Haben Sie gerade einen meiner Mitarbeiter beleidigt und bedroht?« Markus' Stimme ist merklich schärfer geworden, und mit einem Mal wirkt er größer, irgendwie Respekt einflößend.

»Ich habe meine Tochter gerügt, die wieder ungeniert meine Anweisungen missachtet.« Auch wenn Papa sich noch zu rechtfertigen versucht, merke ich, dass er in sich zusammensackt. Sollte er doch vor Markus kuschen?

»Herr Herrmann, Sie sollten sich ein Vorbild an Ihrer Tochter nehmen, anstatt ihr den Umgang zu meinen fantastischen Kollegen zu verbieten. Und denken Sie besser nicht daran, Ihre Drohung in die Tat umzusetzen.«

Ich weiß nicht warum, aber tatsächlich zieht Papa eine Schnute und erwidert nichts.

»Danke, Markus«, sage ich leise, und er nickt mir zu.

»Leonie, du solltest Herrn Heppkendorf siezen. Wenigstens das solltest du wissen«, weist Mama mich zurecht. Sie schaut unsicher zwischen Papa, Markus und mir hin und her, als wüsste sie nicht, was sie anderes zu der Situation sagen soll.

»Frau Herrmann, ich habe Ihrer Tochter das Du bei unserer ersten Begegnung angeboten. Daher ist das okay.« Seine Stimme ist wieder sanfter, doch noch immer leicht gehetzt. Er schaut prüfend von einem zum anderen, doch niemand wagt mehr, etwas zu sagen. So fährt er fort. »Ich habe gerade eine Nachricht erhalten, die Sie und etliche andere Passagiere betrifft. Eigentlich wollte ich meine Assistentin anweisen, Ihnen die Information zukommen zu lassen, doch dann habe ich Ihre Tochter gesehen und dachte, dass ich es Ihnen lieber persönlich sage.« Er stockt wieder.

Warum redet er so um den heißen Brei herum? »Was genau ist los?«, frage ich, als meine Eltern stumm bleiben.

»Es kam gerade die Nachricht, dass Ihr Flieger nach Hause gecancelt wurde. Daher mussten wir Sie auf einen anderen Flieger umbuchen.«

»Seit wann bekommt der Kapitän denn höchstpersönlich solche Informationen und gibt diese an die Passagiere weiter?«, fragt Papa, der wieder zu etwas mehr Souveränität gefunden hat.

»Diese Nachricht hat zur Folge, dass wir unsere gesamten Reisepläne ändern müssen. Kurz und knapp, Ihr Flieger geht bereits heute Abend um 23:30 Uhr. Das bedeutet, dass ich soeben unsere Fahrgeschwindigkeit habe erhöhen lassen und wir uns direkt auf die Dominikanische Republik zubewegen. Pünktlich um 19 Uhr erwarten wir Sie an der Gangway, um Sie auf dem schnellsten Weg zum Flughafen zu bringen.«

Alle starren Markus an, als hätte er uns gerade eröffnet, dass er morgen zum König von Tahiti ernannt wird.

»Aber ...«, setzt Mama an. »Ist das denn so einfach möglich?«

»Wir haben alles getan, was in unserer Macht steht, aber diese Änderung war unumgänglich, wenn Sie nicht deutlich länger in der Dominikanischen Republik bleiben möchten. Es tut mir leid, dass Sie deswegen einen Abend früher abreisen müssen. Die anderen Flieger waren ausgebucht. Es geht noch einigen anderen Reisenden wie Ihnen«, setzt Markus hinzu, als wenn das eine ausreichende Erklärung wäre und irgendwen beruhigt.

»Aber wir haben bis morgen gebucht!« Papas Gesichtsfarbe wird merklich röter.

»Sie erhalten von uns einen Gutschein. Mehr kann ich von hier aus leider nicht tun. Ich muss nun weiter, damit alle von der Änderung erfahren. In jedem Fall bekommen Sie noch Post in die Kabine mit allen Details und Ihren geänderten Reisedaten.« Er lächelt Papa zu, der in keiner Weise besänftigt scheint.

Zwischen seinen Augen hat sich eine steile Furche gebildet. »Das ... das ist ...«, setzt er an.

»Genießen Sie bitte den verbleibenden Aufenthalt auf der Pluto.« Markus versucht, die Gemüter zu beruhigen, hat jedoch sichtlich Eile. Er nickt jedem kurz zu und verlässt das Restaurant.

Ich schaue auf meinen noch immer leeren Teller. Mir ist der Appetit endgültig vergangen. Verdammt! Jetzt ist die Zeit bis zur Abreise noch kürzer als gedacht.

»Das machen die doch nicht, oder?«, fragt Lukas, ebenfalls sichtlich perplex.

»Scheinbar schon!«, schnaubt Papa. »Die sollen sich warm anziehen, denn ich will Geld zurück!«

Das ist typisch. Wenn es ums Geld geht, kennt er keine Kompromisse. Ich kenne ihn nicht anders und widerspreche nicht, damit er sich nicht noch weiter in Rage redet. In dieser Verfassung ist nicht mit ihm zu spaßen.

»Reg dich nicht auf. Wir genießen die restliche Zeit und haben den Vorteil, dass wir etwas eher zu Hause sind. Sieh es positiv. Sonst wäre die Zeit bis zum Arbeitsbeginn knapp gewesen.« Mama legt ihm die Hand auf den Unterarm, und langsam löst sich die Anspannung.

Doch beruhigt ist Papa nicht. »Du hast wahrscheinlich recht. Aber ich wollte so gern mit dir ins Theater heute Abend.«

»Wir gehen eben daheim in eine Vorstellung. Dort werden auch schöne Stücke aufgeführt«, besänftigt Mama ihn weiter.

In meinem Kopf dreht sich alles. Ich muss dringend zu Deonte. Mit dem Yoga wird es äußerst knapp. Schließlich muss ich Koffer packen. Ich möchte nicht nach Hause. Mir wäre es egal, wo ich bleibe. Hauptsache, ich bin in Deontes Nähe. Und weit weg von Papa. Die Erkenntnis bringt eine Bowlingkugel in meinem Magen zum Schaukeln, die ein penetrantes Völlegefühl auslöst. »Bitte entschuldigt mich«, sage ich und gehe.

»Leonie! Denk dran, dass du rechtzeitig fertig bist, okay?«, ruft Mama mir hinterher, und ich winke zur Bestätigung. Sie kennt mich zu gut.

Ich renne in den Fitnessbereich. Hastig schaue ich mich um, kann Deonte aber nirgends entdecken.

»Hast du Deonte gesehen?«, frage ich Melanie.

Sie deutet stumm in Richtung des leer aussehenden Kursraumes. »Er bereitet gerade seinen Tanzkurs vor.«

Ich bedanke mich und gehe schnurstracks zu ihm. Ihr Blick sticht in meinem Rücken, doch ich ignoriere es.

Als ich um die Ecke schaue, sehe ich ihn, wie er Tanzschritte durchgeht, dabei Stöpsel in den Ohren hat und sich im perfekten Rhythmus zur Musik bewegt, die ich nicht höre. Allein ihn anzusehen entspannt mich. Er ist mein Ruhepol, mein Anker.

Ich gehe auf ihn zu. Noch immer hat er mich nicht bemerkt. Beherzt tippe ich ihm auf die Schulter.

Sofort fährt er zu mir herum. »Yoga ist erst etwas später«, sagt er etwas zu laut und sein verwirrter Gesichtsausdruck lässt mich schmunzeln.

Ich trete näher an ihn heran und ziehe ihm den Kopfhörer aus dem Ohr, aus dem leise Musik dringt. Dabei streifen meine Finger über seine Wange. Wieder ist da dieses elektrisierende Knistern zwischen uns.

Er greift mein Handgelenk und hält mich davon ab, ihn weiter zu berühren. Seine Augen huschen zum Eingang, als hätte er Sorge, dass jemand den Trainingsraum betritt. Ich dränge ihm entgegen, und mit einem Schritt zerrt er mich in die kaum einsehbare Ecke des Raumes. »Scheiß drauf«, murmelt Deonte, und ehe ich den Sinn der Worte richtig verstehe, zieht er mich zu sich und seine Lippen finden meine.

Der Kuss ist so intensiv, dass ich kurz Panik bekomme, einen Sauerstoffmangel zu erleiden. Natürlich ist die Sorge unbegründet. Seine Hände sind überall an meinem Körper, streifen über Rücken, Arme, Wangen. Liebkosen mich, halten mich. Jede Berührung hinterlässt eine brennende Spur auf meiner Haut, jede Zelle sehnt sich sofort nach mehr. Ein leises Stöhnen entfährt mir, und das Verlangen pulsiert in meinem Bauch. In mir ist aus dem Funken ein Feuer geworden. Alle meine Sinne sind geschärft, und die Welt um uns herum existiert nicht mehr. Ich blende sie aus, als würde ich nicht mehr auf ihr weilen, und versinke in der Zweisamkeit. Es gibt nur ihn und mich.

Ich schiebe meine Hände unter das T-Shirt und gleite mit den Fingerspitzen über seinen Rücken. Auch er gibt ein leises Stöhnen von sich, und so mache ich ermutigt weiter, doch er unterbricht den Kuss.

»Leonie«, murmelt er in mein Ohr. Als meine Finger über seine Bauchmuskeln gleiten, erstarrt er und zieht zischend die Luft ein.

Auch ich halte den Atem an und blicke mich rasch um. Niemand ist zu sehen. Wir sind allein. Verschmitzt beiße ich mir auf die Unterlippe. Verdammt, ist das aufregend, wenn jeden Moment jemand den Raum betreten könnte.

»Nicht hier und nicht jetzt«, murmelt er entschieden.

Ich senke meine Hände, komme mir vor, als hätte er mich unter eine kalte Dusche gestellt. Mein Atem geht schnell, und mein Herz klopft mindestens im Rhythmus der Musik.

Ich trete einen Schritt zurück und greife seine Hände. Es ist Zeit für die News. Er muss es von mir erfahren.

»Markus war vorhin bei uns.« Es fällt mir schwer, meine Gedanken so zu sortieren, dass ich sinnvolle Sätze aus den Wörtern formen kann.

»Was wollte er?«

Ich atme tief durch. »Wir kommen schon heute Abend in der Dom Rep an. Es gab Probleme mit unserem Flug, daher wurden wir umgebucht und fliegen heute schon nach Hause.« Der Gesichtsausdruck von Deonte verändert sich schlagartig. Mir entgehen die kleinen Furchen nicht, die sich auf seiner Stirn bilden, und der Muskel neben seinem Mundwinkel zuckt.

»Das …«, beginnt er und bricht ab.

»… ist Mist«, beende ich seinen Satz.

Er nickt, sieht auf die Uhr an der Wand. »So gern ich dich gerade trösten würde … in Kürze kommen meine Tanzschüler. Du kannst mitmachen, wenn du möchtest. Ansonsten muss ich dich leider auf später vertrösten.«

Deonte sieht mich traurig an, fast schuldbewusst, doch ich habe das Gefühl, dass er mit der Situation überfordert ist. Mir geht es ebenso, denn das Gespräch fühlt sich so anders an als alle Gespräche zuvor. »Mach du mal deinen Kurs. Ich packe und wir sehen uns dann um eins«, antworte ich und wende mich zum Gehen. Weit komme ich allerdings nicht, denn er hält meine Hand fest.

»Warte. Das klang gerade vielleicht abweisend. Ich finde es wirklich schade, dass du heute abreist.«

Ich nicke und löse meine Hand aus seiner. »Bis später.« Zügig marschiere ich aus dem Kursraum, damit er die Tränen in meinen Augenwinkeln nicht sieht. Verdammt! Warum fühlt sich das wie ein Abschied auf Raten an?

Als ich endlich in unserer Kabine ankomme, schmeiße ich mich aufs Bett und kann die Tränen nicht mehr zurückhalten. Ich schluchze haltlos. In unregelmäßigen Abständen krampft alles in mir, als quetsche jemand mit bloßer Hand meinen Magen zusammen.

Das ist so ungerecht! Da habe ich mich endlich mit diesem blöden Urlaub arrangiert und auf einen letzten schönen Tag gehofft, der jetzt einfach verkürzt wird. Ich will nicht nach Hause! Das ist die schlichte Wahrheit: Ich will nicht nach Hause. Dennoch habe ich keine Wahl.

Erschöpft vom vielen Weinen und dem Frust muss ich eingeschlafen sein, denn als ich erwache, zeigt die Uhr bereits zwölf. Ich wische mir über die verklebten Augen und gehe in das Mini-Bad. Das werde ich in jedem Fall nicht vermissen. Etwas kaltes Wasser im Gesicht lässt die Spuren meines Heulkrampfes verschwinden und bringt Leben in die müden Knochen. »Ich werde diesen Urlaub mit Stil beenden«, murmle ich meinem Spiegelbild zu, nicke entschlossen und gehe zurück in das Zimmer. Die Sachen stapeln sich auf dem Bett. Weihnachtspullis, Hosen, das Kleid der Silvesternacht ... Über mir im Lautsprecher knackt es.

»Liebe Gäste! Hier spricht der Kapitän.« Ich habe die Stimme von Markus beim ersten Wort erkannt. »Aufgrund von Flugverschiebungen werden wir bereits heute Abend im Hafen von La Romana in der Dominikanischen Republik anlegen. Wir bedauern diesen Umstand und setzen unsere Fahrt aktuell etwas schneller fort als gewöhnlich. Die betroffenen Passagiere hat man verständigt. Alle anderen reisen morgen wie geplant ab. Trotz der Unannehmlichkeiten wünsche ich Ihnen einen angenehmen weiteren Aufenthalt an Bord der Pluto.«

Der Lautsprecher knackt erneut, und ich sehe in meinen Gedanken einen gestressten Markus, der erschöpft auf einen Stuhl sinkt. Er hat garantiert keinen einfachen Job mit den vielen Entscheidungen.

Entscheiden muss ich mich jetzt auch, und zwar, was für Klamotten in den Koffer wandern und so planen, dass ich in Deutschland keine Erfrierungen erleide. Dort ist es mit Sicherheit fünfzehn Grad kälter. Ob der Schnee noch liegt? Unwahrscheinlich.

Mit einem Mal erscheint mir alles unwirklich. Das sind zwei komplett verschiedene Welten. In der einen herrscht Winter, in der anderen ein immerwährender Sommer. Weihnachten ist gefühlt weit weg, und dennoch habe ich Lust auf meine Dekoration und mein Zimmer zu Hause. Ich bin hin- und hergerissen.

Aber egal, was kommt, ich habe noch ungefähr sechs Stunden auf diesem verdammten Schiff, und die werde ich nutzen!

KAPITEL ACHTZEHN

Logbuch Tag 9
Datum: 02.01.; 12:58 Uhr
Ort: Auf dem Meer, auf direktem Weg zum Hafen von
La Romana, Dominikanische Republik

Der Kursraum ist gut gefüllt, als ich für meine Matte
einen freien Platz suche. Schließlich finde ich ihn recht
weit vorn. Perfekt, um Deonte sehen zu können.

»Hey«, höre ich eine bekannte Stimme neben mir.

»Mama, was machst du denn hier?«

»Ich dachte, dass mir vor dem langen Flug eine
Runde Yoga nicht schadet.«

Ich hätte es wissen müssen. Warum habe ich nicht
eher daran gedacht, dass meine Mama gern Yoga macht
und wahrscheinlich hier auftaucht?

»Sag bloß, du machst hier auch mit? Das ist doch
sonst so gar nicht deins?«, fragt Mama, aber da verändert sich ihr Gesichtsausdruck von neugierig zu
wissend. Deonte betritt den Raum. Mamas Blick wandert zwischen uns hin und her.

Er hat mich sofort entdeckt und lächelt. »Hallo
zusammen!« Deonte begibt sich auf die Matte, die auf
einem kleinen Podest liegt. »Die meisten Gesichter
kenne ich, aber wer mich noch nicht kennt: Ich bin
Deonte und freue mich jetzt auf einen tollen Mix aus
Vinyasa-Yoga, Dehnungen und Entspannung mit euch.

Gebt mir eine Sekunde für die Technik, dann geht es los!«

Tatsächlich schwitze ich schon nach wenigen Minuten. Wie kann Yoga so anstrengend sein? Ständig kämpfe ich mit der Balance und meine Bauchmuskeln geben mir klar zu verstehen, dass ich sie vernachlässigt habe.

Ich linse unauffällig durch die Reihen. Die meisten gleiten deutlich entspannter durch die Übungen. Außerdem sind sie viel beweglicher als ich. Ich fühle mich wie ein Elefant. Nicht im Porzellanladen, aber wie ein Dickhäuter beim Yoga. Weit entfernt von der Leichtigkeit einer Elfe. Tapfer recke ich mich, halte die Positionen nur mit Mühe und schnappe nach Luft. Ich strenge mich so extrem an, dass ich mich kaum auf die Übungsabfolge konzentriere. So habe ich erst recht keinen Blick für Deonte. Warum wollte er mich beim Yoga dabeihaben? Ich sollte beim Tanzen bleiben.

Auch Mama, die zwei Matten neben mir turnt, ist entspannt. Kein Schweißtropfen zeigt sich auf ihrem Gesicht. Es ist frustrierend.

Als endlich die Entspannung eingeläutet wird, seufze ich glücklich auf. Entspannen kann ich! Platt wie eine Flunder liege ich auf der Matte und japse nach Luft. Meinen beginnenden Muskelkater kann ich beinahe riechen.

»Namasté!«, sagt Deonte. »Danke, dass ihr dabei wart. Ich wünsche euch einen wundervollen Nachmittag an Bord.«

Um mich herum wird es wuselig. Die Frauen – die zwei Männer will ich nicht unterschlagen, aber sie sind eindeutig in der Unterzahl – bringen die Matten zurück.

Zufriedenes Gemurmel erfüllt den Raum. Ich fühle mich bleischwer und tiefenentspannt zugleich. Als hätte die Schwerkraft zugenommen, um mich am Boden festzuheften. Nur mit Mühe rapple ich mich auf, brauche einen Moment, um mich wieder zu sortieren.

»Hast du schon gepackt?«, fragt Mama.

»Ja. Keine Sorge, ich bin rechtzeitig fertig. Und dann können wir endlich nach Hause.«

»Na komm, so eilig hast du es doch gar nicht mehr mit dem nach Hause kommen, oder?« Sie zwinkert mir zu.

Zum Glück ist mein Gesicht noch von der Anstrengung gerötet, denn sonst wäre das spätestens jetzt passiert. Immerhin scheint Mama nichts gegen Deonte zu haben. Allerdings könnte sie mal was gegen Papas Bemerkungen sagen und nicht nur still daneben sitzen. »Mama«, entgegne ich genervt. Aber Mütter haben ein untrügliches Gespür, was ihre Kinder anbelangt.

»Schatz, pass einfach auf, dass es dir gut geht. Okay? Papa kriegt sich auch noch wieder ein.«

Ich nicke langsam. Sie sollte wirklich mal mit Papa sprechen. Vielleicht hilft das, um den Konflikt zu klären?

»Hallo«, grüßt Deonte, als er sich zu uns gesellt. Zum Glück kennt er Mama von der Fahrradtour.

»Danke für die Yogastunde«, sagt sie. »Ich lasse euch zwei allein.« Sie lächelt mir aufmunternd zu und verlässt mit schwingenden Hüften den Kursraum. Kopfschüttelnd schaue ich ihr hinterher.

»Deine Mom ist ganz schön cool«, sagt Deonte, als ich meine Matte aufrolle.

»Ja …«, entgegne ich lahm. Wer würde seine eigenen Eltern schon als cool bezeichnen?

»Was möchtest du denn jetzt noch Schönes machen?«

»Lust auf einen Tanz?«, frage ich spontan. Seine Augen leuchten auf, und ich weiß, dass ich richtig liege.

»Dann bekommst du jetzt eine kleine Privatstunde«, raunt er mir ins Ohr, und sein warmer Atem jagt mir einen wohligen Schauer über den Rücken. Echt? Habe ich Deonte gerade um einen Tanz gebeten? Unseren letzten, bevor ich wie Aschenputtel nach Hause fahre? Nur, dass es bei mir nicht Mitternacht ist, sondern neunzehn Uhr.

Er zieht mich zur Musikanlage und wechselt die CD.

Ich verfolge jede Bewegung seiner Hände, die ich mir auf meinem Körper wünsche.

»Darf ich bitten?«

Und ob er darf! Sanfte Walzerklänge tönen aus den Boxen, hüllen uns ein und leiten unsere Schritte. Deonte führt mich über das Parkett, und die Sorgen, die auf mir lasten, fallen nach und nach ab. Tanzen ist wie eine Therapie. Ich bin frei wie nie zuvor in meinem Leben. Als wären wir tatsächlich eine Märchenprinzessin und der Prinz, die in einem Ballsaal sämtliche Blicke auf sich ziehen. Selbst, wenn es so wäre, es wäre mir jetzt egal. Alles, was zählt, ist, dass ich Zeit mit ihm verbringe.

Nach dem Walzer wird die Musik feuriger, und Deonte bringt mir die Tango-Schritte bei. Den hatten wir im Tanzkurs nicht.

Wieder trample ich wie ein Elefant durch den Raum. Mehrfach muss ich abbrechen, um mich zu sortieren. Doch Deonte ist der geduldigste Lehrer, den ich je hatte.

»Du machst das gut«, ermutigt er mich, und endlich vertraue ich mich seiner Führung an.

Schritt für Schritt funktioniert es besser. Ein wunderschönes Gefühl, vor allem, als ich endlich den Dreh raushabe. »Das war der Hammer«, flüstere ich, nachdem wir das Lied komplett durchgetanzt haben. Ich lehne meinen Kopf an seine Brust, die sich bei jedem Atemzug hebt und senkt, lausche dem Pochen seines Herzens, das kräftig hämmert. Deontes Hand vergräbt sich in meinen Haaren, die andere liegt warm an meinem Rücken. Wenn er wollte, könnte er mich noch viel dichter an sich ziehen.

Wir küssen uns, tanzen, küssen uns wieder und schon ist die Mittagspause vorbei. Mein Shirt pappt nass an meinem Körper, Haarsträhnen kleben mir im Gesicht. Deonte lässt mich nicht los und zieht mich immer wieder in eine Umarmung. Dafür bin ich jetzt gefühlt Tango-Profi. Nie habe ich so viel Leidenschaft beim Tanzen erlebt. Plötzlich ist es nicht mehr eine Folge von Schritten, die sich aneinanderreihen, sondern ein Lebensgefühl. Ein Gefühl, dass ich nie wieder missen möchte. Ihn möchte ich nicht missen. »Danke für die Einzelstunde«, flüstere ich ihm ins Ohr, als er meine Halsbeuge küsst.

»Hmm …«

Ich klammere mich an ihn, bin nicht bereit, ihn loszulassen. »Sehen wir uns heute Abend, bevor ich gehen muss, noch mal?«

»Darauf kannst du Gift nehmen!«

Und nach einem letzten Kuss und einem langen, tiefen Blick verlasse ich den Sportbereich.

* * *

Viel zu schnell taucht die Küste der Dominikanischen Republik am Horizont auf. Wie ein zu groß geratener Wal ragt sie aus dem Wasser. Nach und nach erkenne ich einzelne Häuser, erst die großen Hotelanlagen, dann die kleineren Gebäude, Palmen und Autos. Langsam laufen wir in den Hafen ein. Die Wellen schlagen gegen den Bug. Laut kreischen die Möwen über mir. Salziger Meeresduft weht mir entgegen, wie er immer in Häfen zu finden ist. Langsam sinkt die Sonne ins Meer hinab. Bisher habe ich das Einlaufen des Schiffes in den Hafen immer verpasst, denn meistens habe ich geschlafen. Immerhin war es stets sehr früh am Morgen. Dabei finde ich das Auslaufen auch viel schöner, ist es doch mit einem nostalgischen Gefühl von Wehmut verbunden. Und beim Auslaufen wird immer dieses Lied gespielt, dessen Name ich nicht weiß. *Sail Away* oder so ähnlich.

Doch dieses Einlaufen ist ein Abschied, und eine Träne löst sich aus meinem Augenwinkel. Ich stoße mich von der Reling ab, laufe zurück zu unserer Kabine, wo die letzten Sachen in den Koffer wandern. Papa hat uns noch dreimal eingeschärft, dass wir ja pünktlich sein sollen.

»Bist du schon fertig?«, frage ich Lukas, der neben seinem Koffer sitzt und auf sein Handy starrt. Geistesabwesend nickt er, ohne zu mir aufzusehen.

Ich schnappe mir die Sachen aus dem Bad. Bloß nicht das Duschgel vergessen. Dann ist da noch mein Make-up. Kurz frage ich mich, wie Lukas es eigentlich den Urlaub über in meinem Chaos ausgehalten hat.

Es ist 18:42 Uhr, als alle Sachen im Koffer verstaut sind und ich mir sicher bin, dass ich nichts vergessen habe. Nur eine Sache fehlt noch.

Ein Klopfen ertönt.

»Seid ihr fertig?«, fragt Papa durch die Tür. Lukas öffnet ihm. Papa schaut sich im Zimmer um und sein Blick bleibt an dem eingerahmten Winterwunderland-Bild im Rahmen hängen. »Habt ihr alles? Nichts vergessen?«

»Fertig«, antworte ich und rolle ihm meine beiden Koffer entgegen.

Ich fühle mich in der engen Jeans und dem Unterhemd unter dem T-Shirt unwohl, aber im tristen Deutschland werde ich dankbar dafür sein. Der Pulli und die dicke Jacke sind im Rucksack, um sie nach der Landung sofort anziehen zu können. Wobei der Pullover sicher auch im Flieger hilfreich ist. Zu heiß war mir dort noch nie.

»Gut, dann kommt«, sagt Papa.

»Ich will noch kurz in den Fitnessbereich und mich verabschieden«, sage ich und will mich an Papa vorbeiquetschen, doch er hält mich auf.

»Nein.«

»Wirklich, nur ganz kurz! Ich bin sofort zurück.«

»Dafür reicht die Zeit nicht mehr. Wir gehen jetzt zu dem vom Kapitän genannten Platz, damit wir abfahrbereit sind. Du hattest den ganzen Tag Zeit, dich zu verabschieden.« Papa sieht mich mahnend an. Lukas feixt.

»Bitte! Nur ganz kurz. Ich bin in drei Minuten zurück!«

»Ich kenne deine drei Minuten. Du kommst jetzt mit. Ohne Widerrede.« Typisch Papa. Ich hätte es ahnen müssen. Soll ich das Schiff einfach so verlassen? Ohne mich von Deonte zu verabschieden? Definitiv nicht!

Ich warte den Moment ab, als Papa einen Kontrollblick ins Badezimmer wirft und greife nach der Türklinke.

»Wage es nicht, Fräulein!«

Leider brauche ich einen Moment zu lange, um die schwere Tür aufzuziehen. Warum muss die auch nach innen aufgehen? Papas Hand schließt sich wie ein Schraubstock um mein Handgelenk. Die Tür fällt wieder ins Schloss.

»Lass mich los!« Ich zerre an meinem Arm. »Du tust mir weh!« Verdammt, so darf es nicht enden! Für einen Sekundenbruchteil treffen sich unsere Augen. Und mit einem Mal kann ich in ihm lesen wie in einem offenen Buch. Verletzlichkeit, Angst und Sorge dominieren. Es sind nicht die Vorwürfe, die ich erwartet habe, es ist nackte Angst. Ich schüttle ungläubig den Kopf. Das kann nicht stimmen. Und ich habe jetzt keine Zeit, mich damit zu beschäftigen. Ich muss zu Deonte. Mit einem Ruck entziehe ich Papa meine Hand und laufe los. Tür auf, dann den Gang entlang.

»Leonie!«

Ich ignoriere ihn. Seine Schritte trommeln hinter mir auf den Boden.

»Leonie, warte!«

Er holt auf, folgt mir die Treppen hinauf. Andere Passagiere starren mich verdutzt an, doch sie sind mir egal. Immer zwei Stufen auf einmal nehmend haste ich die Treppe hoch.

Er kommt näher. Mann, warum ist er nur so gut trainiert? Hätte nicht ich die Sportskanone von uns sein können? Als ich um die Ecke biege, fällt mein Blick auf eine unscheinbare Tür. *Crew only*. Ohne zu zögern reiße ich sie auf. Ich lehne mich an die Wand, atme tief ein und aus. Seitenstiche. Die haben mir jetzt gerade noch gefehlt. Ich muss weiter.

Etwas langsamer setze ich meinen Weg nach oben fort. Hier im Crewbereich gleicht ein Stockwerk dem anderen. Bin ich hier richtig? Vorsichtig öffne ich eine Tür. Ja, das sieht gut aus. Hier bin ich richtig.

Suchend schaue ich im Fitnessbereich umher. Wo ist Deonte? Er muss hier sein! Wieder werde ich von Passagieren angestarrt. Einige stemmen Gewichte, andere scheinen auf einen Kurs zu warten. Kein Deonte. Und auch keine Melanie. Niemand, den ich fragen könnte. Wo sind die alle?

Ich drehe mich um meine eigene Achse, renne wieder los. Vielleicht ist er im Spa-Bereich? Gerade, als ich das Fitnessstudio verlasse, pralle ich gegen jemanden. »Wusste ich es doch.« Papa. Er hält mich an den Schultern, noch schwer atmend vom Treppenlaufen. In der nächsten Sekunde klatscht es, und meine Wange brennt wie Feuer. Schmerz.

»Du. Kommst. Jetzt. Mit. Ohne Widerrede!« Wieder umfasst er mein Handgelenk.

Ich bin zu perplex, um etwas zu erwidern. Hat er mir ernsthaft eine Ohrfeige verpasst? Ich befühle meine Wange, die inzwischen taub ist, während ich die Stufen neben Papa hinunterstolpere.

Fünf Minuten später stehe ich am noch geschlossenen Ausgang, während das Schiff an den Pier manövriert wird. Papa starrt einen Punkt an der Wand an, die Lippen genauso zusammengepresst wie ich. Lukas daddelt auf dem Handy. Mama plaudert mit einer Frau, die ich auf der ganzen Reise nicht gesehen habe, über Shuffleboard. Das Schiff schaukelt kaum wahrnehmbar, als es am Liegeplatz anlegt. Wir sind nur eine kleine Menschentraube, die mit ihren Koffern auf das Verlassen des Schiffes wartet.

Mein Kopf ist leer. Kein Gedanke verweilt, alles rast. Mein Herz ist bleischwer, verzehrt sich bereits jetzt nach Deonte. Wo steckt er nur? Wenn ich nicht zu ihm kann, wird er hierherkommen? Lässt seine Zeit das zu? Und wenn nicht? Vielleicht erinnert er sich an mein Insta-Profil? Darüber könnte er mich erreichen. Aber hat er überhaupt Insta? Und will er überhaupt mit mir in Kontakt bleiben?

Die Crew-Mitarbeiter öffnen die Riegel, die Gangway wird vorbereitet, und dann warten wir, bis über Funk das Signal kommt, die Luke zu öffnen.

Enttäuscht schaue ich mich ein letztes Mal um, bevor wir auf das Festland ausspuckt werden. Was für ein Scheiß! Warum bin ich nicht früher zu Deonte gelaufen? Ich hatte genug Zeit und hätte sie bei ihm einfordern müssen. Egal, ob er arbeitet. Ich schwanke, möchte meine Wut und Trauer so laut hinausbrüllen, dass sie in der ganzen Welt zu hören ist. Ein hysterisches Lachen kriecht meine Kehle hinauf. Erst wollte ich das Schiff nicht betreten, jetzt will ich es nicht verlassen. Ich zögere. Wenn ich den Fuß über die Schwelle setze, ist es endgültig. Dann führt kein Weg zurück.

»Los jetzt.« Papas Stimme ist gepresst.

Ich wage es nicht, ihm ins Gesicht zu schauen. Das ist das Ende. Ich bin am Ende. Leer und ausgelaugt. Adieu, du Schiff. Frustriert greife ich die Koffer und setze zögerlich den ersten Schritt in Richtung Ausgang.

»Leonie! Warte!«

Ich sehe zurück. Ist er es wirklich? Erleichterung durchflutet mich, und ich seufze auf. Er ist es! Deonte eilt auf uns zu.

»Du kannst doch nicht gehen, ohne dich von mir zu verabschieden!« Er ist außer Atem und zieht mich sofort in eine Umarmung.

Meine Koffer fallen mit einem klatschenden Geräusch zu Boden. Alle drehen sich zu uns, aber das ist mir egal. Für mich zählt nur, dass Deonte da ist, sein Geruch, seine Haut, seine starken Arme. Eine Hand schiebt sich in meine Haare und er zieht mich enger an sich.

Ich klammere mich an ihn, nicht bereit, ihn so schnell wieder loszulassen. Wir gehören zusammen. Ich hole tief Luft, um seinen Duft so lange wie möglich zu konservieren.

»Leonie! Wir müssen los«, ruft Mama, doch ich reagiere nicht, halte mich nur an Deonte fest.

»Ich wünschte, wir hätten mehr Zeit«, sage ich. Mein Herz klopft dumpf gegen meine Brust.

»Das wäre schön.«

»Finger weg von meiner Tochter! Wir müssen los!« Papa zieht mich so ruckartig an der Schulter, dass ich nach hinten stolpere, und Deonte ebenfalls Probleme hat, sich auf den Beinen zu halten.

»Spinnst du?« Nur mühsam erlange ich mein Gleichgewicht zurück.

»Ich will mich nur verabschieden. Kein Grund zur Sorge«, sagt Deonte, um einen ruhigen und freundlichen Tonfall bemüht.

»Du hast schon zu viel angerichtet. Unschuldige Mädchen verführen. Ausgerechnet meine Tochter. Eine

Schande, dass so jemand überhaupt hier arbeiten darf. Nimm deine dreckigen Finger weg. Wir wollen mit Leuten wie dir nichts zu tun haben.«

Ich starre Papa an. Das hat er nicht gesagt! Doch Deontes fassungsloses Gesicht sagt mir, dass alles wahr ist und ich nicht an Halluzinationen leide.

Als Deonte nicht sofort reagiert, hetzt Papa weiter: »Hast du mich nicht verstanden? Du sollst abzwitschern. Adiós! Au revoir oder Arrivederci. Keine Ahnung, wie das bei dir heißt.« Er wedelt mit der Hand, als wolle er eine lästige Fliege verscheuchen.

»Bitte entschuldigen Sie, Herr Herrmann«, bringt Deonte mühsam hervor und tritt trotz allem näher zu mir heran.

Ich spüre seine Hand an meiner Hüfte. Unbemerkt vor Papa steckt er etwas in meine Hosentasche. Ich unterdrücke den Drang hinzuschauen. Seine Hand dürfte dort ewig liegenbleiben.

»Pass gut darauf auf«, flüstert er und schmatzt mir einen Kuss auf die Stirn.

»Verzieh dich!« zischt Papa. Er ist kurz davor zu explodieren. Die Schlagader an seinem Hals pulsiert bedenklich.

Auch Deonte scheint es zu bemerken, denn er löst sich von mir. Ohne einen Blick an Papa zu verschwenden streicht er mir ein letztes Mal über die Wange, dreht sich um und verschwindet im Schiffsinneren.

Eine Kälte überkommt mich, obwohl die warme Luft von draußen durch die geöffnete Luke dringt. Ich starre ihm hinterher, unfähig mich zu rühren.

»Komm jetzt.«

»Verdammt! Was zum Teufel soll das?« Endlich habe

ich meine Stimme wiedergefunden. Tränen rollen über meine Wangen. Wie kann er mich und Deonte vor allen so bloßstellen?

Die betreten zu Boden gerichteten Gesichter der anderen Passagiere sprechen ihre eigene Sprache. Und wenn man es genau nimmt, hat er nicht nur mich und Deonte beschämt, sondern auch sich selbst. Papa sagt nichts mehr, er drückt mir die Griffe meiner Koffer in die Hand und deutet mit verkniffenem Mund zum Ausgang.

Widerwillig folge ich Mama und Lukas, die die Szene schweigend verfolgt haben.

Der Hafen in La Romana ist, bis auf einen Bus, der uns zum Flughafen bringt, leer. Als ich mich umdrehe und ein letztes Mal zum Schiff schaue, sehe ich, wie Deonte oben an der Reling lehnt und winkt. Ich hebe kurz die Hand zum Gruß, bevor Papa mich in den Bus schiebt.

»Du wirst den Kerl nie wiedersehen, hast du verstanden?«, fragt Papa und schaut mich durchdringend an.

»Du kannst mich mal!« Ich verschränke die Hände vor der Brust und starre aus dem Fenster. Warum habe ich Deonte nicht viel früher meine Adresse oder wenigstens meine Handynummer gegeben?

»Nicht in diesem Ton! Ich untersage dir jeden Kontakt zu diesem Kriminellen.«

Papas Worte stechen tief in mein Herz. Ich atme bis in den Bauch. Ob wir das Problem jemals lösen können?

»Bin ich froh, dass ich bald ausziehe. Denn ich teile deine Ansichten nicht«, gebe ich patzig zurück und beschließe, für den Rest der Rückreise zu schweigen.

* * *

Während der Fahrt zum Flieger und dem langen Warten am Flughafen hätte ich am liebsten geschrien. Doch es hilft alles nichts. Mein Weg führt nach Hause. Die Gedanken huschen wie wilde Gespenster durch meinen Kopf. Keinen von ihnen kann ich greifen. Ich fühle mich leer und ausgelaugt, einsam, inmitten der lärmenden Reisenden. Ähnlich wie in den Harry-Potter-Büchern, in denen die Dementoren einem das Glück heraussaugen. So geht es mir gerade. Als wenn ich nie wieder im Leben glücklich werden könnte. Ein Teil meines Herzens fehlt. Ich vermisse ihn so sehr. Wie soll ich nur ohne ihn weitermachen?

Beim Boarding stelle ich erleichtert fest, dass ich eine Reihe hinter meinen Eltern und Lukas sitze. Gott sei Dank. So habe ich meine Ruhe. Als wir in der Luft sind und das Druckgefühl in meinen Ohren nachgelassen hat, erinnere ich mich an den Gegenstand, den Deonte mir bei unserem Abschied zugesteckt hat.

Hastig ziehe ich ihn aus meiner Hosentasche. Äußerlich ist nicht zu erkennen, was sich im Inneren des Umschlags verbirgt. Ich atme tief durch und wische mir den letzten Tränenrest aus dem Augenwinkel. Dann reiße ich den Umschlag auf.

Es sind Fotos. Zwei, die mich beim Ausflug bei den Ureinwohnern und den Schleusen am Panama-Kanal zeigen, zwei von der Fahrradtour in Aruba. Das nächste Foto zeigt meinen Rücken, wie ich auf das Meer hinausblicke, im Hintergrund die Delphine. Das kann er nur heimlich auf dem Katamaran gemacht haben. Ein wohliges Gefühl schwappt durch meinen Körper.

Beim nächsten Bild stockt mir der Atem. Ich und Deonte vor dem Eingang des Theaters, am Abend der Weihnachtsgeschichte. Verdammt, jeder Blinde hat zu diesem Zeitpunkt gesehen, dass zwischen uns eine enorme Anziehungskraft besteht. Dieser schmachtende Blick von mir, und er sieht aus, als würde er mich lieber ins Bett denn ins Theater begleiten. Ich spüre, wie mir – mal wieder – die Röte ins Gesicht steigt. Mein Herz klopft wild und unrhythmisch, als wenn es mir eindeutige Signale geben will. Ich berühre das Bild, will ihn anfassen. Sehnsüchtig seufze ich leise. Wenn er nur hier wäre. An meiner Seite.

Dann der Silvesterabend. Wir beim Tanzen, verdammt heiß, und schließlich hat uns sogar irgendwer zufällig bei unserem allerersten Kuss geknipst. Ich drücke die Fotos an meine Brust. Ganz nah an meinem Herzen ist der perfekte Platz. Eine Träne stiehlt sich in meinen Augenwinkel. Ich werde einen Weg finden, ihn zu kontaktieren. Ganz bestimmt! Heute hat doch jeder Internet und Social Media.

Ich schaue dreimal in den Briefumschlag, in der Hoffnung, vielleicht etwas übersehen zu haben. Doch da ist nichts. Erst als ich die Fotos wieder darin verstauen will, entdecke ich die kleine, mit Bleistift geschriebene Notiz auf der Rückseite des letzten Bildes. Es ist eine Nummernfolge, die verdächtig nach einer Telefonnummer aussieht. Mein Herz macht einen so großen Hüpfer, dass ich glaube, es will mir zum Mund herausspringen. Mit zitternden Fingern krame ich mein Handy hervor. Natürlich ist es im Flugmodus, aber eine kurze Nachricht kann ich in jedem Fall schon tippen, damit sie direkt, nachdem ich wieder Netz habe, verschickt wird.

Ich: *Lieber Deonte! Tausendfach Danke! Für alles! Für jeden Kuss, für jede Aufmerksamkeit und für jede Minute deiner Zeit. Du hast diesen Urlaub bereichert, mich verzaubert und das werde ich dir nie vergessen. Ich kann nicht aufhören, an dich zu denken. Jedes Mal, wenn ich mich an unsere Tänze, den Punsch in der Kühlkammer oder den Ausflug an den Strand erinnere, schlägt mein Herz höher. Es gab so viele schöne Momente. Ich vermisse dich bereits jetzt und möchte keine Minute meines Lebens ohne dich sein. Mein Herz gehört dir. Deine Leonie.*

Ich lehne mich zurück und schließe die Augen. Jetzt wird alles gut, oder?

KAPITEL NEUNZEHN

Datum: 08.01.; 12:25 Uhr
Ort: Deutschland, Hamburg

Die vergangenen Tage erlebte ich wie in Trance. Als wäre es nicht mein eigenes Leben, sondern das einer Fremden. Ich bin lediglich stille Beobachterin. Der Rückflug dauerte Ewigkeiten, und der Jetlag lässt mich nicht zur Ruhe kommen. Abends wälze ich mich stundenlang im Bett herum. Morgens bin ich wie gerädert, unfähig einen klaren Gedanken zu fassen.

Die Schneereste weichen dem Regen, doch auch das Winterwunderland, das auf mich gewartet hat, konnte mich nicht aus meinen Grübeleien herausholen. Im Gegenteil. Ich bin gedanklich in der Sonne. Am Meer und am Strand. In der Karibik auf einem Kreuzfahrtschiff. Auf DEM Kreuzfahrtschiff und mit IHM. Seine Hände gleiten über meinen Rücken und sein herber Geruch dringt in meine Nase, vertreibt alle anderen Gedanken. Es gibt nur uns. Sanft wiegen wir uns im Takt der Musik. Dann bin ich allein. Kälte umgibt mich, während der Druck seiner Hände auf meinem Rücken nachhallt. Der Traum ist vorüber, und mit ihm verblasst mein Lächeln, als wenn es nie ein Wir gegeben hätte.

Der Urlaub und Weihnachten verstecken sich wie die Sonne hinter dicken Regenwolken. Die Schwerkraft zieht mich energisch zu Boden, sowohl Gemüt als auch Körper sind schwer. Ich kann nicht richtig durchatmen. Wie eine Ertrinkende ringe ich um Luft, obwohl genug Sauerstoff meine Lungen füllt. Meine Gedanken treiben träge an mir vorbei. Ich müsste mich auf die Abiturvorbereitungen konzentrieren. Wieder und wieder lese ich die Unterlagen, doch der Inhalt verpufft im Nirwana, unerreichbar für mein Gedächtnis. Manchmal starre ich das Blatt Papier an, ohne ein Wort zu begreifen. Die Buchstaben tanzen vor meinen Augen Tango und verhöhnen mich.

Sogar mein Instagram-Account ist mir egal. Nur auf eine Antwort warte ich. Jede Sekunde kontrolliere ich das Handy und hoffe, endlich das vertraute *Ping* einer eintreffenden Nachricht zu hören. Aber es bleibt stumm. Nur Emily löchert mich mit bohrenden Fragen. Hat Deonte meine SMS überhaupt bekommen? Sicher hat sich in die Handynummer ein Fehler eingeschlichen. Sonst hätte er sich doch schon gemeldet. Auch auf meine zweite SMS kommt keine Reaktion. Whatsapp oder andere Messenger-Dienste scheinen ein Fremdwort für ihn zu sein. Aber auf einem Kreuzfahrtschiff lebt man doch nicht hinter dem Mond!

Papas ewige Leier hallt wie ein Echo in meinem Kopf. »Ich hab es dir prophezeit! Ich wusste, dass du hier nun rumheulst. Reiß dich zusammen. Es ist besser so. Komm drüber hinweg.«

Wie oft habe ich diese Sätze in den letzten Tagen gehört. Sein triumphierender Blick dabei. Als wolle er, dass ich ihm auch noch Beifall klatsche. Seither ignoriere ich ihn. Natürlich macht das die Situation nicht besser, aber mir fehlt die Kraft zum Streiten. Und die Ohrfeige habe ich ihm auch noch nicht verziehen. Nur dieses eine Mal ist Papa die Hand ausgerutscht. Er hat sich zwar entschuldigt, aber das reicht mir nicht. Hier ist eine größere Wiedergutmachung angesagt, und so lange er das nicht selbst herausfindet, kann er mir gestohlen bleiben. Ich bin schlichtweg am Ende und weiß nicht, wie ich weitermachen soll.

Es ist zum Verrücktwerden. Alles, was ich will, ist eine Antwort. Auch, wenn er mir einen Korb gibt. Mit jeder Rückmeldung kann ich besser leben als mit dieser Ungewissheit. Je mehr Tage vergehen, desto energischer wühlen sich die Gefühle wie eine giftige Schlange durch meinen Körper, sagen mir, dass er sich nicht melden wird. Letztendlich wird Papa also recht behalten. Das Worst-Case-Szenario ist eingetreten. Alle Tränen dieser Welt habe ich längst vergossen, und so verlässt nur ein stummer Seufzer meine Lippen.

»Hey, die Stunde ist zu Ende!« Emily boxt mir in die Seite, und ich schrecke auf. Unsere Mitschüler räumen ihre Taschen ein und verlassen den Klassenraum zur großen Pause. Habe ich so sehr geträumt, dass ich wieder mal überhaupt nichts mitbekommen habe? »Sorry«, murmle ich, schlage das Schulbuch über den Zweiten Weltkrieg zu und schiebe es mit den anderen Sachen in den Rucksack.

»Bist du mit deinen Gedanken noch immer bei diesem Gymkie?« Emily hebt fragend eine Augenbraue. Natürlich habe ich ihr die Fotos gezeigt, die ich sicher in den Tiefen meiner Sofakissen vor meinem Vater versteckt weiß.

Ich starre auf den Boden, schüttle den Kopf, als wir den Klassenraum als Letzte vor dem Lehrer verlassen.

»Danke, dass du mich an ihn erinnerst«, seufze ich. »Ich war gerade dabei, ihn zu vergessen.« Das stimmt zwar nicht, aber langsam wünsche ich mir, dass es so wäre.

Wir verlassen das Schulgebäude zum überdachten Teil des Pausenhofes. Es regnet Bindfäden und keine Lücke ist zwischen den Wolken zu entdecken. Daher warten wir unter der Überdachung. Wie vermisse ich das warme Wetter aus der Karibik! Jeden Tag in kurzer Hose und T-Shirt herumzulaufen kommt mir vor wie ein längst vergessener Traum.

»Sorry! War keine Absicht. Du solltest diesem Kerl keine Träne nachweinen. Wenn er sich nicht meldet, hat er es nicht besser verdient. Dann hat er vor allem dich nicht verdient. Egal, wie gut er aussieht und wie nett er ist.« Emily dreht sich zu mir und mustert mich.

»Ich weiß. Mein Verstand sagt mir das die ganze Zeit. Aber mein Herz …«

»Ja, dein Herz. Aber sein Herz bezirzt garantiert schon die nächste Freiwillige und gibt ihr Cocktails aus. Das ist die Masche der Männer auf den Schiffen. Du bist ganz bestimmt nicht die Erste, die darauf reingefallen ist. Mach dir nichts draus.«

Seit gestern streut sie in genau diese Wunde Salz. Ich weiß, dass sie mich eigentlich aufmuntern will, was ihr aber nicht gelingt. Aus diesem tiefen Kellerloch, in dem meine Gedanken festhängen, holt mich so schnell niemand heraus. Ich könnte jeden Wettbewerb in Schwarzmalerei gewinnen. Dennoch zögere ich, bevor ich antworte: »Nein, ich glaube nicht, dass das normal ist. Die anderen aus der Crew waren deutlich distanzierter. Zwischen uns war eine Connection. Das war etwas ganz Besonderes. Ich habe es tief in mir gespürt. Verdammt, ich liebe ihn, Emily!« Ich tippe in der Nähe des Herzens auf meine Brust.

»Ach, Leonie!«

»Und diese Gefühle kann ich nicht einfach abstellen, nur weil mein Kopf mir das rät oder er sich nicht meldet.«

Die Schulglocke klingelt zur nächsten Stunde.

»Du brauchst Ablenkung«, sagt Emily bestimmt, legt den Arm um meine Schultern und schiebt mich zurück ins Schulgebäude.

Nur noch diese fünfundvierzig Minuten Biologie bis zum Schulschluss. Ich atme laut hörbar durch.

»Weißt du was? Wir gehen heute Nachmittag Eislaufen.« Emily löst sich von mir und vollführt während des Gehens eine Pirouette. »Dann kommst du garantiert auf andere Gedanken.«

Jetzt muss ich doch lächeln. Was würde ich ohne Emily machen? Außerdem habe ich keine Wahl. Deonte ist Geschichte. Er wird sich nicht melden. Wenn er es gewollt hätte, hätte er das ja in den letzten fünf Tagen tun können. Ich muss nach vorn schauen, mich um mich selbst und die Abivorbereitungen kümmern. Das ist die Zukunft.

»Um 16 Uhr an der Eislaufhalle«, sagt Emily, als wir uns vor dem Haus meiner Eltern verabschieden.

»Okay«, antworte ich und mache eine mentale Notiz, dass ich mich ranhalten muss, um wenigstens einen Bruchteil der Hausaufgaben vorher zu erledigen. Vielleicht hilft der Zeitdruck meinen Gedanken auf die Sprünge und lässt den Lernstoff in mein Gehirn wandern.

Mein Magen knurrt wie ein Donnergrollen, als mir der Duft von Überbackenem aus dem halb geöffneten Küchenfenster entgegenweht. Mir läuft das Wasser im Mund zusammen. »Bin wieder zu Hause!«, rufe ich lustlos, als ich die Haustür hinter mir schließe.

Mama streckt den Kopf aus der Küchentür. »Perfekt. Das Essen ist gerade fertig. Wie war es in der Schule?«

»Wie immer.«

Warum fragen Mütter das jeden Tag? Was soll an einem normalen Schultag Besonderes geschehen? Ich pfeffere den Rucksack in die Ecke und hänge meine Jacke an die Garderobe. Die Wärme des Hauses lässt meine Finger und Nasenspitze kribbeln. So ein scheußliches Wetter, noch dazu eiskalt. Mit einem Seufzer falle ich auf den Küchenstuhl und reibe die Hände aneinander.

»Wie läuft es denn mit der Abiturvorbereitung?«, fragt Mama, als sie eine dampfende Auflaufform auf den Tisch stellt.

»Ganz okay, denke ich. Ich gehe nachher mit Emily Eislaufen.« Ich schaufle selbstgemachte Lasagne auf meinen Teller.

»Denk aber auch an die Schule. Du weißt ja, wie dein Vater das sieht.«

»Mama, einen Nachmittag darf ich entspannen, oder? Papa ist kein gutes Beispiel mit seinem Workaholic-Arbeitspensum.« Ich verdrehe die Augen. Seitdem wir aus dem Urlaub zurück sind, ist Papa jeden Tag mindestens zwölf Stunden in der Firma. Und wenn er nicht arbeiten ist, meckert er an mir rum.

»Sicher darfst du das. Aber deine Prioritäten sollten klar sein.«

»Sind sie«, bestätige ich, um des lieben Friedens willen. Dabei ist mir mein Schulabschluss egal. Was für einen Unterschied macht es, ob ich am Ende eine 1,9 oder eine 2,1 habe? Papa würde garantiert sagen, dass es einen riesigen Unterschied macht. Mir doch schnuppe. »Wo steckt eigentlich Lukas?« Sonst isst er immer mit uns.

»Der ist nach der Schule zu Jan gefahren.«

»Aha«, mache ich. Wenn die beiden lernen, fresse ich einen Besen. Eher zocken die FIFA, bis der Arzt kommt.

Es schellt an der Tür.

»Wer ist das denn? Um diese Zeit? Bestimmt der Paketbote«, sagt Mama, legt das Besteck beiseite und steht auf. Ich höre, wie sie die Tür öffnet, erkenne jedoch durch das Küchenfenster keinen Lieferwagen. Rasch schiebe ich mir eine weitere Gabel mit Lasagne in den Mund.

»Leonie! Komm mal.«

Irgendetwas in Mamas Stimme alarmiert mich. Geräuschvoll rücke ich den Stuhl nach hinten und wische mir mit der Serviette durch das Gesicht. Egal, wer dort ist, diesem Jemand muss ich nicht mit verschmiertem Lasagne-Mund entgegentreten. »Was ist denn?« Ich strecke den Kopf zur Küchentür hinaus. Noch kann ich nicht erkennen, wer geklingelt hat, da Mama die Haustür so hält, dass sie den Besucher verdeckt.

»Hier ist jemand, und ich bin mir nicht sicher, ob du ihn sehen möchtest.«

Ihn? Ein winziges Fünkchen Hoffnung keimt in meinem Herzen. »Wer denn?«, antworte ich, und Mama öffnet die Haustür weiter. Kühle Winterluft weht hinein.

Ich fröstle.

Mein Blick fällt auf die Turnschuhe und die Stoffhose, wandert weiter nach oben. Unter der dünnen Sommerjacke, die für die hiesigen Temperaturen absolut ungeeignet ist, lugt ein T-Shirt hervor. Kein Wollpullover, sondern nur sommerlicher Stoff. Allein diese Tatsache lässt mir ein Schaudern über den Rücken laufen.

Dann entdecke ich die Hände, die einen Topf mit einer winzigen Palme festhalten, deren Blätter jeder Zitterpappel Konkurrenz machen. Die dunkelbraune Haut der Finger lässt mich stutzen, obwohl es mich längst nicht mehr wundert. Diese Hände können nur einem Mann gehören. Ich hebe den Blick und schaue in die bernsteinfarbenen Augen, die sich dunkel vom Weiß abheben. Ein zurückhaltendes Lächeln umspielt die Lippen. »Was machst du denn hier?«

»Ich …«

»Verdammt Deonte, komm rein, hier ist es viel zu kalt. Mama, wie kannst du ihn einfach in der Kälte stehen lassen?«, brause ich auf und ziehe Deonte zur Tür hinein. Er schaut sich um, als würde er eine fremde Welt betreten.

»Mama, halt das mal und mach einen heißen Tee.« Es ist wohl Zeit, dass ich die Führung hier übernehme und mich um die Gastgeberpflichten kümmere. Also drücke ich Mama die Palme in die Hand und umschließe Deontes eiskalten Hände mit meinen. Sanft puste ich warmen Atem hinein, doch gegen diese Eiszapfen bin ich machtlos.

Unsere Blicke finden sich. Ich schwanke, ob ich ihm eine Ohrfeige verpassen oder ihn in eine Umarmung ziehen soll. Für beides habe ich gute Gründe, die mir die streitenden Engelchen und Teufelchen in meinem Kopf klitzeklein darlegen. Bis die sich einigen, bleibt mir nur eines zu tun. »Warum hast du dich nicht gemeldet?«, frage ich, denn das ist die wichtigste Frage. Die Frage, die über die nächsten Minuten und Stunden entscheidet. Die Frage, die über alles entscheidet.

»Also … nach der Ansage deines Vaters war ich verwirrt und verletzt und mir nicht sicher, ob das vielleicht auch deine Meinung ist. Ich habe an allem gezweifelt. Vor allem an mir. Lag ich wirklich so falsch? Als deine Nachricht kam, war ich einfach nur durcheinander. Ich brauchte Zeit, um mir über meine Gefühle klar zu werden. Ja, wir hatten eine tiefgehende Verbindung und eine tolle Zeit. Aber reicht das aus, um mein Leben komplett umzukrempeln?« Er atmet tief durch.

Ich schweige, schenke ihm eine Handvoll Zeit. Seine warme Stimme ist Balsam für meine wunde Seele. Mir fällt sowieso nichts ein … Was könnte ich sagen, um der Situation gerecht zu werden? Rasch streiche ich mir eine Strähne aus dem Gesicht, nur um wieder seine Hand zu greifen. Endlich spricht er weiter.

»Ich wusste nicht, was ich tun sollte. Ich habe dich vermisst, so sehr. Du kannst dir das nicht vorstellen, schon von der Sekunde an, wo du das Schiff verlassen hast. Aber ich wollte nicht zu impulsiv sein, hatte Angst, verletzt zu werden. Und ich wusste nicht, ob ich hier überhaupt willkommen bin. Dann hat auch noch mein Handy den Geist aufgegeben. Weißt du, auf dem Schiff braucht man das kaum. Auf Radtouren habe ich immer ein Diensthandy.« Er wechselt sein Gewicht auf das andere Bein, schaut kurz auf den Boden, dann an mir vorbei in die Luft.

Da steht er, der muskulöse Kerl, groß wie ein Bär und sucht wie ein Kind händeringend nach den richtigen Worten. Ich will ihm Halt geben, ihm sagen, dass alles gut ist, doch meine Kehle ist wie zugeschnürt. *Küss mich*, ist alles, woran ich denken kann. Gleichzeitig habe ich Angst, was er sagen wird. Das Teufelchen ist knapp davor, das Engelchen niederzuringen. »Oh«, mache ich. Von Mama ist nichts zu sehen, nur leises Tellerklappern dringt aus der Küche. Bestimmt ist die Lasagne längst kalt.

»Naja, ich habe mit Markus über alles gesprochen und ihm gesagt, was ich für dich empfinde, welche Ängste ich habe, und dann hat er mir gesagt, dass ich zu dir fahren soll. Nur so könne ich herausfinden, was der richtige Weg ist. Bislang konnte ich mich immer auf ihn verlassen, also habe ich auf ihn gehört. Und hier bin ich.«

Wieder umspielt dieses schüchterne Lächeln seine Lippen. Danke, Markus, tausend Millionen Dank. Ob wir ohne ihn auch hier stehen würden? »Und dein Job auf dem Schiff?« Ich wage kaum zu hoffen, dass wir mehr als nur wenige gemeinsame Stunden oder vielleicht Tage haben.

»Ich habe offiziell gekündigt. Das ist es mir wert.«

»Aber du liebst deinen Job!«

»Ja, ich liebe meinen Job, aber Urlaub gibt es auf dem Schiff nicht. Entweder du arbeitest oder du gehst. So ist das. Ich kann mich immer auf einen neuen Vertrag bewerben, daher ist das schon okay. Denn bei einer Sache bin ich mir zu einhundert Prozent sicher: Ich liebe dich!«

In mir explodiert das größte Feuerwerk der Welt, tausendfach größer als das zu Silvester auf dem Schiff.

Meine Gefühle tanzen Cha-Cha-Cha und mein Herz jubelt, mein Verstand droht, sich in tausend Facetten aufzulösen. Das Teufelchen hat Hals über Kopf die Flucht ergriffen vor so viel Liebe, während das Engelchen Trompete spielt und mit den Füßen Beifall klatscht.

Ich löse meine Hände von seinen und ziehe sein Gesicht sanft ein Stück zu mir. Ich brauche nur drei Worte. Auf den Zehenspitzen balancierend hauche ich ihm kurze Küsse auf die Lippen. »Ich … liebe … dich«, murmle ich und kaum haben die Worte meinen Mund verlassen, umschlingen mich seine Arme und ziehen mich in den leidenschaftlichsten Kuss, den ich mir je erträumt habe. Wie ein Ertrinkender, der sich an einem Stück Treibholz festhält, umklammert er mich. Wie seinen größten Schatz. Seine Zunge tanzt mit meiner, so wie ich es mir in den letzten Tagen immer wieder voller Sehnsucht ausgemalt habe. Seine Hände streichen über meinen Rücken, als müsse er jeden Zentimeter von mir neu erkunden. Endlich schmecke und rieche ich ihn wieder. Jetzt ist der fehlende Teil meines Herzens zurück. »Warum hast du dir eigentlich nichts Vernünftiges angezogen?«, frage ich, die Stirn an seine Schulter gelegt.

»Ich hab nichts Warmes, weil ich es in der Karibik nicht brauche. Nur bei meiner Mutter lagern ein paar alte Klamotten. Aber ich wollte keine Zeit mit shoppen oder Umwegen verschwenden, daher musste das hier reichen. Ich hab dich so vermisst und wollte zu dir.«

»Du verrückter Kerl«, murmle ich und löse mich etwas von ihm. »Komm!«

Meine Finger in seinen verschränkt ziehe ich ihn die Treppe hoch in mein Zimmer. Er stockt kurz, als er die

Reste der weihnachtlichen Dekoration sieht, und ein verschmitzter Ausdruck tritt auf sein Gesicht. Wir haben uns so viel zu erzählen, doch jetzt will ich mich nur in seinen Augen verlieren. Lange sitzen wir auf dem Sofa, bis es an der Tür schellt. Gedämpfte Stimmen dringen zu uns hinauf.

»Kannst du Schlittschuhlaufen?«, frage ich und wackle mit der Augenbraue, als Emily zaghaft an der Tür klopft.

KAPITEL ZWANZIG

Datum: Acht Monate später.
Ort: Hamburg, Haus der Familie Herrmann

»Hast du alles?«, fragt Mama und nimmt mich in den Arm. Der Umzugswagen ist gefüllt. Natürlich fehlen die Kartons mit meinen Weihnachtssachen nicht. Die werden mich wahrscheinlich mein ganzes Leben lang begleiten, wo auch immer mich mein Weg hinführt.

»Ja, Mama«, sage ich und drücke sie. Ich atme tief durch. Noch einmal den vertrauten Geruch nach Zuhause verinnerlichen, um ihn für die nächste Zeit zu konservieren.

»Weißt du, es ist schon komisch, dass du nicht mehr oft hier sein wirst.«

»Aber wir kommen doch immer mal wieder vorbei«, gebe ich zurück. »Schließlich sind wir nur in Bremen, und das ist ja nicht am anderen Ende der Welt.« Ich schmunzle.

»Lass deine Mutter trotzdem ein paar Tränchen verdrücken«, sagt Papa, der mir eine Hand auf die Schulter legt. »Das gehört zu Abschieden dazu.«

Ich genieße den Moment, auch wenn Verabschiedungen definitiv nie meine Spezialität werden. Zum Glück konnten Papa und ich uns aussprechen. Es hat etwas gedauert, aber dann habe ich seine Entschuldigung angenommen. Denn bei uns hat sich so vieles positiv verändert. Der Weg war lang, und doch sind wir ihn gegangen – gemeinsam.

»Können wir?«, ruft Deonte vom Fahrersitz des Wagens. Sein Lächeln beschert mir ein wohliges Kribbeln im Bauch, doch noch kann und will ich mich nicht von Mama lösen.

»Na los!«, sagt Papa und geht zum Wagen, um Deonte zu umarmen. Ich bin froh und dankbar, dass auch die beiden sich inzwischen blendend verstehen.

Nachdem Deonte mich im Januar überrascht hat, war die Situation alles andere als einfach. Papa wollte nicht von seinem Standpunkt abweichen, dass Deonte nichts bei uns verloren hat. Er wollte ihn rausschmeißen, doch auch ich bin standhaft geblieben. Beharrlich habe ich versucht, zwischen den beiden zu vermitteln. Immerhin durfte Deonte bleiben, doch damit habe ich mich nicht zufriedengegeben. Ich wollte mehr, ein gemeinsames Miteinander, in dem jeder so akzeptiert, wertgeschätzt und geliebt wird, wie er ist. Viele Gespräche später hat Papa eingewilligt, Deonte in der Druckerei einen Job zu geben.

Ohne Widerworte machte er monatelang die Drecksarbeit, ohne, dass sich die Situation nennenswert besserte. Noch immer lagen negative Schwingungen in der Luft. Bis ein Gespräch mit Oma die entscheidende Wendung brachte. Endlich verstand ich Papa. Niemand wusste, dass Oma, als Papa noch ein Kind war, überfallen worden war. Er war dabei, aber konnte es nicht richtig begreifen. Nur eins war klar für ihn: Menschen mit dunkler Hautfarbe sind gefährlich. Böse. Denen kann und darf man nicht trauen. Sein Glaubenssatz eben, den er unbewusst tief verinnerlicht hatte und so schnell nicht abschütteln konnte.

Wochen mit unzähligen Gesprächen vergingen, bis Papa Deonte endlich so akzeptierte, wie er es verdient hat, und seine Überzeugung verändern konnte. Die Hautfarbe macht keinen Unterschied. Niemand ist aufgrund seiner Herkunft und seiner Wurzeln böse oder gut, mehr oder weniger wert. Wichtig ist einzig und allein, welcher Charakter im Menschen steckt. Und ich habe gelernt: Rassismus gehört zu unserem Alltag und wir dürfen unsere Augen nicht davor verschließen. Vor allem dürfen wir niemals tatenlos zusehen, sondern müssen uns für andere einsetzen.

Papa erzählte, wie er den Überfall damals erlebt und welche Ängste dies in ihm ausgelöst hat. Auch Deonte berichtete von zahlreichen Situationen. Anscheinend gab es kaum einen Tag in seinem Leben, an dem er nicht rassistischen Kommentaren ausgesetzt war. Ich konnte es kaum mit anhören, es schmerzte in meinem Herzen. Wieso stecken wir Menschen einander in Schubladen, nur weil wir eine andere Hautfarbe haben oder aus einer anderen Kultur kommen? Und warum macht uns das so sehr Angst?

Deonte hat uns die Augen geöffnet. Ich wusste gar nicht, wie viele Worte einen rassistischen Unterton haben und andere verletzen. Wir alle und besonders Papa versuchen jetzt, unsere Worte bedachter zu wählen. Das fiel sogar mir am Anfang nicht leicht. Immer wieder haben sich Worte dazwischen geschummelt, die für andere beleidigend und verletzend sein können.

Wir – Deonte mitgezählt – sind uns inzwischen so nah wie nie und haben viel über uns gelernt. Über zwischenmenschliche Beziehungen und die Macht der Sprache. Letztendlich haben wir uns als Familie neu erfunden.

Trotz des Trubels habe ich mein Abitur mit einer 1,9 bestanden und einen tollen Abschlussball gehabt, bei dem Deonte und ich nicht nur einen heißen Tanz aufs Parkett gelegt haben. Und ich weiß, was ich studieren möchte. Ich löse mich von Mama und will gerade auf den Beifahrersitz klettern, als Emily die Straße entlanggerannt kommt.

»Du willst doch wohl nicht fahren, ohne dich von mir zu verabschieden?«

»Aber ich habe mich doch erst vor zwei Stunden von dir verabschiedet.« Ich lache auf.

»Ich vermisse dich aber jetzt schon!« Emily wird bei ihren Eltern wohnen bleiben und Englisch und Biologie auf Lehramt in Hamburg studieren.

»Ich vermisse dich auch, aber wir sehen uns bald wieder, okay? Wir kommen an den Wochenenden zum Party machen vorbei!«

Emily nickt, und ich entdecke ein Tränchen in ihrem Augenwinkel. Rasch drücke ich Lukas, der sich noch rechtzeitig von seinem Spiel losgerissen hat. Endlich steige ich in den Transporter ein. Ich atme tief durch und versuche, meine zitternden Hände zu verbergen. Ich bin hier aufgewachsen und habe kaum Zeit woanders verbracht. Nun beginnt ein neuer Lebensabschnitt, den ich zum Glück nicht allein gehen muss.

»Bereit?«, fragt Deonte.

Ich nicke. »Ich bin sowas von bereit!«

Lange haben wir diskutiert, wie unsere Zukunft aussehen könnte. Dass wir sie gemeinsam verbringen, stand außer Frage. Er wollte zurück aufs Schiff und ich wollte studieren. Zwei Leben, die eigentlich nicht zusammenpassen. Etliche Telefonate mit Markus, mit dem wir eng in Kontakt stehen, und viele Diskussionen später, haben wir das gefunden, was uns hoffentlich beide glücklich machen wird.

Eine schnuckelige Mietwohnung in Bremen und der Studiengang B. Sc. Ship Management (Nautical Sciences) warten auf uns. Wir wollen eine Karriere auf See, denn dort hat unsere gemeinsame Geschichte begonnen. Ich habe ohne Probleme einen Studienplatz bekommen, und mein größter Wunsch ist, irgendwann wie Markus als Kapitänin ein Schiff durch wunderschöne Ecken der Welt und über weite Meere zu steuern. Auch bei Deonte hat es mit der Immatrikulation geklappt. Gut, dass er sein Abitur neben der Ausbildung gemacht hat. Was für ein verrückter Kerl. Mein verrückter Kerl.

»Dann auf in unsere gemeinsame Zukunft.« Er drückt mir einen kurzen Kuss auf die Lippen und startet den Wagen.

Papa, Mama, Lukas und Emily winken uns zu, und ich drehe das Lied *Orinoco Flow* von Enya laut auf. Es fühlt sich an wie heimkommen. Nicht wie wegfahren.

ENDE

NACHWORT

Rassismus ist ein Thema, das jeden etwas angeht.

Liebe*r Leser*in,
ich freue mich sehr, dass du mein Buch bis hierhin gelesen hast und hoffe, dass du tolle Lesestunden hattest. Zum Abschluss möchte ich noch ein paar Worte zum Thema Rassismus sagen. Als ich diese Geschichte zu schreiben begonnen habe, war mir nicht bewusst, welch großen Stellenwert das Thema Rassismus letztendlich im Buch einnehmen wird. Obwohl ich selbst nicht von Rassismus betroffen bin, betrifft es mich dennoch tagtäglich indirekt. Jeden Tag und jede Minute werden weltweit Menschen rassistisch beleidigt oder diskriminiert. Das können und dürfen wir so nicht hinnehmen.

Auch im Buch, eine fiktive Geschichte, kommen immer wieder solche Situationen vor. Leonie sieht sich zum ersten Mal in ihrem Leben bewusst mit dem Thema konfrontiert und muss reagieren. Doch ganz sicher tun sie und die anderen handelnden Figuren das nicht immer frei von jeglichen Vorurteilen. Ich habe die Figuren bewusst mit Ecken und Kanten gestaltet, lasse sie Fehler machen, rassistische Kommentare abgeben, lasse sie wegschauen. Warum? Um auf das Problem aufmerksam zu machen. Rassismus ist allgegenwärtig und jeder sollte sich damit beschäftigen. Aber wahrscheinlich tust du das längst. Alle Menschen haben das Recht, sich wertgeschätzt und sicher zu fühlen. Lass uns dazu beitragen.

Was denkst du: In welcher Situation im Buch hätten sich die einzelnen Figuren anders verhalten müssen? Was wäre eine angemessene Reaktion gewesen? Wie hättest du dich verhalten?

Jeder von uns muss sich überlegen, für welche Werte er oder sie einstehen möchte. Letztendlich möchte ich dir folgendes mit auf den Weg geben: Sprache und Worte sind sehr machtvolle Werkzeuge. Schau nicht weg. Überlege dir gut, was du sagst und wie du es sagst. Setze Worte weise zum Wohl anderer ein und hilf, wenn du siehst, dass jemand deine Unterstützung braucht.

Welchen Fußabdruck möchtest du in dieser Welt hinterlassen?

Deine Sarah

DANKSAGUNG

Liebe*r Leser*in,

der Entschluss, ein Buch zu schreiben, ist der Beginn einer unglaublich inspirierenden und langen Reise. Auf diesem Weg haben mich einige Personen unterstützt, denen ich an dieser Stelle gern meinen Dank aussprechen möchte.

Zunächst gehen liebe Grüße an meine Familie und Freunde raus, die ich sicher nicht nur einmal mit meinem Gequatsche über mein Buch an den Rand des Wahnsinns getrieben habe. Sehr oft musstet ihr zurückstecken, weil ich mich wieder an den Schreibtisch verkrümelt habe. Ohne eure Unterstützung und eure Rückendeckung wäre dieses Buchprojekt garantiert nicht fertig geworden.

Außerdem geht mein Dank an den coolsten Club, den ich glücklicherweise kennenlernen durfte. Der Bookerfly-Club ist DER Treffpunkt für Autoren und alle, die gern schreiben. Dort habe ich sehr viel Wissenswertes gelernt und fantastische neue Leute getroffen. Greetings an meine Schreibbuddys (Sabrina, Ronja und Felicitas) und meine Schreibgruppe, die sich jeden Morgen um 6 Uhr trifft.

Im Bookerfly-Club bin ich auch auf meine Lektorin aufmerksam geworden. Liebe Eva Maria, vielen, vielen

Dank! Deine Hinweise und Anmerkungen haben mir zwar so manches graues Haar beschert (macht nichts, kann man ja überfärben), gleichzeitig haben sie das Buch aber auch so viel besser gemacht. Mange tak!

Auf die Suche nach der Nadel im Heuhaufen und dem fiesen Fehlerteufel hat sich Ilka begeben. Danke dir für deine akribische Fleißarbeit, denn das Korrektorat gehört für mich mit zu den wichtigsten Aufgaben im Veröffentlichungsprozess.

Außerdem geht mein Dank an mein fleißiges Testleser-Team. Euch habe ich mein Buchbaby in einem ganz frühen Stadium anvertraut und ihr habt mir sehr wertvolles und konstruktives Feedback gegeben. Ich bin gespannt, was ihr nun zur finalen Version sagt. Kisses to you!

Und natürlich möchte ich auch dir, liebe*r Leser*in, danken. Danke, dass du mein Buch gekauft und mir damit dein Vertrauen geschenkt hast. Wenn du bis hierhin gelesen hast, gehe ich einfach mal davon aus, dass du schöne Lesestunden hattest. Danke, dass du mit Leonie und mir auf Kreuzfahrt gegangen bist und ich hoffe, dass wir uns im nächsten Buch wiedersehen. Bis dahin sage ich: Ahoi!

Und noch eine kleine abschließende Anmerkung:

Ich bin Autorin im Selbstverlag, schreibe die Bücher in meiner Freizeit und stemme die finanziellen Mittel für Lektorat, Korrektorat, Cover und Werbung aus eigener

Tasche. Daher bin ich auf deine Unterstützung angewiesen, damit ich weitere Bücher veröffentlichen kann.

Ich freue mich über jede Rezension auf Amazon und gern auch weiteren Plattformen. Ein paar Sternchen und wenige Sätze, in denen du erzählst, wie es dir gefallen hat, genügen vollkommen. Deine Unterstützung bedeutet mir unglaublich viel.

Du willst mich noch mehr unterstützen? Erzähl deinen Freund*innen vom Buch oder stell es auf Instagram, Facebook und in Buchgruppen vor.

Und hier gibt es weitere Möglichkeiten, wie du mit mir in Kontakt kommen und bleiben kannst:

Homepage: www.sarahlemme.com (Hier kannst du dich für meine Flaschenpost/ Newsletter anmelden.)

Instagram: www.instagram.com/sarahlemme_autorin

Facebook: www.facebook.com/sarahlemmeautorin

Twitch (Schreibstreams, Lesungen, uvm.): www.twitch.tv/sarahlemme

Patreon (Schreibblog, Bonusmaterial, Buchbox, uvm.): www.patreon.com/sarahlemme

Discord (Leserunde, Streamingplan, Austausch): https://discord.gg/KJnMWU7ZSG

Danke für deine Unterstützung, viele liebe Grüße und bis bald!

Deine Sarah

DIE AUTORIN VON CRUISE TO YOU

Sarah Lemme ist ein Bücherwurm und hat früh ihre Liebe zum geschriebenen Wort entdeckt. 1987 erblickte sie im Osnabrücker Landkreis das Licht der Welt. Schon bald war kein Buch vor ihr sicher. Die Powerfrau arbeitet als Psychologin und Physiotherapeutin. Außerdem schreibt sie Jugendromane und Kurzgeschichten, in denen die Themen Liebe, Träume und Selbstverwirklichung eine Rolle spielen.

Drei Dinge stellen das Leben des wurzellos aufgewachsenen Joel auf den Kopf, als er in das Provinznest Wrestlington zieht:

A: die frappierende Ähnlichkeit mit seinem Vater (der ein richtiger Casanova war)

B: der Einzug in das stadtbekannte Kapitänshaus (einer echten Sehenswürdigkeit)

C: das Verliebtsein in Lin (ein Mädchen, das wie ein Schmetterling durch seine Träume tanzt)

Trotz aller Hindernisse lockt der 15-jährige das traumatisierte Mädchen aus ihrem Schneckenhaus und hilft ihr mit sanfter Leichtigkeit, die Schatten aus ihrer Vergangenheit zu bannen. Als er ungewollt zum Schulschwarm aufsteigt und Heerscharen von Mädchen in seinen Bann zieht, gerät er in einen erdrückenden Intrigendschungel. Das mühsam aufgebaute Vertrauen droht zu zerbrechen. Wird Joel Lin für alle Zeit verlieren? Ihre mächtige Gegenspielerin lässt nicht locker …

Chris Livina: am liebsten barfuß
ISBN: 978-3-347-05859-0

TRIGGERWARNUNG

ACHTUNG, enthält Spoiler für das gesamte Buch!

An dieser Stelle möchte ich darauf hinweisen, dass „Cruise To You" Inhalte enthält, die potentiell triggern können.

Diese sind: Rassismus, Liebeskummer, Fremdgehen, körperliche Gewalt.

Bitte achte auf dich.